復旦大学推理協会の創立十周年に本書を捧ぐ

ハヤカワ・ミステリ文庫
〈HM483-1〉

文学少女対数学少女

陸《りく》 秋槎《しゆうさ》
稲村文吾訳

早川書房
8608

文学少女対数学少女

陸　秋槎

Copyright © 2019 by
New Star Press Co., Ltd.
Translated by
Bungo Inamura
First published 2020 in Japan by
HAYAKAWA PUBLISHING, INC.
This book is published in Japan by
direct arrangement with
NEW STAR PRESS CO., LTD.

目次

文学少女対数学少女

登場人物

陸秋槎（りく・しゅうさ）………推理小説好きの女子高生
韓采蘆（かん・さいろ）…………数学の天才。秋槎と同学年

陳姝琳（ちん・しゅりん）………秋槎のルームメイト

夏逢澤（か・ほうたく）…………高校教師
華裕可（か・ゆうか）……………数学の大会参加者。二年生
田牧凜（でん・ぼくりん）………数学の大会参加者。一年生
高瑞輿（こう・ずいよ）…………数学の大会参加者。三年生

黄夏籠（こう・かろう）…………采蘆が家庭教師をする生徒
鞠白雪（きく・はくせつ）………夏籠の継母。小学校時代の担任
常夏（じょうか）…………………夏籠の義理の妹
袁秋霖（えん・しゅうりん）……夏籠の叔母

梁未遥（りょう・みよう）………秋槎の先輩。大学生
凌美愉（りょう・びゆ）…………喫茶店〈小宇宙〉の店員
邱（きゅう）………………………喫茶店〈小宇宙〉のマスター
段舞依（だん・ぶい）……………未遥の友人。大学生
袁茉椰（えん・ばつや）…………未遥の友人。大学生

連続体仮説

カントールが作りあげてくれた楽園から、だれもわれわれを追放することはできない。

――ダフィット・ヒルベルト

1

韓采蘆《かんさいろ》に三十分なぶりものにされて、私は抵抗をあきらめ、声を出して助けを呼ぶのもやめていた。

正直、だれかが助けに来るなんてことは期待していなかった。そもそも、私みたいに韓采蘆の部屋に足を踏みいれる勇気がある人間は、寮全体でも二人といないんじゃないだろうか。それ以上に、この状況を人に見られるのは、どう考えても相当まずい——いま、半裸の私は、自分でも誇らしくはない身体を初秋の涼しい空気にさらす羽目になって、なすがままにされているわけだから。

そう考えながら、運命の裁きを受けいれると決めてはいたけれど、ただ相手が抽斗から カッターナイフを取りだして、プラスチックのグリップから鋭い刃を一段また一段と押しだしていくのを見ていると、迷いは残った——このままじゃほんとうに命にかかわるのでは？

「やっぱり、人体の表皮のトポロジカルな性質について立てた仮説は正しかったか——オイラー標数は二、彩色数は四、そして任意の閉曲線は一点に収縮できる。人間というのはほんとうに不思議な存在」韓采蘆はひとりつぶやきながら、ほとんど無意識にカッターを振りまわしている。「だったら、種数を増やすとすると、種数四の向き付け可能な閉曲面に作りかえるか——それとも向き付け不可能な閉曲面にしたほうがいいのかな……」

ここから先の言葉を、高校二年で文系の私が実際どおりに書き残せないのは許してほしい。ただ話の結論は私にも理解できた。

「私が、陸秋槎《りくしゅうさ》さんのトポロジカルな性質を変化させるしかないのか」

そう言いながらカッターを手に近寄ってくる。私はおびえて枕元に飛びのき、ひざを抱えて身体を縮こまらせた。

図形問題みたいに分割されて出血多量で死ぬのも、いちおう人類の科学の探求に貢献できるわけだから、平凡に一生を過ごすより有意義じゃないだろうか。

死ぬことよりも、痛みのほうが怖いかもしれない。

さっきまで韓采蘆は私の背中とおなかに格子模様を描きこんで埋めつくし、枠の一つずつに色を塗って、それから、トポロジーにおける構造上の関係は表面を引きのばしても変化しない、とか私はまったく興味のない知識を教えこむために、さんざん私の皮膚をつかんでは思いきり引っぱっていた。そうやって一度触れるたびに私の神経が刺激されるのを忘れてしまったみたいに。それだけでも私は痛くて気絶しそうだったけれど、うまい具合に失神できるわけでもなかった。でもそんな苦痛も、カッターで切り刻まれるのに比べればぜんぜんどうってことはなくて……

「──だれか助けて！」

私は叫んだ。全身の力を振りしぼり、目を閉じながら。

私がこんな羽目に陥っているのは、たぶんルームメイトの陳姝琳《ちんしゅりん》にいちばんの責任があった。

今日は貴重な休日だった。でも私はかなりの早起きをして、朝食をとったら、来週の火曜日に印刷する次の号の校内誌に間に合わせるため文章を書きはじめた。

知識源としての有用さや情報の豊富さを重視していた前の編集長の柳菀菀《りゅうえんえん》先輩とは違い、私は結局のところ俗《キッチュ》な人間だった。だから編集長を引きつぐと、当然に娯楽性が第一の原則になった。私と姝琳の努力によって、掲載される文章は気楽なものに変わっていったし、読者の参加が必要な企画を続々と展開することになった。

〝犯人当て小説〟もその一例だ。

先月に発行した校内誌で私が新しく試みた企画だ――推理小説の前半部分をまず掲載して答えは伏せておき、次の号で真相を公開する。その間、一ヵ月の時間で読者は自分の知恵と、すでに提示された条件をもとに、小説で述べられた殺人事件の解決を目指す。それと読者たちは、自分の推理を紙に書いて、教室棟の一階廊下の突きあたりに置いてある校内誌編集部の投書箱に入れておいてもいい。こちらはそのなかから正解の投書を拾いあげて、真相を発表すると同時に、正解した人を指定の場所に呼んで（だいたいは食堂の売店だ）賞品を贈呈する。

その小説は夏休みのあいだに書いたもので、ひとまずフェアプレイは達成したという自負があった。私の考えでは、読者はそこから唯一の正確な答えを導きだせるはずだった。読者からの投書を整理してみると、予想したとおりふだんより六、七倍多い投書が来ていて、大多数が犯人当てへの解答だった。校内誌にここまで大きな反響があったことはいままでないと思う――少なくとも、柳菀菀先輩が中心だったときには想像できないことだった。

ただ、くわしく文章を読んでみて、私はそうとうな衝撃を受けることになった。

かなりの数の読者が、私自身が書いた解答篇とはかけ離れた解答を導きだしていた。もちろん大多数は論理が穴だらけだったり、強引すぎる推理だったり、解答と矛盾する条件には触れていなかったりしていた。でもそのうち一つだけは、最後までつじつまが合っていて、しかも私が出した条件すべてに当てはまっていた。言葉を換えれば、私の出題した犯人当ての正しい答えはどうやら一つだけではないらしく、自分で書いた模範解答も、導きだせる真相の一つでしかないということだ。

こんな失態が起きたのも、私の計算が不充分で、そのほかの推理の可能性をのこらず排除できなかったからだ。

前もって私は、こういう結果を避けるためわざわざ姝琳に最初の読者になってもらって、作者の私が気づけない手抜かりを見つけ出してもらおうとしていた。もしかすると姝琳は一年いっしょに暮らしてきているうえに、私の習作を読みすぎていて、こちらのやり口を把握してしまったのかもしれない。仕掛けられたいくつもの誤導を即座に回避して、私が唯一の正解だと考えていた真相を察してしまっていたのかも。

投書を読んだ姝琳もひどく落ちこんで、それからは手を貸すのを渋りだすほどだった。犯人当てとして校内誌に載せる予定の新作を渡したときも、コピー紙の束をめくりもしなかった。

「秋槎、一段上を行く賢い人に手を借りるといいんじゃないかな、できれば、秋槎の作品を読んだことがない人で。そうしないと、見落としに気づいてくれないかも」

「姝琳よりも賢い人？　そんな人、学校内で見つかるのかな……」

「そうじゃなくて」机に肘をついて、両手を組んで、頭を傾けて、右頬を手の甲に乗せて、微笑みながら言う。「秋槎よりも賢い人がいればいいんだよ。作者よりも賢い人でないと、作者が考えなかった事情は思いつかないんだから。頭に浮かんでる人はいるんだけど、でも手を貸してくれるかはわからないし、秋槎が会いに行く気になるかもわからないな」

「だいたいわかった。だれのことか」

この学校内で私が畏怖を感じる相手といったら、柳菀菀先輩をべつにすると、同学年の、寮の自分の部屋にひきこもっている女の子ひとりしかいない。

知り合いだという人はだれもいないけれど、たびたびだれかが話題にしていた——韓采蘆という、その女子のことを。

「試してみる？　多少の危険はあるけど。秋槎もきっと噂はいろいろ聞いたことがあるでしょ、私から話したのもあるかも。でも、ほんとうに小説に穴がないか、解答が唯一なのか検証したいなら、あの子に助けを求めるのがいちばんだと思うよ」

そうは言っても、実際に一歩を踏みだすとなると内心にはそれなりの不安があった。なにしろ、その子に関する噂はどれもやけに現実離れしていて、しかも数々の噂にはほんのわずかな食いちがいもなかったから。これだけ一貫しているからには、すべて事実どおりだと信じるしかなかった。

言うまでもなく、その実績のなかでいちばん有名なのはさぼりだった。正確には、〝さぼり〟という言葉ではもはやその子の行動は形容しきれない。教室に現れる回数が週に三度を超えることはなく、しかも一、二教科受けてまた姿を消してしまうからだ。物好きが統計を取った結果では、女子たちがふつういちばん嫌がる体育の授業でさえ参加したことはあるけれど、数学の授業にだけはまだ現れたことがないらしい。

もちろん、私みたいに努力に結果が付いてこないからではなくて、まさに正反対、この分野にかけてその子はだれもが認める天才だからだ。

その子についてのべつの噂を聞けばわかる。学期中と学期末、数学のテストしか受けに来ないで、しかもほぼ毎回満点を取っているらしい。満点を取れなかったのは二回だけで、一回は立体幾何の問題を証明するときに複素関数とかいうものの知識を使ったから、もう一回は解くべき問題の設問の立て方に厳密さが不充分だと気づいて、勝手に問題を書きかえたからだった。

この分野について天分を持っているのはまちがいなく、しかも数学の国際大会で入賞したことがあるらしく、さまざまな規律違反の行状にも学校はおおむね寛大に臨み、目をつぶることに決めていた。

もちろん見とがめる人間もいたけれど、結局はいろいろな理由で、その後も好きにさせるしかなくなるのだった。修士課程を出て間もなかったある若い数学の先生は、この世に天才なんてものがあるのを信じていなかった。だからその子にまつわるさまざまな噂もまともに取りあわなくて、そのうち生徒たちにそそのかされ、相手の真のレベルを値踏みしたいと韓采蘆に〝対決〟を申しこむことになった。

実力のかけ離れた二人の競いあいは、その先生が辞表を出す結果になった——絶望した表情で校長室にずかずか入っていき、建物じゅうに聞こえる大声で自分の思いを叫んだという。「どうして韓采蘆でなく、僕を数学教師として雇ったんですか」

もちろん、私が韓采蘆の部屋に入る勇気が出ないほんとうの理由はこれではない。

ほかのいくつかの噂を聞くに、その子が生徒に向ける態度は先生相手ほど友好的ではないらしいからだ。同い年のだいたいは数学の問題の話をする資格を持ちあわせていないから、当人からすると利用価値はごくごく限られているわけだ。

最初に部屋に足を踏みいれようとした生徒は、衛生検査のためにやってきた日直だった。呼ばれて出てきた韓采蘆は、ドアをほんのすこしだけ開けると、整数と偶数はどっちが多い、と質問してきた。かわいそうな日直は悩むまでもないと思って〝整数〟と答えたら、ドアは音を立てて閉まってしまった。その次に部屋に入りこむことに失敗した人は、整数と有理数はどっちが多い、と訊かれて、〝有理数〟と答えを返すとまたドアは閉まってしまった。

　この二つの噂のおかげで、いまでは学校じゅうの人たちが、二つの問題はどちらも〝同じ〟が正解だと知っている。私を含め、大多数はそこに至るまでの理屈を知らないけれど。

　ついでに言うと、韓采蘆は学校でも数少ない、一人で寮の部屋に暮らしている生徒だ。ほかの何人かはみな芸術系の特長生（特定分野に秀でた生徒）で、ほかの生徒の通常の生活に影響しないための一人部屋だけれど、この子ひとりだけは人に邪魔されるのが嫌で、学校に希望を出してルームメイトを追いだしたらしい。

　ついに原稿を手にして部屋の前に立ってみると、私はびっくりするほど落ちつきはらっていた。三人目の挑戦者は、どんなふうにいじめられるんだろうか……

　ノックをすると、噂で聞いたとおりドアはすこしだけ開かれて、むこうの姿は窺えなかった。実を言うと、同じ学年の私もその子を見たことはなくて、まだ顔だちも知らない。部屋の番号は姝琳から聞いて知った。

「実数と有理数は、どっちが多い？」

　すこしかすれた女の子の声がドアの隙間から聞こえる。

ええと、実数は有理数と無理数からなっていて、同じように有理数は整数と分数からなっている。聞いた話だと、有理数と整数は同じだけ存在して、だったら、実数と有理数もきっと……

「同じ」

「馬鹿？　実数のほうが多いに決まってるのに！」

容赦のない非難とともに、ドアも勢いよく閉じられた。

ここで私が引きかえして、姝琳になぐさめてもらうことを選んでいたら、いまみたいな状況に陥ることはなかったかもしれない。あいにく私は好奇心で頭が曇らされていて、もう一度ノックすると、実数のほうが有理数より多い理由を教えてくれと頼んだのだった。

「ほんとにその理屈が知りたい？」ドアのむこうから声が聞こえる。

「知りたい」私は混乱をそのまま口にした。「なんで、整数と偶数は同じだけ存在して、有理数とも同じなのに、実数はそれよりも多いのか、ぜんぜん理解できなくて……」

そうして、私の前で地獄の門は開いた。ドアを開けてくれ、部屋のなかに引きずりこまれる。このときはじめて、私はその子の顔をはっきりと見た。

意外にも眼鏡はかけていない。すこしくせのある茶色の髪が頬と首元と肩にかぶさって、顔を影で覆っていた。でも、びっくりするほど大きいその眼は狂喜にぎらついている。薄い唇は閉じられてはいるけど、喜びを隠しきれていない。

なにより私が度肝を抜かれたのは着ているもののほうだ。全身を見ても着ているのはぜんぜんサイズが合っていない白のワイシャツ一枚だけで、ぶかぶかなまま身体にひっかかって、どこもしわだらけ、裾のところはふとももの途中まで隠していた。その恰好はまるで、雨に降られて彼氏の家に泊まらないといけなくなった女の子だ。

だけどそんな姿を、この子は自分の部屋で見せている。

「やっと、やっと間違えた理由に興味を持ってくれる人が！」私の手を握りしめ、足元は不規則なリズムで踊っている。「やっと心から数学を愛する人が現れたんだ！」

「いや、私はそんな……」

「あっ」私が左手に持っていた原稿に目を留める。「わからない宿題があった？　それか、どれか結論不明なままの予想を解決してみたい？　この学校に入って一年ちょっと、先生以外のだれも数学の問題を教わりにきてくれないから、みんな私の実力を認めてないんじゃないかってしょっちゅう思ってて」

「いや、そうじゃないけど……」

部屋を放りだされる覚悟を決めてから、私は簡単に自己紹介して、やってきた理由を韓采蘆に説明した。

「そういうことか、なるほどね」しばらく黙りこむ。

「無理難題だった？　数学とは関係がなさそうだし……」

「いやいやそれは誤解、数学と関係ないわけがないでしょ？」すかさず答えが返ってくる。

「今回頼まれてることはこう要約してもいいかな——新しく構築してきた形式体系の無矛盾性と完全性を私に検証してほしい、こうだよね？」

「私のはただの小説で、そんな形、形《けい》……」

「形式体系」身体をふるわせながら、私が持っていた原稿を取りあげて、本と下書きの紙が積みあがった机の上に放り投げる。「私の言いたいことを理解してくれないんだ。そうだよ、みんな私の言いたいことを理解してくれない。書いてる当人がぜんぜん推理小説の性質をわかってない。私だって大して読んでないけどでも断言してもいい、自然言語で書かれてはいるけど形式体系とは同様の性質を持っているんだ」

「ごめんなさい、よくわからなくて」

「そうなんだよ、まだわかってない、けど絶対にわからないといけないし、絶対にいまからわかる！」身体を折って原稿に手を叩きつけ、強い抑揚で語る。「記号化された人物、人物の行動が構成する命題、その命題からなる公理系、そこにいくつかの推論規則が加わって――それが推理小説――にして形式体系――にしてメタ数学だよ！」

「……要するに、私の小説を読んでくれるってこと？」

「もちろんそう。数学に関する頼みは断らないよ。こういう数学の基礎に関わってくる問題だったらなおさら」どこか落ちつかない笑い方だった。「実を言うと最近は集合論の研究をしてるとこだったから、ちょうど力になれると思うんだ。だけど私、前からすごく気になってる問題があって、トポロジーがらみなんだけど。友達がいないから実証的に疑問を解決する方法が使えなくて。それで、私が頼みを聞く前にひとつ頼みを聞いてくれない？　そんなに時間は取らせないと思うから……」

「わかった」

私はためらわずに応じた。〝友達がいないから〟という一言に同情心が芽生えていた。でも私は、直後にそれが間違った判断だったと知ることになる。

「それじゃあ、上を脱いでベッドに行ってもらっていい？」私が尻込みしているとさらに続ける。「安心して、変なことはしないよ。数学以外のことはぜんぜん興味ないし」

私は言うとおりにして、その結果……

「すごい、これでやっと人体の皮膚のトポロジカルな構造が理解できるんだ！」

もういい、回想はここまでにしよう。

このまま回想を続けたら、今わの際に見えるという走馬灯になってしまいそうだ。

きっとほんとうに私を死に追いやろうとしてるわけじゃない、たぶん灰色な理論の世界に浸ってるだけで、血のにおいのする現実を忘れてるんだ——そうだ、ちょっと忘れてるだけ。人は皮膚を切られると血が流れて、激痛にも襲われて、悪くすると死ぬってことを。だから私から言って、その事実を思いださせてあげれば、難を逃れられるかもしれない。

そう思ったけれど、生きた心地がしない私はまったく言葉が出なくなっていた。

とうとう一歩先まで韓采蘆が迫ってくる。カッターが蛍光灯の光を照りかえして目がくらむ。刃先は完璧な形で、欠けたところはなく傷さえついていない。まさかいままで使ったことがないカッターで、わざわざ今日のために用意したとか。

「だれか助けて!」

声を振りしぼって助けを求めたのに応えるかのように、ノックの音が耳に届いた。

「秋槎、もう遅いから、もうすぐシャワー室が閉まるよ」ドアを隔てていても、その声はくもりなく聞きとれる。ルームメイトの姝琳だ。「いっしょに行くって言わなかった?」

韓采蘆は落ちついた様子で刃をプラスチックのグリップにゆっくりと納め、ドアに向かった。私が間違えた問題をまた出題する。

「実数と有理数は、どっちが多い?」

実数が多いに決まってるでしょ」

ドアの外の姝琳は迷うことなく答える。「馬鹿にしてるの？

2

先輩、僕はいまでも先輩が辞めたのは警察にとって最大の損失だと思っています。あなたにあの件の責任なんてありませんでした。いまでは、あのころのあなたのように、高精度な科学捜査の力も借りずに、単純な論理から演繹して犯人を突きとめることはだれにもできません。僕にとっていちばん印象深いのは、去年の五月に起きたあの連続殺人事件です。あのときは検査の結果が出るまでに一週間必要で、こちらにできるのはその間犯人を自由の身にしつづけておくことしかないように思えました。もし先輩が、あの割れたコップをきっかけに真相を推理して、最終的に犯人に罪を認めさせていなかったら、おそらくさらなる犠牲者が出ていたことでしょう。あのときから僕は、厳密にして想像力に富んだこの技能を身につけることばかり考えています。ですが、愚鈍な僕なんかがどんなに努力しても学べないものはあります。さらに、先輩の判断は長年積みかさねてきた捜査の経験にも支えられていたのに、それもぼくには欠けています。そういうことで、今回やっかいな事件に出くわしてみると、先輩に助けを求める以外の選択肢はもはやありませんでした。

僕がいま担当している事件については、先輩も多少は耳にしているかもしれません。被害者は最近名を上げていた作曲家の晁北夢《ちょうほくむ》で、彼女は去年に西欧で上演されて大成功をおさめた、『花月痕《かげつこん》』（清の魏子安による小説。遊女と才子の恋人たち二組を描く）が原作のオペラの作曲者でもあります。こういう高尚な芸術には無縁な僕でも話を聞いたことがあるので、〝大成功〟というのも報道の誇張ではないようです。このオペラは近いうちに国内でも上演されるそうで、絶対に観に行くと言っている人が僕の周りにもいます。なのに、新たな成功を手にする直前、仕事が軌道に乗りはじめたまだ二十七歳の若い作曲家が自宅で命を落とし、天から授かった才が葬りさられるのは、実に嘆かわしいかぎりです。

何年か刑事をやっていると、すっかり肝が据わって見知らぬ相手の死には動揺しなくなったつもりでした。ただ晁北夢の死は完全な例外です。生前の彼女とはまったくつながりのなかった僕が告別式に参加して、しかも涙を流したのです。その才能についてあれこれ語る資格はないわけですが、ただ――先輩も最初に現場に駆けつけていたらわかるかもしれませんね――彼女はめったにいない美人で、死んで数時間経っていてもそれは同じでした。僕は死体性愛者《ネクロフィリア》なんかじゃないので、もちろんその顔に血が通っていたときに出会うほうがよかったと思っています。残念なことに彼女とは結局のところ別の世界の住人で、むこうが死んではじめて出会いのきっかけが生まれたわけです。死体を相手にするこの仕事は辞めたほうがいいか——そのときには確かにそんな考えが頭に浮かんできました。

あの日見た光景は、今日になってもふとしたときに目の前に浮かんできます。あの黒と白の妖しい対比——まばゆいばかりの白い肌と、切られてまき散らされていた黒髪は、いつになっても忘れられないかもしれません。息が苦しくなる、たがの外れた、日常から離れたものはいくらでも見てきましたが、この一度のみ、僕が感じたのは醜悪さではなく美しさでした。そういうことで、とにかく早くこの事件の束縛から解放されて、これ以上深みに嵌《は》まらないようにしないといけないわけです。

残念ながら、この事件の捜査はそう簡単にいきませんでした。この二週間、ぼくは奮闘して最終的に容疑者を六人まで絞りこみました。最初疑いがかかったのは八人でしたが、そのうち二人の容疑はすぐさま否定されています。ですがそれ以降、調査活動に進展はありません。

いまから、事件の状況について詳しく説明します。なにか重要な情報を書きもらしていなければいいのですが。

事件現場は市内郊外の平屋の建物で、被害者がすこし前に作曲の収入で買った家でした。

〝平屋〟というとどうしてもぼろぼろの掘っ建て小屋を思いうかべるかもしれませんが、実際はそうではありませんでした。見れば、その家は手のこんだ造りで、内部の装飾にもかなり気がつかわれているのがわかります。説明すると、その家はかなりの広さの庭園のなかに建っていて、庭園の外周は塀で囲われ、西のほうに細々としたものを入れておく倉庫があります。当然ながら季節の関係で、事件が起きたときには庭園にはいっさいの生気がなく、枯れてしまった草花が雨に濡れているばかりでした。

庭園のぬかるんだ地面からは、犯人が残したと思われる足跡が見つかっていて、そのあと倉庫では底が泥にまみれた雨靴が見つかりました。靴底の模様のすり減り方は足跡と一致しています。被害者の彼氏によれば、その雨靴は被害者の持ち物で、ふだんは例の倉庫に入れたままだったそうです。ちなみに、庭園の正門から家と倉庫に向かう道は石畳が敷いてあって、雨に流されて足跡は確認できなくなっていたことは補足しておくべきでしょう。ぬかるみの足跡は、家に向かう石畳の途中から始まって東に向かい、植え込みをいくつか回りこんで、最後は家の東側にあるピアノ室の窓の前に達していました。戻っていく足跡は見当たりません。

家のなかは四つに区切られています。玄関を入ったところが居間で、右手に壁が広がっています。その壁全体を見渡すと扉が二つ並んでいて、手前の扉を入るとピアノ室（中には相当な値段のするグランドピアノが置いてあります）、奥の扉を入ると寝室があります。家のなかにキッチンのスペースはなく、居間にコンロが設置してありました。玄関の真向かいの壁のむこうには浴室とトイレがあります。浴室は広くなく、湯船はなくて、シャワーが壁に取りつけられていました。ここが死体の発見場所です。

ピアノ室の窓はもともと開いていたらしく、窓の下枠と近くの床に共通の足跡が残っていました。ですが、ピアノ室から浴室に向かう道筋から雨靴の足跡は見つかっていません。居間の床のほうには一ヵ所、泥汚れがありました。どうやら、犯人は室内に入ったあと雨靴を脱ぎ、一時的に居間に放っておいたようです。

死体が発見されたとき、浴室のドアは閉まっていない状態で、明かりは点いたまま、外に面した小窓には鍵がかかっていました。被害者は全裸で、身体を丸め、シャワー器具が取りつけてある東側に顔を向けて横たわっていました。胸と左の腹に七ヵ所傷があり――この手がかりから容疑者は絞れません。疑わしい八人は全員右利きだったからです。そのほかに、被害者の身体に外傷はありませんでした。明らかに、シャワーを浴びている最中に襲われたものでしょう。

理解に苦しむのは、犯人がなぜか被害者の髪を切っていることです。しかもひどくぞんざいな切り方で、なにも考えずに一束つかみ、適当にはさみを入れ、それを幾度となく繰りかえしたようでした。だから、頭に残されたほうの髪の長さもいっさい揃ってはいません。あとで写真を見てはじめて、もともとの被害者の髪型がわかりました——腰まであるストレートで、前髪は作っておらず、すべての髪をほぼ同じ長さにしていました。犯人が使ったはさみは浴室の床に放置されていて、確認した結果これも被害者の持ち物で、ふだんは居間のコンロの近くに置いてあったとわかりました。その後、頭髪の何本かでDNA鑑定をしてみましたが、どれも被害者のものでした。なにか発見がないかと期待して化学検査にも送っています。結果は、頭髪の表面にはシャンプーが残っていただけでほかのなにも付着していませんでした。

はじめ僕たちは、もみ合いのときに犯人の血が被害者の髪に飛んでしまって、だからその部分の髪を切らないといけなくなってしまい、残った髪も隠蔽のために大ざっぱに短く切ったのだろうかと考えました。しかし、現場にはもみ合った痕跡はなくて、どの証拠を見ても、被害者ははじめから抵抗する能力を失っていたことがわかります。それに、八人の容疑者のだれにも目に付く傷は見当たりませんでした。ということで、この推測は成立しません。

死体を発見したのは被害者の彼氏の許深《きよしん》でした（事件の容疑者の一人でもあります）。本人によると、一晩中自分の部屋で台本の手直しをしていて午前五時ごろに仕事が終わり、それで書きかえた台本をまっさきに晁北夢に見せたいと思い、一人で相手の家に向かったところ、玄関に鍵がかかっていないことに気づいた——ふだんそういうことはなかったと。それに居間の明かりも点いたままです。この時点では晁北夢がたまたまうっかりしていただけだと考えていました。被害者の仕事のリズムからすると、寝付いてまもないくらいの時間でした。でも許深は、仕事の進行が一分一秒を争う状況になっていて、台本が確定しないと稽古を続けられないからと判断して、そのまま家に入り被害者の寝室に向かいました。浴室の前を通ったとき、なかの明かりが点いているのに気づきます。それで死体を発見したという次第です。

庭園の足跡と現場の各所の痕跡から、当時犯人がとった一連の行動をひととおり再現することができます。最初、彼（いまは性別のことは考えません）は玄関から家に入ろうとしたが、鍵がかかっていて、ノックをしても反応はない——被害者はシャワーを浴びていたからです。そこで、鍵の開いている窓を探してそこから家に侵入しようと考えます。ただ窓の前まで行くには庭園のぬかるみに足を踏みいれる必要があり、すると足跡が残って、自分の靴のサイズが明らかになってしまいます。そこで、犯人は石畳の道を通って倉庫に向かい、雨靴を出して履きかえると、そこからぬかるみを歩いていってピアノ室の窓から屋内に入ります。雨靴を脱いで手に持ち、そのあと居間の床に置いて、犯行のため浴室に向かいます。殺害を終えると、居間に戻ってはさみを手に取り（居間の明かりはおそらく、犯人がはさみを探すときに点けたのでしょう）、浴室に入って被害者の髪を切り落とします。最後に、彼は雨靴を履くと玄関から家を出て（だから玄関の鍵は開いていました）、倉庫に行き自分の靴に履きかえます。

以上が殺人現場の状況と、そこから導きだした推測です。

調べてみると、殺人が起きた平屋の建物はS市における晁北夢の唯一の住まいではありませんでした。ふだんは両親とともに過ごしていることが多く、ときどき彼氏の家に泊まっていました。どちらも同じ市の区域内で、事件現場からは車で二時間近くかかります。創作に打ち込む必要があるときだけ、この人里離れた場所の小さい家で時間を過ごしていたのでした。その間は、あらゆる現代の通信機器とは切りはなされます。連絡をとる必要があったらここを直接訪れるしかありません。

すこし前に晁北夢は、ある新進のヴァイオリニスト（これも容疑者の一人です）に、ちょうどヴァイオリン協奏曲の構想があるので、完成したらそのヴァイオリニストに初演を担当してほしいと話していました。今回のカンヅメはこれが理由だったとも考えられます。作品は結局完成しませんでした。第三楽章はまだ一音も書かれておらず、第一楽章のカデンツァも書きかけでした。晁北夢を慕っていた後輩（これも容疑者の一人）が、彼女の作風に倣って作品を完成させると言っています。

容疑者を八人まで絞りこむのは、たいした手間ではありませんでした。死亡推定時刻は午前零時から二時にかけてですが、当時はあたり一円を豪雨が襲っていて、市街から現場の方角に向かう高速道路は閉鎖されていたし、省外から山道でやってくるルートでは地すべりが起きていました。よって、犯人は現場近辺に滞在していた人物のはずです。

すぐにわかったことですが、現場の近くには高級リゾートホテルが建っており、『花月痕』の出演者やスタッフが多くそこに滞在していました。ホテルは晁北夢の住まいからさほど離れておらず、歩きでも行き帰りで四十分ほどしかかかりません。彼らが滞在先としてこのホテルを選んだのはそれが理由だったと、後になってわかりました。事件当時はホテルのホール（ふつうは結婚式で使われる場所です）を借りきって稽古を進めていて、国内での上演にあたって多少の修正をしていく計画でした。言葉を換えれば、彼らがここに滞在していたのは、カンヅメ中の晁北夢と連絡を取りやすいからに尽きました。

事件当夜、彼らの大半は午前三時まで稽古を続けていましたが、そのうち八人が午前一時までにホールから姿を消しています。それぞれが理由を話してくれましたが、どうでもいいことなのでわざわざ説明はしません。重要なのは、八人が全員確かなアリバイを持っていないことだけです。

第一の容疑者は、オペラで杜采秋《とさいしゅう》役を演じるメゾソプラノの林懿成《りんいせい》、現在二十九歳です。話によれば、視覚上の印象を気にして、この先彼女が杜采秋を演じるのを晁北夢は望まなかったらしく——要するに、この役のあるべきイメージに比べて、林懿成はどう見ても太りすぎでした。オペラ歌手では珍しくもない体型のはずですが、ただ舞台のうえで彼女がしなを作るたびに、観客からは爆笑の声が上がるという話です。

第二の容疑者は新進の指揮者の王南卿《おうなんきょう》、やせ細った男で、現在三十五歳ですが、（どうも酒びたりのせいのようですが）見た目は五十近く、顔はしわだらけで、白髪交じりの髪もほとんど残っていません。彼が名を上げたのは『花月痕』がきっかけでした。ルツェルンでの上演のさいに、急病で倒れたイタリアの指揮者の代わりを務めて、全曲を暗譜で完璧に指揮してみせたといいます。被害者と諍《いさか》いはなく、その反対に、国内での何回かの公演では彼が指揮するように被害者は要望していました。

この二人の容疑は早々におおむね否定されました。

庭園の足跡は、鑑識によると、体重六十キロ前後の人間が残したものでした。もちろんここから犯人を確定させることはできません。というのも、体重が六十キロ以下の人間でも重いものを持っていれば同じ足跡が付くことはありえるわけです。でも確かに言えるのは、体重六十キロを超える人間は犯人ではないだろうということです。一時的に体重を減らす方法などないですからね。ということで、七十四キロある林懿成は容疑者のリストから削除されます。同じように、雨靴のサイズは四十号（二十五センチ）で、靴先に無理に足を押しこんだような痕跡も見当たらなかったので、靴のサイズが四十二号の王南卿にかけられた容疑も晴れました。残りの六人はみな体重が六十キロ以下、靴のサイズも四十号以下でした。

第三の容疑者は、被害者の彼氏で、死体を最初に発見した許深です。現在二十八歳。見た目は人並みで、顔は平たく、団子鼻で、背も高くありません。世の中の詩人へのイメージとは違って髪もひげも伸ばしておらず、まるで普通のサラリーマンのような雰囲気でした。演劇大学を出ていて、劇作を専攻し西洋のオペラの歌詞についてかなり詳しく調べています。晁北夢との共同作業は『花月痕』が最初ではなくて、これより前にも一作、あまり評判のよくなかったオペラを作っています。そのときに二人は付き合いはじめ、今年で六年になりますが、結婚する予定はなかったとのことです。注意すべきは、彼が被害者の住まいの鍵を持っていたことで、ここがほかの容疑者たちとの最大の違いです。

第四の容疑者はソプラノの何兆悦《かちょうえつ》で、今年で三十歳。オペラでは劉秋痕《りゅうしゅうこん》役でした。被害者とは昔からの付き合いで、歳は三つ違いますが同じ音楽大学の付属学校の出身でした。中高一貫の学校だったので二人は知り合う機会があったわけです。以前に晁北夢と許深が共同制作したオペラが失敗に終わったのは、もちろん歌詞や音楽の稚拙さが大きな理由でしたが、深く追及してみると何兆悦の責任も否定できません。話によれば初演のとき、あまりの緊張のせいで期待はずれの結果しか出せなかったといいます。それから二年間はオペラに出演せず、歌曲の録音に打ち込んでいました。『花月痕』で何兆悦はオペラの舞台に復帰し、実際の出来ばえもとても高く評価されていて、かつての不面目を雪《すす》いだことになります。何兆悦は小柄でやせていて、体型からはオペラ歌手だとはとても思えませんし、どう見ても三十歳になっているとは思えない外見です。ひどい近視のせいで、この季節にはお決まりのようにニット帽をかぶっています。髪はショートで、舞台に出ていないときはいつも茶色の縁の、分厚いレンズの眼鏡をかけています。

第五の容疑者はヴァイオリニストの蔣一葵《しょういつき》、現在二十四歳です。彼女は、『花月痕』の第二幕と第三幕の間奏曲にあるヴァイオリンソロを任されていました。第二幕の終わりでヒロインの劉秋痕が首を吊る場面のあと、この間奏曲は挽歌として奏でられて、絶望の響きが全体に満ちています。驚くほどの難易度で、首席奏者《コンサートマスター》を務めるようなヴァイオリニストでもなかなか歯が立たないとのことです。そのために晁北夢はわざわざ気鋭のヴァイオリニストを招き、技巧的な曲を一番の得意とする蔣一葵を上演に参加させたのです。晁北夢は蔣一葵の演奏にいたく満足し、作曲中のヴァイオリン協奏曲を献呈しようと考えていたそうです。蔣一葵は背が高くスターらしい雰囲気で、楽器を弾くときには肩までのセミロングの髪がリズムとともに揺れ、舞台に立てばいつでもおのずと観衆の視線を一身に集める存在です。

第六の容疑者は被害者の後輩で、音楽大学の作曲科四年の方琮《ほうそう》、現在は二十一歳です。彼女は去年から晁北夢の助手を任されており、写譜を手伝ったり、ときには楽器の割りあて《オーケストレーション》に関わったりしていました。もともと方琮は、例の評判が悪かった前作のオペラを観て晁北夢の熱狂的な崇拝者になり、その作風をまねだしたうえに、着るものや髪型までいつも晁北夢と同じにしようとしていました。そのうちに晁北夢が、音楽大学に残って教えていた友人からこのことを聞いて、自分の助手として呼びよせたといいます。二人は仕事の上で対立することもなく、それどころか晁北夢は、方琮があまりに言いなりなので、将来の成長についていつも心配していたそうです。

第七の容疑者は衣装と舞台のデザインを担当している周昭礼《しゅうしょうれい》、現在六十五歳です。彼がいままでに手がけたオペラや映画、舞台劇は六十作を下りません。この分野では間違いなく、最上級の尊敬を集める地位にいます。本来なら晁北夢を殺す理由などないはずでした。ですが改めて深く調査すると、晁北夢とは衣装のデザインに関してずっと衝突があったことがわかりました。晁北夢からすると、周昭礼がデザインした衣装は装飾がごたごたしすぎて、必要のない部分が多すぎ、出演者の演技の妨げになるかもしれないという考えです。何度か対立が続いたすえに、晁北夢はほかの関係者たちの前で、〝ただの無駄〟と考えた衣装の装飾をはさみで切り落としていました。この一件があってから周昭礼は衣装と舞台のデザインを続けることを拒否し、弟子の洪瓊《こうけい》、あとで話す第八の容疑者に、すべての仕事を放り投げていました。今回オペラが国内で上演されるにあたり、出資者は周昭礼の名声にこだわってふたたび衣装と舞台のデザインを担当するように説得し、晁北夢も公式に謝罪し二人は和解していました。周昭礼は背は高くありませんが、腰が曲がっているような様子はなく、人一倍潑剌とした老人です。体力については、晁北夢を殺害することは間違いなく可能です。

最後の容疑者は、周昭礼の弟子であり助手の洪瓊、現在二十九歳です。彼女はとても目立ちたがりな性格で、世間の抱く芸術家のイメージにぴったり当てはまります。容疑者のなかで唯一髪を染めていて、しかもよくある派手な金色にしていました。着ているものも自分自身のデザインらしく、正確に描写できないのを許してもらいたいですが、ただ誓って言えるのは、彼女の服からは思いつくかぎりのあらゆる色を見つけられることでしょう。

以上が、今回の事件の殺人現場と容疑者についての情報です。ほかには洩らさないようにお願いします。

先輩が言っていたことを思い出します――事件が最終的に解決されるという期待はできるだけ持っておくな。真相にたどりつくには、山ほど道しるべが必要になるからだ。もちろん全力を尽くして捜査を進め、必要な手がかりをできるだけ発見することはできる。ただ、人にできることにはどこかで限界が来る。最後になっても必要な手がかりが揃わないことは大いにありうる。道しるべがなかったら、おれたちは迷宮をさまようだけで、真相という名の出口は見つけられない。だから、運よく事件を解決できたときは、運命の恩寵だと思うといい。

どんな文脈でそう言ったかも思い出せます。先輩はあの事件の犯人を突きとめていて、でも証拠不足で逮捕できませんでした。もし当時、あいつに不利な手がかりがあと一つ見つかっていたら、あの件が〝事故〟として処理されあいつを野放しにすることはなかったかもしれませんね。

でもだれを恨むわけにもいきません、〝運命の恩寵〟は僕たちが手にするとは限らず、犯人に贈られることもあるから――そして今回の事件でも、神さまが僕たちに味方してくれることを祈るしかありません。僕が提供した手がかりから犯人がだれか推理することができたら、どうか返信で教えてください。それを指針として捜査していけば、決定的な証拠が見つかる望みがあるわけですから。

いずれにせよ、返信を待っています。

3

私と姝琳《しゅりん》がシャワーを終え、髪を乾かしてまた韓采蘆《かんさいろ》の部屋にやってくると、むこうはもう私の書いた犯人当てを読みおえて、机の前に座って考えを整理しているところだった。私は自分ひとりで意見を聞きにいけばそれで済むと思っていたけど、姝琳のほうが、私ひとりを虎穴に入らせるのは心配だから付いていくと言って聞かなかった。

心配されるのにもそれなりの道理はある。

三十分前にまな板の鯉にされていたばかりなのに、私が韓采蘆に大して警戒心を持っていなかったからだ。過去はどうあれ、あの子は姝琳に正座させられ、シャワー室が閉まってしまう一分前まで叱りつけられて、もう人を傷つけるようなことはしないと約束したわけだし。

「それじゃ、始めよう」ベッドに私たちが腰を下ろすと、韓采蘆は原稿を手にして切りだした。「でもこの犯人当て、陳《ちん》姝琳さんはまだ読んでないよね？」

「大丈夫、さっきシャワー室でだいたいのところは秋槎《しゅうさ》から聞いたから」

「もう真相が見抜けたの？」私は尋ねた。

「そっちの思考をたどろうとやってみて、どんな答えを設定したかはおおよそわかった。でも、私に頼んできた当初の目的はそれじゃなさそうだね？　気にしている問題はたぶん、私がこの犯人当てを解けるかじゃなくて、この犯人当てにべつの正しい答えがあるかどうかなんだろうから」

「たしかに、あなたに頼んだのはそれが理由だけど」

「安心して、順を追って説明するから。とはいっても、こっちの考えには付いてきてね」

韓采蘆は原稿を机に投げ出して、目を閉じてすこし考えをめぐらすと、話の続きを始めた。

「この犯人当てでは八人の容疑者が用意されているけど、はじめに林懿成《りんいせい》と王南卿《おうなんきょう》が犯人である可能性が否定されている。ここにはなにか罠があるのかな？」

「罠なんてない。でも一部の読者を惑わそうとしたのは確かかな。この二人があんまりあっさりと容疑を否定されるから、ここになにか小細工があるんだと考える人はいると思う」私は正直に答えた。「でもちょっと頭を働かせてみれば、この二人がほんとうに犯人じゃないってことはわかる」

「そうだね。体重が六十キロ以下の人間でも、六十キロ以上だと判断される足跡を残すことは可能だし、靴のサイズが四十号以下の人間も四十号の靴を履くことはできるけど、その逆は成立しないから。これは単純きわまりない事実。ここで作者は読者に一つの推理の進め方、消去法を提示してるわけだ——なにかの手がかりから直接犯人を指名するんじゃなく、いくつかの手がかりをもとに、容疑者一人ひとりの犯行の可能性をだんだんと否定していって、最後に残った人間が真犯人になる」

「たしかに、この犯人当てに答えるにはそう進めるのが必要だね」

「ということで、私はこの考え方にしたがって推理を始めた」また原稿を手に取って、でも目を通すことなく、視線は真っすぐに私を見つめている。「まず、何兆悦《かちょうえつ》は犯人のはずがない。文章を読むと、現場での警察の判断によれば、犯行時被害者はシャワー中だった。対して作者による庭園の描写を見ると、この事件が起きたのは秋か冬、ある程度気温が低い時期。だから死体が発見されたとき浴室の窓が閉まっていたのは、寒くないように被害者が閉めていたんだと考えていい。なら犯行時、浴室に水蒸気が充満していたのは想像できる——そして何兆悦は、ひどい近視だった。もし眼鏡をかけたまま浴室に入って犯行に及んだなら、たちまちレンズは真っ白になったはずだけど、かといって眼鏡を外したなら、やっぱりものは見えなくなるはずだよね。それに、被害者が抵抗した痕跡はないとも作者は書いているから、つまり晁北夢《ちょうほくむ》は犯人が浴室に侵入してきてすぐに刺され抵抗能力を失っている。それを実現するためには、機敏な動きが必要なのにくわえて、視界がはっきりしていることも欠かせない条件になるね。よって、何兆悦はきっと犯人ではない」

「続けてみて――」

「被害者の彼氏で、最初に死体を発見した人間でもある許深《きょしん》もおそらく犯人じゃない。鍵を持っているからだね。犯人はそうとうに慎重で、ぬかるみに自分の靴の痕を残さないためにわざわざ倉庫の雨靴に履きかえていた。とはいっても、警察は足跡をもとに犯人の体重と靴のサイズの範囲を割り出している。許深が犯人だとして、自分以外にアリバイがないのが林懿成と王南卿だけだった場合、警察は体重と靴のサイズ、二つの手がかりをもとにすぐさま許深を逮捕するんじゃないかな？　玄関の鍵を持っていたんだから、そこまでの危険を冒す必要はどこにもなかった。よって、許深の容疑も否定できる」

そう話したところですこし言葉を切り、無意識なんだろう、胸まで伸びた髪を左手でいじっている。

「ここまでで残った容疑者は四人。消去法を進めていく前に、死体と現場に残っていたある痕跡について簡単に分析してみようか。ここでは、手紙の書き手がいちばん頭を悩ませていた問題に答えようと思う――犯人は、どうして死体の髪を切ったのか」

「ついにここにやってきたね」相手が一歩ずつ真相に迫っていくのを前にして、私も思わずに気がたかぶってくる。「そのとおり、髪を切った理由が理解できれば、犯人にはすぐにたどりつける」

「作品内の警察側ははじめ、犯人が被害者の髪を切ったのはもみ合いのなかで自分の血が跳ね飛んで、その部分を切りとる必要があったからで、隠蔽のために残りの髪も大ざっぱに切りそろえていったんだと考えていた。だけど、もみ合ったような痕跡は残っていなかったし、容疑者のだれにも外傷はなかったからこの理由は当然ありえないよね。では、犯人がそうせざるを得なかった理由はほかにあるか」

「そう、ほかにあるの?」

「たぶん、実際の状況は正反対だったんだと思う。犯人の血が被害者の髪に飛んだんじゃなくて、犯行のさいに、被害者の血が犯人の髪に飛んだんだ。犯人が合羽を着ていたなら、被害者から噴きだした血で服が汚れる心配はしなくてよかったとも考えられるけど、フードをかぶっていたとしても、自分の髪に鮮血が飛んでくるのを完全には避けられないよね? そのまま放っておけば、きっとその血は頰をつたって首元に流れ、そのうち合羽の下に着ている服の襟を汚してしまう。偶然にも犯行現場は浴室だったから、せっぱつまった犯人はシャワーからお湯を出して、自分の髪を洗った……」

「それが、犯人が被害者の髪を切ったのと関係するの?」わかっていながら私は訊く。

「もちろん。なぜなら、犯人は髪を洗うときに自分の髪が浴室に落ちるのを気にしていたはずだから。頭を洗えば髪は抜けるものじゃないかな？」韓采蘆はそう言いながら、胸まで伸びた髪をいじりつづけていて、毛先をまとめて指に巻きつけては放し、またほかの髪をからめている。それを見てなんとなく、そのすこしくせのついた髪は、自分でいじってなったんだろうと考えた。「その可能性が存在するゆえに、警察が頭を悩ませたような事後処理をする必要があったんだ。つまり実際に髪の毛を現場に落としたとは限らなくても、万が一を考えて、彼——か彼女——は大ざっぱに被害者の髪を切る必要があった。木は森に隠せ、被害者の髪に自分の髪を埋もれさせるために」

「じゃあ、犯人はだれなの？」

「まず犯人は、この行動をとる必要があった人間に限られる。さっき言ったように、頭を洗えば髪の毛は落ちる。シャワーに行ってきたばっかりだからしっかり実感してるよね？頭を洗ったあとにはいつも排水溝のあたりで髪が塊になって、排水溝を詰まらせてしまうことだってある。そして晁北夢の髪からは残留していたシャンプーしか検出されていないなら、彼女は直前に髪をていねいに洗っていたってことじゃないかな。とすると、浴室の排水溝の付近には彼女の髪がたくさん落ちていたはず。作品の描写によると、晁北夢はストレートの髪を腰まで伸ばしていて、しかも全体がだいたい同じ長さだったらしい。ということは抜けた髪も同じだろうね。

その場合、晁北夢と犯人の髪型が同じで、髪の色もいっしょだったら、晁北夢の髪を切る必要はないんじゃないかな？　ないに決まってる。髪型も色も同じなら、晁北夢が頭を洗ったときに落ちた髪で犯人の髪はわからなくなって、犯人もよけいなことをしなくていいんだからね。

とすると、方琮《ほうそう》の容疑は否定できる。被害者を崇拝していたゆえに、相手と同じ髪型にしていたわけだから。それに作者は、洪瓊《こうけい》のところで〝容疑者のなかで唯一髪を染めていて〟とわざわざ注記しているから、方琮は髪を染めていないのが確定して、被害者と髪の色が一致する。彼女は被害者の髪を切る必要がなかったから、犯人ではないと言える」

この推理によって、容疑者は残り三人になった。

「方琮は被害者の髪を切る必要がなかったから犯人でないと言うなら、対して、洪瓊の場合はその逆になる。被害者の髪を切ったとしても彼女の髪は隠せないよね、金髪に染めていたんだから。もちろん、一時的に髪を黒く染めていて犯行後にもとの色に染めなおしたから、彼女にも被害者の髪を切る必要はあったって言うこともできる。でも、その推測はつじつまが合わない――洪瓊は自分の髪に被害者の血が飛んでくることを事前に考慮していたはずがないんだから。もし考えてあったなら、事前に対策を考えて、そもそもそんな事態が起きないようにしているはず。まとめると、洪瓊は犯人ではない」

そこで韓采蘆は机の上のコップをなにげなく手に取ったけれど、中身が空なのに気づいてしかたなく話を続けた。

「それでは、周昭礼《しゅうしょうれい》は犯人なのか。この犯人当てのなかで、彼の髪型はどこにも描写されていない。とはいっても、読み手は判断を下すことができる——髪の色によって。容疑者のなかで髪を染めているのが洪瓊だけなら、周昭礼も髪は染めていないとわかる。そして彼は、現在六十五歳の老人だったね。じゃあその髪は何色か？　考えるまでもなく、銀白色。これで、洪瓊の容疑を否定したのと同じ理由が彼にも適用できる。周昭礼は犯人じゃない」

とうとう……

「以上から、容疑者は一人しか残らない——犯人は、ヴァイオリニストの蔣一葵《しょういつき》。これが消去法によって導いた結論だよ。作品内の描写では、彼女の髪型は〝肩までのセミロング〟で、あきらかに晁北夢の〝腰までのストレート〟よりもずっと短い。それゆえに、浴室内に晁北夢が落とした髪では彼女の髪の存在を隠す役には立たなくて、晁北夢の髪を切って隠蔽工作を成立させるしかなかった。蔣一葵が、晁北夢を殺した犯人だった」

自分の推理を語り終えると、立ちあがってこちらに歩いてきて、原稿を私に渡した。紙束の上には韓采蘆の髪の毛が一本落ちていたけれど、それをはじき落とす気にはならなくて、あいだに挟まったまま二つ折りにした。そこに、横に座ってずっと黙りこんでいた姝琳が私の手から原稿を奪う。筒のように丸めて、胸の前で握りしめる。

「いまの話は、秋槎が設定した答えと同じだった？」私に訊いてくる。

「ほぼそのまま」これもほんとうのことだ。「しかも、私より厳密に考えてあるところばっかりだった」

「ほんとうにそうだったら、私はちょっと失望するな」冷静な声で言う。真剣になったいまの姝琳は怖かった。「私が知ってる陸秋槎は、こんなもので済ますはずがない。こんな強引で穴だらけの推理、ほんとうに秋槎が考えたの？　それともたんに、韓さんが言ったことだから、面子を考えて自分の答えと同じだって言ってるの？」

「嘘なんか言ってないよ」私はうなだれて、小さい声で言った。「それに、さっき韓さんも言ったけど、これは私の考えを推測するつもりで、どんな答えの設定がありえるか考えてくれたんだから。でなかったら、その頭脳があれば、姝琳を失望させるような推理なんて頭に浮かばないと思うし……」

「そういうことなの、韓采蘆さん？」親しくない相手には、姝琳の口ぶりはずっと柔らかかった。

「もちろんそう。この形式体系は不完全で、まずもって唯一の正確な真相を推理することなんかできないから、私にできるのは陸さんがどんな推理をしてほしいと思っているのか推測すること、それだけだった」

それを聞いて、私は言葉を失った。

そうか、私が頭を絞って作りあげた犯人当てはそんな不充分なものだったんだ。

どうしてこうなるんだろう。まるでまわりのだれもかもが私よりも賢くて、私よりも真《しん》摯《し》なように思える。なのに愚かきわまりないままの私は身のほども知らずに推理小説を書いているだなんて、変に思えてしかたがない。もしかして、ほんとうに賢い人はこういう頭脳を試すような娯楽に打ち込むことはなくて、私がここまで深くはまっているのは自分があまりにとろくさいからでしかないんだろうか。

そうだ、私は自分の身に欠けているものを求めてばっかりだ。きれいな女の子が好きで、精細に磨きぬかれた芸術品も好きで――私にそんな技芸はないのに。同じように、学生の本分から一歩も出ないでおきながら、韓采蘆みたいなほかとは違う人たちと、その人生にあこがれて……

これからは推理小説を書かないほうがよさそうだ。私みたいな人間は、どんなに努力したってまともな作品は書けない。結局のところはみずから屈辱を招くだけ、恥をかくだけだ。

「姝琳、ごめんなさい、やっぱり最初に読んでもらったらよかった。姝琳から同じ評価を聞くんだったら、まだ受け入れられたから」泣いてしまいそうだ、こういう屈辱は私の人生ではお決まりみたいなものでしかないのに。「いま、韓さんにもああ言われて、ほんとうに……」

「ごめん、ひどいことを言いすぎた」姝琳は私を慰めようとする。「この犯人当てだって〝穴だらけ〟ってほどじゃないよ。ただ、やや重大な瑕《きず》があるだけ。だからちょっと修正すれば、ちゃんと校内誌には載せられるって。それに、編集長は秋槎なんだから、瑕があったって載せるのに問題はないでしょ」

「教えてよ。どこに瑕があるのか」

もう発表する気は失せていたけれど、私は思わず尋ねた。

「単純なことだよ。いま与えられている条件では、許深の容疑がまったく否定できない」

原稿が私の手に戻されたけれど、さっき上に落ちていた髪の毛は無くなっていた。「韓さんもそう考えたでしょ？」

「もちろんそう」これは口癖らしかった。「ただ彼が間違いなく犯人だとも証明できなかったし、陸さんは最初に死体を発見した人間を犯人にはしないような気がしたから、適当な理由を付けて容疑を否定したんだ」

「秋槎、まだ気づいてない？　〝許深が犯人でない〟と結論づけた推論には重大な瑕があるの」私が首を振ったから、姝琳はさらに説明した。「許深の容疑が否定されたのは、一つの理由に尽きる——彼は鍵を持っているから、庭園に自分の足跡を残す危険は冒さない、自分が犯人だとばれてしまうかもしれないから。ざっと見るとこの論理は問題なさそうだね。でも、詳細に検討してみるとこれはまったく成立しない。だって、玄関の鍵を持っていたとしても、自分が犯人だとばれないためには庭園を回り道して、ピアノ室の窓から家に入って犯行を行わないといけないんだから」

「どういうこと」

「私が説明するよ」韓采蘆が話を引きとった。「まず許深が犯人だと仮定するとして、さらに当時彼は庭園に足跡を残さず、直接玄関を開けて家に入ったと仮定してみる、そしたらどんな結果になる？　まず、庭園に足跡はない。となると、犯人が家に入ったのは玄関からしかない。くわえて、文章のなかでは、被害者は玄関の鍵を掛けておく習慣だったと書いてある。すると二つの可能性があるよね——犯人が鍵を使ってドアを開けて入ったか、被害者がドアを開けてあげたか。でも、現場から判断できるように、被害者の晁北夢はシャワーを浴びていて、訪問者を中に入れることはできなかった。それはつまり……」

「……犯人は玄関の鍵を持ってる、ってこと？」

間違いなく私は、そこまで考えていなかった。

「正解。容疑者のなかで鍵を持っているのは許深だけ。だから陳姝琳さんは言ったんだ、自分が犯人だと気づかれないためには、許深は庭園に足跡を残すしかないって」

韓采蘆の説明はここで終わり、さらに姝琳が補足する。

「もちろん、犯人は晁北夢がシャワーを浴びはじめる前に家に入っていたんであって〝庭園に足跡がない〟と〝犯人が鍵を持っていた〟という二つは必然的につながるわけじゃない、と反論もできるよ。でも、これもおかしなことになる。訪問客がいたのに、どうしてシャワーを浴びに行ったの？　いちばん簡単な推測は、訪問客が自分の彼氏だったから……詳しい理由は説明してあげなくてもいいでしょ？　どうせ秋槎ならきっと理解してるから。要するに、〝晁北夢は襲われたときシャワーを浴びている最中だった〟という前提から考えると、庭園に足跡がなければ、許深はすぐさま警察に逮捕されてしまう。被害者の彼氏であり、玄関の鍵も持っていたんだから」

「じゃあ、なにか救済の方法はあるの？」

「簡単だね」韓采蘆が言った。また髪の先を手にとり、不規則に揺り動かしている。「この容疑者を削除すればいい。もしくは手がかりをさらに増やす。さっき、この犯人当ては完全性を備えていないと言ったけど、これは良い例なんだ。数学における公理的方法というのは聞いたことがあると思うけど……」

「一回も聞いたことない」

「この犯人当ては、一つの公理系とよく似てる。授業でも習ったはずのユークリッド幾何学は、とても広く知られている一つの公理系なんだ。のちにヒルベルトは『幾何学基礎論』で、さらに厳密な幾何学の公理系を確立した」そこまで話して、視線を外す。「この話、全然興味がなさそうだね。でも興味を持ってくれる話を説明するために、ぜんぶ必要な準備だから。我慢して聞いておいてくれるかな」

「興味はあるよ。数学には……」

「それならいい。公理的方法は数学のなかでもとくに素敵な部分の一つで、ほかの科学分野に広めていこうとおおぜいの数学者が全力を傾けているくらいなんだ。いま名前を出したヒルベルトは、物理学でもこのアプローチを受け入れるように提案してる」軽く咳払いをして、話を続ける。「公理的方法は簡単に言うなら、こういう方法のこと──まず一連の命題を選び、それを真と仮定する、これが〝公理〟。そのうえで、演繹的方法を利用して公理から〝定理〟を導き出す。公理一つひとつはたがいに独立している必要があって、一つもしくはいくつかの公理からほかの公理が導かれてはいけない。同時に、理想的な公理系は二つの性質を備えているのが望ましい――」

「それが前に言ってた、〝無矛盾性〟と〝完全性〟のこと?」

「そう。もし今回の犯人当てを一つの公理系として扱うなら、文中で提示された数々の手がかりが〝公理〟であり、そこから導き出せる結論が〝定理〟になる。無矛盾性はつまり、たがいに矛盾する二つの命題が同時に導き出されてはいけないということ。例を挙げると、〝蔣一葵が犯人〟という結論を導いておきながら、同時に〝蔣一葵は犯人ではない〟という命題も正しいと証明されてはいけない。ある命題とその反命題では、真だと証明されるのは一つのみであるべきってわけ」

「それはわかるよ」

「完全性というのは、問題となる公理系が扱う領域に属するあらゆる命題が、この体系のなかで証明を得られるべきということ――真だと証明されるか、もしくは偽だと証明されるかだね。例を挙げると、今回の犯人当てでは〝許深は犯人である〟という命題が真であるか、もしくは偽であるか、証明が得られることが望ましい。だけど妙なことに、もう話したとおり、この命題は証明不可能で、いま手にしている手がかりではいったい彼が犯人なのかどうか導くことはできない。犯人かもしれないし、犯人でないかもしれない。よって、私はこの犯人当てが〝不完全〟だと言ったわけだけど……」

そのとき姝琳が、韓采蘆による数学の解説講義をさえぎった。

「じゃあ結論は、許深を容疑者リストから削除すればいいって、そういうことでしょ？」

こころもちじれったそうな口ぶりだった。「もう時間も遅いし、これ以上お邪魔するわけにはいかないから。犯人当ての瑕を指摘してくれてとても感謝してる。秋槎、帰ろうよ」

「時間は遅くないよ、夜はまだ始まったばかり」どこかぞっとする笑みを浮かべて韓采蘆が言った。「数学も推理小説も夜が似合う学問、夜更けに語りあうべきなんだ」

「でも語るべきことはもう……」

「ちっとも語り尽くせてない。陳さん、せっかちすぎるよ。ほんとうに、この問題が解決すれば犯人当ては非の打ちどころがなくなると思ってる？」

「そうじゃないの？」

「違うに決まってる。道理にかなった答えならほかにも出してあげられるよ」前に垂らしていた髪を、まとめて後ろに払ってみせる。「何兆悦だって犯人になりうる」

「なに言ってるの。さっき自分で証明してなかった、ひどい近視だから犯人の条件を満たさないって……」

「それは〝晁北夢は襲われたときシャワーを浴びている最中だった〟という前提を立ててはじめて導かれる結論だよ。もしその前提が成立しなかったら？」

「どうしたら成立しないの」

「あれは現場の状況をもとにした判断でしかないからね。もし現場が犯人によって細工されていたら？」

「重箱の隅をつついてるだけじゃ……」

「でもその可能性を否定することはできない。一つ光景を想像してみるといいよ。晁北夢はシャワーを終えていて、そこに犯人が訪ねてきて彼女は中に招き入れた。そして雨に濡れてしまったからシャワーを浴びたいという犯人を浴室に案内したところで、相手に殺害されてしまう。このとき、浴室内の湯気はもう晴れていたはずだよね。だから何兆悦にも犯行の可能性はあるんだ。自分を容疑者から外すために彼女は手間をかけて、浴室を警察が見たような状況に細工し、それからわざと庭園に足跡を残して、晁北夢は襲われたときシャワーを浴びている最中だった、というふうに見せかけた」

「ぜんぶただの妄想でしょ……」

「でも可能性は存在する」韓采蘆は深呼吸した。「現場に犯人が細工していなかったとは証明できないよ、すくなくともいま提示されている条件からは証明できない」

「でも細工されていたとも証明できないでしょ」

こうして、私の前で二人は私の小説を種に対立し、たがいに譲らなかった。私はまるで日露戦争中の清朝のように、怒れる二つの帝国が自分の領土で交戦するのを許し、しかも中立を保つことを迫られていた。

それなら、この話題を終わらせるのは私だ。

「待って、韓さん。姝琳もちょっと落ちついて。疑問があるんだけど」すぐさま二人の視線が向けられる。「さっき論証したけれど、晁北夢は襲われたときシャワーを浴びている最中だったという前提では、庭園に足跡がなかった場合、許深が逮捕されるでしょ。そう考えると、どうして何兆悦は単純に許深に罪を着せなかったの？」

「それは、庭園に足跡を残さないってこと？」姝琳が訊いてきた。

「そう、もしほんとうに彼女が浴室に細工して、晁北夢は襲われたときシャワーを浴びている最中だったと見せかけたなら、さらに足跡を付ける必要はべつに……」

「そうとは限らないんだ」韓采蘆は言いながら首を振る。「何兆悦は、許深にアリバイがあるかどうか知っていたとは限らない。しかも、実際にこの考えにたどり着けるだけの頭脳があったとも限らない」

そうだ、そこまでの頭脳がなかったら。私みたいに。

「とにかく、何兆悦の容疑を完全に否定することはできないって」

「でも私は、あなたみたいな推理法には同意できない」姝琳は静かにため息をつく。「なんだか子供が駄々をこねるみたい、それか昔の文字《もんじ》の獄（清代などで起きた筆禍事件）で他人の罪を仕立てあげるみたいに見える。口を開けば〝可能性〟ばっかり、前提はどれも、なにか確かなものは出てくるの？」

〝仮定するとして〟だけ、そうやって推理を進めて、なにか確かなものは出てくるの？」

「確か？　そもそもそんなものは存在しないね。推理小説と数学の公理的方法にはすこしばかり違いがあるから。数学の公理は真だと仮定されたら真でしかない。でも推理小説の手がかりは偽物かもしれない——犯人が思惑を持って細工したものかもしれない、違う？」

「じゃあ、そんな可能性は無視してしまえばいい。いずれにせよこの犯人当ては校内誌に載るだけで、読者はこの学校の生徒だけなんだから、私と秋槎が思いつかなかった可能性は、ほかのだれにも思いつけないでしょう？　あなたみたいな天才なんて結局めったにいないんだから」

そう話す妹琳は、無意識のうちに衝撃的な考えを口にしている——自分と私は、韓采蘆を除いてこの学校でいちばん賢い生徒だと。

「私が理論上の話をしてると思うならいいよ。他人に理解されるかは全然気にしてない。研究のまえに大衆に理解されるかを気にする数学者がいたら、それは科学ライターに転職したほうがいいね」どこからかヘアゴムを取り出して、髪を後ろで結ぶ。「もちろんそう、ふつうの人にとっていま話したようなことは、思いつけないにしても、理解するのはそんなに難しくないような気がするんだけど」

「いまの状況はつまり、あなたの言い出した話で、現場は犯人に細工されているかもしれないから、この犯人当ては厳密じゃないってことになってるんでしょ。じゃあ、どうすればこの危機を解消できるの？　もしかするとこの欠陥は推理小説そのものの性質が原因で、いくつ条件を――それかあなたのいう〝公理〟を――増やしたとしても問題は解決しないかもしれないのに」

「本気で解決したいなら、方法はあるよ」姝琳の問いかけに、韓采蘆は真面目に返した。「でも、ふつうの公理を追加するだけじゃ当然だめ。そうじゃなくて、反則の公理を追加することならできる。この公理を加えるといろいろ面倒にぶつかるかもしれないけど、目の前の危機を解決するにはそうする必要があるんだ。ところで、集合論については詳しい？」

「詳しくないし、興味もない」姝琳はそう言ってあくびをする。

「集合論には一つとても広く使われている公理系があって、考案者二人の名前から取ってツェルメロ《Zermelo》＝フレンケル《Fraenkel》の公理系、略して〝ZF公理系〟と呼ばれているんだ。ただ、この公理だけを基礎にするとまだ解決できない問題が残る。だから数学者はここにもう一つ、議論を呼んでいる公理を追加した——選択公理《axiom of choice》を。こうして、より完全な形式体系が作られた——ZFC公理系がね。でもこの公理は、ぎょっとするようなパラドックスを生んでしまって……」

「だったとしても、私たちはそれを使うことになる、そう言いたいの？」

「反対する数学者もいるけど、でもこの公理があることで数々の証明がはるかに容易になるのは否定できない。だからいまも、この推理小説に同様の公理を追加してみたらどうかな。濫用してはいけないけど、確かに役に立つ公理——〝証拠の信頼性の原則〟、もしくは〝容疑転嫁の不在の原則〟と呼んでみようか」

「言いたいことはだいたいわかるよ」

「たしかに」それを聞いて、私はうなずいた。「推理小説が答えを提示する前に〝読者への挑戦〟を挿入することはよくあるよね？　エラリイ・クイーンが〈国名シリーズ〉で確立していった方法なんだけど。私はその〝挑戦〟のなかで、すべての証拠は信頼できると保証してあげればいいんだ——すべての証拠は、犯人が容疑を逃れるために偽造したものではないと宣言する」

「それだったら、この小説には唯一の正しい答えが存在する」韓采蘆が返す。

「でも」私は急に不安を感じていた。「ほんとうにそれでいいの？　それって、犯人の知力と行動を制限することだし、しかも謎解きの面白さをがくんと下げるでしょ？　その〝公理〟を追加したら、『ギリシャ棺の秘密』とか『シャム双生児の秘密』みたいな傑作だってそもそも生まれなかっただろうし……」

「小説がより揺るぎないものになって、どんなにやかましい読者も黙らせられるのに、採用しない理由がある？」

「でも気に食わない。推理小説の自由を、制限することだから」

「それはそうだね」韓采蘆はまた空のコップを手に取って、口元まで持っていき、またもとの場所に戻した。「私のいちばん好きな数学者も言っていたんだ、〝数学の本質はその《Das Wesen der Mathematik》自由にある《liegt gerade in ihrer Freiheit》〟って。たぶん、推理小説の楽しみもそこにあるんだろうね」

「限定のための条件をいまよりも増やせばいいんだ。現代の捜査技術で、警察は晁北夢が襲われたとき確かにシャワーを浴びていたと断定できることにする。この対処でどう？」

「もちろん大丈夫。でも問題は根本的には解決されてないけど。まあ、根本的に解決できるかもどうでもいいことか」そう言いながらうつむく。「もしかすると、何兆悦も容疑者リストから消したほうが多少なりとも良いかもしれない」

姝琳からはすでに、許深を容疑者リストから削除するように提案されていて、いま韓采蘆からは何兆悦という登場人物を削除するように提案された。となると、実際に容疑がかかる人物はたったの四人、推理の過程もはるかに簡略化される——髪を切った理由に気づくだけで、すぐに犯人を指名できてしまう。

そうやって刈りこむのも良いのかもしれない。すくなくとも、いまのバージョンよりはずっと厳密になる。

開いていた窓越しに、向かいの寮の棟の明かりが消えているのが目に入った。そんな頃合いだろうとは思った。横に座っている姝琳は目がとろんとして、まぶたが下がってきて、上半身もかなり前に傾いている。早寝早起きの姝琳にとってはもう夜もかなり遅い。

「もう遅いから。今日はほんとうにありがとう、今度また……」

「待って、ねえ、私はまだ数学の話がしたいんだけど——でも二人とも大して興味はなさそうだね」言いながら、いまにも泣き出しそうな顔になる。「もちろんそう、べつに変なことじゃない、変なのはきっと私のほうなんだからね。でも私は、数学が好きだからってだけでどこでもみんなから変人だと思われるのが、辛くてしょうがないんだ」

「興味がないわけじゃなくて、どうやっても苦手なだけなの。小さいときから数学の成績はひどいありさまで、そのせいでさんざん苦労してきたんだから」話すうち、私の視界もにじんでいく。「それでも、数学のことがなにひとつ気にならないって言ったら、きっと嘘になるよ。正直、ほんとうに知りたいと思ってるんだ——どうして有理数は整数と同じだけ存在するのに、実数よりは少ないのか……」

「ほんとうに知りたいなら、教えてあげるよ」

韓采蘆は無垢な笑みを見せた。私は黙ってうなずく。

「ひとつ直感的な判断から出発してみようか。人間はだいたい、あるものの全体はその一部分より多いだろうと無条件に判断する。その判断は有限の範囲では成立するけど、無限に話が及ぶとその判断が正しいとは言いきれなくなる。学校で〝集合〟の概念はもう習ったと思うけど、二つの集合の大小を比較するにはどうすればいいか知ってる？」

「集合のなかに構成要素——元《げん》が、いくつ含まれてるか数えればわかるんじゃ」この分野の知識を脳内で必死に検索する。「それか、どっちかの集合がもう一つの集合の、真部分《しんぶぶん》集合《しゅうごう》、でないか確かめて……」

「一つめの方法は有限の範囲では実行可能だね、でも無限が関わってくると役に立たない。無限個の元を数えあげることはできないから。二つめの方法も、有限の範囲でしか有効ではない。その考えは例の直感による判断——全体は部分よりもかならず大きい——と等価だから」

「じゃあ、無限個の構成要素を含んだ集合の大小はどうやって比較するの」私は尋ねる。

「たとえば、すべての偶数でできた集合と、すべての整数でできた集合だったらどうして要素の量は同じになるの？　偶数の集合って言ったら、整数の集合の一部分に見えるけど……」

「この話になると、二つの無限集合の大小を比較するのには新しい分析の方法を導入しないといけないんだ。ごく簡単にできる方法だけど、直感ではちょっと理解しにくいかもしれないな」

「無限が関わってきたときに直感が当てにならないのはもうわかったから。だったら、直感に反した結論でも受けいれる」

「じゃあ大丈夫」一瞬だけ、韓采蘆は緊張が解けたような、安らかな表情を浮かべた。

「判断の方法はこう、二つの集合の元すべてに一対一対応を作ってみる」

「一対一対応？」

「うん、写像《しゃぞう》の考え方。一つの集合における元すべてについて、もう一つの集合の元に対して写像を考えられるかを確かめる必要がある。もし互いの集合の元すべてについて一対一対応を作れたら、二つの集合は同じだけの元を含んでいて、濃度が等しいと言える」

「あっ」急にぴんときたような気がした。「ってことは、整数の集合の元すべてに二を掛けたら、偶数の集合の元すべてと一対一の対応が作れる、そういうこと？」

「そう、だから偶数と整数は同じだけ存在するんだよ」

「じゃあ有理数は？　どうやったら整数と一対一で対応するの？」

「有理数か。そこの論証はちょっとだけ面倒かな。待ってて、表を書いてあげる。そうしたらわかりやすいかもしれない」そう言いながらむこうを向いて机の上から下書き用の紙を一枚取ると、数字をつぎつぎと書いていき、矢印でそれを結んでいった。

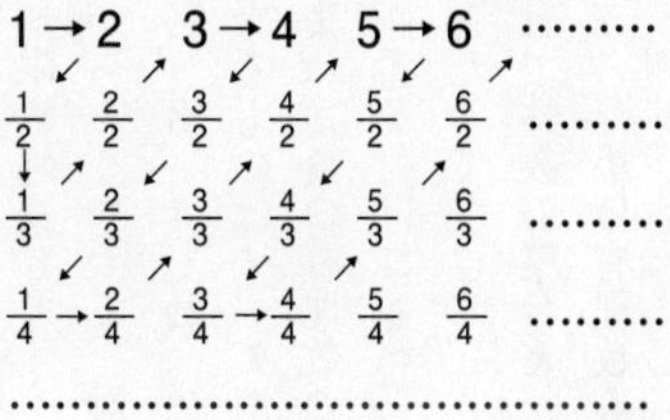

「有理数はこうして書いたような、二つの数の商として表すことができる数字と言える、

つまり整数と分数を合わせたものだね。一行目に書いたのは分母が1の正の有理数、ここは1が省略できるね、二行目からは分母が2、3、4の正の有理数が続いていって、この表は無限に延長してすべての正の有理数を含むことができる。それで、この矢印を見て。いまからこうやって、対角線に沿って正の有理数に順番を付けていくんだ——1、2、½、⅓、2⁄2、3、4、3⁄2、⅔、同様の法則で続けるけど、2⁄2みたいに、前に出現した数字と等しくなるものはすべて消していく。最終的には、正の有理数全体に順番を付けることができるよね。負の有理数の場合も同様に進めて、最後に0を加えれば、結果として有理数全体に順番を付けて並べられる。こうして一列に並べたら、有理数ぜんぶに番号を振っていくことだってできる、0は〇個目、1が一個目、2が二個目、½が三個目……」

「これで整数の集合と一対一の対応関係を作れる、そういうこと?」

「そう。だから有理数も整数と同じだけ存在するんだ。偶数の集合、整数の集合、有理数の集合、あと話をしなかった自然数の集合は同じだけの元を持っていて、濃度が等しくて、どれも可算集合。そのうえ、どれも同じ基数《きすう》を持っているってことも言える」

「基数?」

「集合内の、元の量を記述するための考え方。無限集合の基数は、〝アレフ《aleph》〟が単位になる。いま話をした集合の基数は、ぜんぶアレフ0」

「アレフ、アレフ……この言葉、どこかで見たような気がする。ヘブライ文字の一つ目だよね？」

「そう。この理論を提唱したカントールはユダヤ教徒じゃなかったけどヘブライ文字を選んだんだ。このせいで、ナチス時代のドイツで集合論はかなり面倒な状況になったんだけど」

「前に読んだボルヘスの小説で、これが題名になってたような覚えがある」悪戦苦闘しながら記憶をたどる。「記憶が確かなら、その小説の主人公は〝アレフ〟っていう名前の物体を目にするの。直径二、三センチしかない物体だけど、宇宙の万物がそのなかに含まれてる」

「それこそ無限集合だよ」韓采蘆はまた笑った。「さっき話をしたように、無限集合の一部分は、全体と濃度が等しくなることがありうるんだ。小説の主人公が目にした〝アレフ〟は私たちのいる世界の一部分でありながら、宇宙の万物を収めることができる――それこそ無限集合、稠密《ちゅうみつ》集合だ。ボルヘスは真の天才だったんだ」

私は〝稠密集合〟がなんなのか質問を重ねることはせず、むこうも話を続けなかった。

正直、もう相手の考えについていけなくなりかけている。

「次は実数の話をしようか。自分が間違えた問題のことは覚えてるよね――実数と有理数ではどちらが多いか。答えは、実数のほうが多い。有理数すべてはいままで論証してきたみたいに、順序を付けて並べることができる。でも実数はできないからだね。この結論にたどり着くための論理は複雑じゃないけど、詳しくない人相手だとちょっとわかりにくいかも。カントールは実数すべても順序を付けて並べられると仮定してから、この仮定と矛盾する結論を導き出して、その仮定は間違ってると証明したんだよ」

「たしかに、いまひとつわからないかな」

「じゃあ、私が説明してあげられるのもここまでだ。ほんとうに興味があるなら、数学関係の読み物を探して読んだらいいよ、だいたいこの証明の話は出てくる。ものすごく重要だし、とてもよくできてるからね。さてここで問題。いまの時点で、実数の集合に含まれる元は、それまでに話した偶数の集合、整数の集合、有理数の集合よりも多いとわかっている、つまり基数がより大きい。さっきの集合の基数はアレフ0だったけど、じゃあ実数の集合の基数はどう表せばいいかな？」

私が答えないので、話を続ける。

「自然数のなかで0に続くのは1だから、アレフ0よりも大きい基数はアレフ1と表すべき。だけど、もし整数の集合と実数の集合のあいだにほかの基数が存在したら？　別の言い方をするなら、含まれる元の量が実数の集合よりも少ないけれど、整数の集合よりも多くなるような数の集合はあるかどうか？　そういう集合が存在するなら、その基数こそアレフ1と表されるべきだよね。これがいわゆる〝連続体仮説〟――カントールは、基数が加算集合よりも真に大きく、実数の集合よりも真に小さくなる集合は存在しない、と考えていた。だけどカントールは証明を果たせなかった。ヒルベルトが一九〇〇年に、パリの国際数学者会議ですごく有名な講演をして、解決を急ぐべき数学の問題を二十三個提示したんだけど、連続体仮説は、その先頭に置かれた」

「これ、数学の最重要問題の一つなの？」

「もちろんそう。数学の基礎に関わることだからね。直線上にどれだけの点が存在するのかの問題としても記述できるし、ほかに〝一般連続体仮説〟というのもある。こういう話は措いておこうか。陸さん、連続体仮説は正しいと思う？」

「そんなのわかるわけ……」

「さっき、集合論でかなりの頻度で使われる公理系、ZF公理系の話をしたよね。予想してみるといいよ――連続体仮説は、ZF公理系において成立するのか？」

「そんなの当てずっぽうで言うしかないでしょ」弱々しくため息をつく。「まあ、当たる確率は五十パーセントだけど……」

「ほんとうにそう思う？」意地悪な笑みを浮かべる。「たぶんいま、この仮説は正しいか間違っているかで、第三の可能性はないと思ってるんだ。そうだよね？」

「そう、まさかほかの可能性があるの？　さっきも言ってたでしょ、理想的な公理系は〝完全性〟を持っているのが望ましくて、関連のある命題は公理系のなかで証明されて、真とされるかもしくは偽とされるべきだって。それが違ったっていうの？」

「そうだね、たしかに言った」

「連続体仮説は集合論の命題なんだから、それが正しいか間違ってるか、ＺＦ公理系のなかで判断できるはずじゃないの？」

「不幸にも、そうじゃないんだ」韓采蘆は元気なく言う。「それは数学を高く見積もりすぎてるかな。数学のなかにも、どうにもならないと思わされることはいろいろあるんだ。実は、連続体仮説の真偽はＺＦ公理系のなかでは判定できない。正しいと証明することもできないし、間違っていると証明することもできないんだよ」

「ちょっと待って、さっきたしか、ＺＦ公理系には解決できない問題もあるから、恐ろしい公理を一つ追加して新しい公理系を作りだす必要があるって言ってたような……」

「そうだよ、選択公理、そしてＺＦＣ公理系」

「じゃあ、選択公理を追加すればそれで連続体仮説の証明ができるの？」

「残念ながら、それでもだめ。連続体仮説はＺＦ公理系ともＺＦＣ公理系とも独立で、真偽が判定不可能な命題になる」

「どうしてそんな……」

「これでもまだ、限界を思い知らされるいちばんの事実にはほど遠いよ。実は、こういう真偽が判定できない命題はあらゆる場合に存在するんだ。ZFC公理系のような、ペアノの公理を含んだ形式体系においては、公理の数を増やしていったとしても、真偽が判定不可能な命題が生まれることは避けられない。これがいわゆる、〝ゲーデルの第一不完全性定理〟」

「わからないよ」

「たしかに、わかるはずはないね」うつむき、すこし考えこんだ。「こうすればいいかな。理解してもらいやすいように、例の推理小説から真偽が判定不可能な命題を探してみて、それからどんなに手がかりを増やしたとしても、判定は不可能で変わらないと証明してみようか」

「わかった、実際にそういう命題があるなら、ぜったいに教えてほしい」

立ちあがって原稿を韓采蘆に差し出したら、その必要はないと言われた。座りなおすときに、姝琳が韓采蘆の枕に倒れこんでもう眠っているのが目に入った。

「さっき私と陳姝琳さんは、容疑者リストから許深と何兆悦を削除するように提案したけど、それに従ったと仮定してみよう。そうすると、この犯人当てには推理の手順が一つしか残らない。推理の出発点は〝犯人はどうして被害者の髪を切ったのか〟だね。これに私は説明を付けた――それに作者からも模範解答だと明言された――〝犯人が被害者の髪を切ったのは、自分の頭から落ちた髪の毛が発見されないため〟だとね。そこから結論が導きだせた――四人の容疑者のなかで被害者と髪型が違い、ただし髪の色が同じ人間が犯人である。ここまでのおさらいに疑問はないよね？」

「うん、ない」

「でも、切られた髪の問題についての説明は、実際には一つの仮説を前提にしていて、まさにその仮説こそ、連続体仮説と同じように、この小説のなかでは証明が得られないんだ」

「どんな仮説？」

「私たちは判断を下すとき、さきに仮定を置いていたんだ――犯人が髪を切ったのは、必ず利益のための考えによる、もしくは、理性的な理由によってである。ざっくりと言えば、犯人の行動はつねに〝利益の原則〟に基づく。でも、作者はこの一点の証明ができないし、いかなるときでも証明はできない」

私は韓采蘆の言葉を何度も反芻する。言葉一つひとつはどれも理解できる、理解できないはずがないのに、でもそれが連なったときの意味に困惑させられていた。

犯人の行動が利益の原則からではないことがある？　殺人現場に留まっている時間は一分一秒に危険が潜んでいて、いつ現行犯として捕まるかもわからない。それに、自分は一挙一動のたびに決定的な証拠を残す可能性がある。そんな状況ではたぶん、慎重に行動し、理性を頼りに、しなければならないことだけをするはず、それが違うって？

そんなことまで疑ったら、推理小説の基礎は揺らいでしまうに違いない。

私は、その基礎が強固であってほしいと願うしかないのに……

「犯人の性格から判断はつくでしょう」自分の反駁《はんばく》が無力だとわかっていながら、そう返す。「犯人は靴の痕が残らないようにわざわざ倉庫の雨靴に履きかえたんだから、とても慎重で用心深い人間だという説明にならない？」

「それだって、なんの説明にもならないよ」

もちろん私も、それはわかっている。

「でも利益が目的でないとしたら、犯人はどうして被害者の髪を切ったの？」

「非合理な動機によってだね」そう言いながら、韓采蘆は右手を頭の後ろに回し、髪をまとめていたゴムを外して手にした。「たとえば、犯人が以前から被害者の美しい髪に嫉妬していたら……」

「ちょっとばからしく聞こえるけど」

「でも小説に描かれた容疑者には、そういうことをしそうな人がいたよね。被害者の後輩かつ助手の方琮は、ずっと被害者を崇拝して、着るものや髪型まで真似してた。方琮が犯人だったら、自分が晁北夢の座を奪ったことを証明するために、きっと相手の髪をざっくり切っていくんじゃないかな？」

「そんな理由じゃ……」

たしかにそれなりの説得力がある理由なのは否定できなかった。ここ最近の推理小説でも、似たような動機はしょっちゅう出てきて珍しくもない。

「この理由が不満なら、もっと筋が通ったのも考えられるよ」持っているゴムで手遊びを始める。「犯人が周昭礼だとしたら？　作品の描写によれば、彼は被害者と確執があって、被害者はみんなの面前で彼がデザインした衣装をはさみで切りきざんでいた。だから周昭礼は晁北夢に復讐するため、その髪を切ることにした、これもべつにおかしくないんじゃない？」

たしかに、これも理屈の通った理由だった。

「要するに、犯人が髪を切ったのが利益を考えた、理性的な目的からで、非合理な理由からでないとは作者には証明できない。もちろん作者だけじゃなくて、だれであってもできない。これは推理小説そのものの欠陥だから。その欠陥が存在するせいで、真の〝厳密〟には永遠に手が届かない」

そこで、韓采蘆の手にあったゴムが切れ、私の足元に飛んできた。

こうして韓采蘆は、ほんのわずかな言葉で推理小説の基礎を打ちくずしてしまった。前から構想していながら書きはじめていなかった作品たち、私の脳内に存在していた伽藍《がらん》たちも、こうして音を立てて崩れた。

あまりに一瞬に打撃が訪れたせいで、その挫折と無力感を感じられないくらいだ。

「じゃあどうすればいいの？」額に手を当て、絶望のまぎわで尋ねる。「やっぱり、この小説は破棄したほうがいい？　いや、それだけじゃ足りない、私は推理小説を書くのを諦めたほうがいいの？」

「その反対だよ」韓采蘆からの答えは意外なものだった。「君はフェアプレイを求めようとして、作品が厳密かを気にしすぎてるから混乱を感じているだけ。だけど、推理小説は数学と同じように、自由であるべきなんじゃないかな？　だからいま話したようなことはぜんぶどうでもいい。君がする必要があるのは、この小説の解答篇を書いて、いっしょに校内誌に発表する、それだけだよ。同時に解答篇を提示すれば、論理の厳密性にこだわりすぎる必要もなくなるから。ねえ、〝犯人は蔣一葵である〟という命題が真になる条件はなにかわかる？」

「なんのこと……」

私はとまどう。どう答えればいいのかわからない。

「簡単だよ。〝犯人は蒋一葵である〟、君がそう言ったとき、かつそのときに限り。君が作者なんだから、君が犯人だと言った人間が犯人であり、君が真相だと言ったものが——つまり真相である」

フェルマー最後の事件

アレクサンドル・グロタンディークを追悼して

À la mémoire d'Alexandre Grothendieck

1

「こんなところで一生を過ごしたって？」

私たちがド・ゴール空港で乗りかえてトゥールーズに到着したその瞬間から、韓采蘆《かんさいろ》は場所を移るたび抑えきれずに同じことを口にしていた。

問いを発するたびに、表情と口調はかすかに違っていた。

改築されていたトゥールーズ市庁舎では、多少の不満がにじむ口調だった。いくつかの限られた部屋の内装を除いて、十七世紀当時の姿はほとんど残っていなかったから。トゥールーズ大学を通りかかったときには、何度もため息をもらしていた。思えば、例の比類のない数学者がここで教鞭を執ったことはなく、学んでいたときも専攻は数学ではなかったわけだ。ボーモン＝ド＝ロマーニュ村で、数学者の生まれた場所および旧居を見学したたときは、じっと黙りこんだすえに、窓のむこうの赤レンガで作られた村に向けてやっぱり同じ疑問を口にした。最後、カストルの町に――数学者が亡くなった場所だ――車が到着したときには、もう失望を隠すことなく、軽蔑した口調で町中を流れるアグー川に問いを吐きすてていた。

たぶん今回の行程で韓采蘆がいろいろな名所を目にしたなかでも、レンガで建てられたサン＝セルナン大聖堂ぐらいしか、十七世紀のもっとも偉大な数学者――であり歴史上もっとも偉大なアマチュア数学者――ピエール・ド・フェルマーに匹敵するものはなかったんだろう。

いま私たちが乗った車は、今日一晩を過ごす宿に向かっている。

その宿は、カストルとサン＝サルヴィ＝ド＝ラ＝バルムのあいだの森のなかにある。私たちをフランスまで引率してきた夏《か》逢澤《ほうたく》先生によると、フェルマーはここで病死した可能性が高いらしい。夏先生の話が信用できないのは、フェルマーが議員として公用でカストルに来ていたにしては辺鄙すぎる場所としか思えないからだ。ネットの画像を見ると、丘と渓谷だらけのうっそうとした森のなかに宿は姿を隠していた。たぶん、ここに泊まることに夏先生が決めたのは、たんに値段が安かったのと、五百年近い歴史がある森のなかの宿なら、東洋からの旅行客もみんな好奇心が満たされると思ったんだろう。

私にとっては初めての海外旅行で、はじめは新鮮さで興奮したし、トゥールーズのびっしりと建ちならぶ古い建築物やカストルの町を流れていく川に、思わずひっきりなしにカメラを向けていた。でもすぐに、地中海調の怠惰と堕落に私は感化されていった。

車の窓越しには、いかにも南フランス風な美しい景色が見える。美しい景色とはいっても、三十分以上目を凝らしつづけているとうんざりしてくるのはしかたない。萌葱《もえぎ》の麦畑が小川と道に挟まれて平らかに広がり、真っすぐに伸びる塀が赤い屋根の田舎の家々を囲い、道沿いの高木の葉振りは毎年きまって吹きよせる季節風《ミストラル》によって奇矯なたいまつ形にかたちづくられ――そうしたなにもかもがすこぶる好もしく《セ・ビアン・プレザン》、すこぶる安らか《セ・ビアン・ペジーブル》だった。正直に言えば、すこぶるありきたり《ケルコンク》でもあった。ここで晩年を過ごしたフェルマーの人生と同じように。

トゥールーズに向かう飛行機で、韓采蘆はフェルマーについての話を聞かせてくれたけど、どれも数学の研究に関することで、私生活には一言も触れていなかった。

たとえばフェルマーは、ある公式がかならず素数を（これを〝フェルマー数〟という）生成すると考えた。だけどその予想は結局間違いだったと証明されて、実際には1、2、3、4を代入したときしか成りたたず、5だと生成されるのは合成数《ごうせいすう》になる。これは最終的に偽だと証明された予想の例だ。

その次には、フェルマーの正しかった予想も話に出た。それがいわゆる〝フェルマーの大定理〟で、もしくは〝フェルマーの最終定理《le dernier théorème de Fermat》〟と訳すこともある。そのとき韓采蘆はノートを取りだして、こんな方程式を記した――$x^n+y^n=z^n$――そして説明してくれた。フェルマーは、nが2より大きいときこの方程式はゼロ以外の整数解をもたないと考えていたらしい。

そういうこみいった数学の話はわからなかったし（同い歳ぐらいの大部分の人たちは、こみいったとは言わないのかもしれない）、そのせいで面白い話題だとも思わなかったから、韓采蘆にはフェルマーの人生についてなにか話してくれるように頼んだ。

でも首を振って返された。「たしかに、数学が専門でない人間が数学者のことを語ると、口から出てくるのは人生についてのエピソードばかりだね。たとえば決闘で死んだガロアは生涯政治運動に打ちこんでいたとか、ハミルトンの山と積まれた遺稿には乾いた残飯やカツレツが挟まっていたとか、もちろんワイエルシュトラスとコワレフスカヤの関わりもよく話に出てくるね。でもフェルマーの場合これは通用しない。すごく平穏な人生で、なんの波乱もなかったと言えるくらい。父親は裕福な商人で、母親は官僚貴族の家系、その後フェルマーは法律家や請願委員の職について、さらにトゥールーズの地方議会の議員になって、真面目一辺倒の人生を過ごしたんだ。同じ時代のデカルトと比べると、フェルマーの人生はないも同然だった」

しかたなく私は、ガロアとハミルトンのエピソードを聞かせてくれるよう頼むことになった（残念ながら、話に出たほかの二人は名前がどうにも長すぎて、その場では挙げられなかった）。トゥールーズからカストルに向かう車では、フェルマーと手紙のやりとりがあったパスカルの、ある哲学的な判断が話題に出た——神は存在するかという問いにおいて、存在することに賭ければ莫大な利益を得ることができ、存在しないことに賭けると限りのない災いを受ける恐れがある、だから人々は神が存在することに賭けるのだと。韓采蘆は、この判断はパスカルの数学の研究にも関わってくると話していた。

その末にいま、カストルの中心部を離れて町はずれの宿に向かっている私たちは、二人ともの興味を引く話題が何も出てこなくなっていた。それぞれ窓の外の変わりばえしない景色を眺め、なにか考えごとのふりをするだけ。前の席に座っている私たちと同じ学年の華裕可《かゆうか》と後輩の田牧凜《でんぼくりん》は、ぐっすり眠ってしまっている。後ろに座っている夏逢澤先生と高瑞輿《こうずいよ》先輩は、外国語の勉強について話をしていた。

今回のフランス旅行に参加している私と同じ学校の生徒たちは、すこしまえ、ある国際的な数学の大会に参加しそして入賞していた。そこで韓采蘆がどのくらい活躍したのかは知らないけれど、ほかの子たちから向けられる尊敬の態度を見るに、もしかするとなにもかもが一人の功績だったのかもしれなかった。その大会の賞品が、今回のフランス旅行だ。フェルマーを記念して創設された大会だったから、ごほうびの旅行もフェルマーの人生の足跡をたどる行程になったという。

旅行には教師の引率が必要だった。夏先生は学校で英語を教えているけど、大学のときフランス語を副専攻にしていて、通訳も務められる。それが理由で学校から引率を命じられていた。

私はというと、もともと参加の資格なんてなかったけれど、ビザを申請する期限の前日の夕方に夏先生から呼びだされた。旅行に同行してもらえないかと言われ、そして責任重大な役目を託されてしまった。韓采蘆の面倒を見ること——その手配をしてようやく、韓采蘆が異郷で客死する心配をせずに、みんな安心して観光ができるから。私に頼んできたのはたぶん、私と韓采蘆の親交が校内ではもう語り種になっていたからだ。

それに、私のぶんの旅費も大会の主催者が負担してくれると聞かされた。

旅費をぜんぶ自分で払う必要があっても、私が頼みを断ることはなかった気がする。私はずっと、韓采蘆のためになにかしてあげたいと思っていたわけだから。

去年の十月、私は韓采蘆の部屋のドアを叩いて、危うくカッターナイフで命を奪われそうになり、そのあと展開された話にもかなりの衝撃を受けた。最初は、韓采蘆との妙な縁はあの夜で終わると思っていて、それがまさか今日まで続き、そしてたぶんこの先も続いていくとは考えてもいなかった。思いかえしてみれば、あの日あの子が気づかせてくれなかったら、きっと私はいまも推理小説に絶対の厳密性を無益に追い求めて、推理小説の本質がその自由にあると意識することはなかった。あのあと、数学の補習をしてあげると采蘆から言われた。週に二回の補習で、私の成績はどうにかましになっている。韓采蘆から受けとったものはたくさんあったけれど、ようやく恩に応える機会がやってきた。

付き合いが深くなるにつれ、韓采蘆は私が受けた第一印象ほど危ない相手ではなく、ほんとうはとてもわかりやすくて素直な子だとだんだんわかってきた。ときどき、感情や考えを伝える方法があまりに単刀直入すぎて、長く世間の常識に浸かってきた私たちは風変わりに感じるだけで。

すこしまえに韓采蘆は、ある数学の問題にはまりこんで抜けだせなくなり、最後には、人間はまだこの問題を研究するための道具を作りだせてない、自分は生まれたのが早すぎたのかも——と気落ちして言っていた。そのうちに、私の膝のうえに倒れこんで泣きじゃくりはじめた。私には韓采蘆が、いまも守ってもらわないといけない子供のように思えた。むこうの得意分野では常識の符号をなにも知らない私こそ、言葉を覚えきらない赤ん坊に近かったとしても。

私が夏先生の頼みを受けいれたと知ると、韓采蘆は興奮して持っていたペンを放り投げ、立ちあがっていまにも私に飛びついてきそうだった。でも私が半歩あとじさると、むこうも私を困らせてしまうことに気づいたらしく、また腰を下ろして、ペンを拾いキャップをはめた。

まえはそんなことも気にしなかったから、これも一つの成長なのかもしれない。

それから私は、旅行に必要なものを買うために韓采蘆を中心街に連れていった。私が助言してようやくあの子は、身体に合ったパジャマを、それまで寝間着にしていたワイシャツのかわりに買うのに同意してくれた。そのあと、私はルームメイトの陳妹琳《ちんしゅりん》と協力して韓采蘆の荷物を詰めていった。

妹琳は空港まで見送りに付いてきて、出発のまぎわには、脅しに近い口調で韓采蘆に忠告するのも忘れなかった――「もし秋槎《しゅうさ》の身になにかあったら、ぜったいに許さないから」。でも搭乗の一分前、妹琳は私の耳元で、ちゃんと韓采蘆の面倒を見てねと言いそえてきた。

ただ、フランスに着いてから知ったのは、私がなにをしても韓采蘆への恩返しになんかならないということだった。実のところ、今回の旅行に私が参加できるよう学校に頼んで、そして私のぶんの旅費を払ってくれたのは韓采蘆だったから。

「私みたいな人間が、あんなチームワークが必要な大会に出られたのも、秋槎のおかげだからだよ。それに秋槎には、最初ああやってひどいことをしたし……」微笑みを浮かべながら、涙の混じった声で打ちあけてくれた。「だから、賞品は秋槎にも分かちあってもらいたくて」

そんなことを言われて、苦笑する以外にどんな反応ができるだろう。

韓采蘆の成長はもう私の想像を通りこしていた。喜ぶべきことなのはたしかだ。でも、嬉しさに包まれるのと同時に勝手に不安が生まれて、それから自分の暗い心持ちにひどく失望した――常識に欠けていた天才が成長してしまったら、私みたいな平凡な人間に付き合いつづける資格はあるんだろうか？

それから数日、気を抜くとすぐ、その疑問符がひとりでに目のまえに浮かびあがってきた。そのたびに私は、これまでの出来事を記憶から引っぱりだすことで逃れようとした。残念ながら、過去を振りかえった果てには幽霊のようにまた同じ問いが姿を現して、不意打ちを食らわせてくるのだけど。

いま横に座っている韓采蘆にこっそり目を向けると、もう目を閉じて、変わりばえのしない風景を見ることはやめている。でも呼吸の音を聞くに眠ってはいなくて、なにか考えごとでもしているのかもしれない。私と同じことで悩んでいるのかも――もしかしてこの子も、自分が常識を備えた人間になってしまったら、これまでのように世話を受けられないと心配しているんだろうか。

結局のところ人は、いったいなぜ友達を必要とするんだろう。ともに興味のある話題について話したいだけ？　もしくは、寂しさを紛らわせたいだけ？　それとも、人の付き合いというのは借金みたいなもので、はじめどちらかが相手に借りを作って、返済のときにすこし多く返し、それを相手は借りができたと思い、結果借りとその返済の往復がどこまでも続いて、その過程に二人ともが搦《から》めとられていくんだろうか。

こうやって悩みを作りたがる自分のことは、私も嫌いだ。でも悪い癖は変えられない。ときどき、自分を騙すようにして寛容になることもある——物書きを目標にしているんだから、神経質じみた性格になったとしても、敏感さを残していたほうがいいかもしれない。でも悩みは悩みでしかなく、だれにとっても益はない。こういう問題にも、計算と定量化を使って結論を出せたらいいのに……

「秋槎、そのしかめっ面はなに？　そんな顔、似合わないよ。なにか悩みでもある？」

いつの間にか、車のドアに肘を突いていた右腕を下ろして、韓采蘆はこちらに顔を向けていた。

「数学者にも悩みはあるの？」

なんとなく言ったその直後、とても失礼な質問だったことに気づく。まるで数学者は鋼鉄とシリコンでできた機械で、血の通った人間ではないみたいな言い種だ。しかもそれは、世間からふだん持たれている偏見そのものだ。だから急いで質問を言いなおした――

「そうじゃなくて、数学者も長いあいだ悩みにとらわれつづけることはあるの？」

……私みたいに。

「あるよ。一つの分野で成功を収める人間っていうのは、たいがいふつうの人間より繊細なものだから。だから思いつめることもほかの人より多くて。秋槎は覚えてるかな、まえに〝ゲーデルの第一不完全性定理〟の話をしたのは。この定理を提唱したゲーデルは、他人をいっさい信用できなくて拒食症で死んだんだ。もっと極端な例も挙げられるよ、その話を聞いたら、数学者という集団について見方が変わるかもね」

私はうなずいて、話の続きを待った。

「その数学者は、一九五〇年代にある秀逸な予想を提唱して、のちに友人が補足して最終的な形になったんだ。楕円曲線とモジュラー形式の関係についての予想でね。簡単にまとめるなら、有理数体上の楕円曲線はすべて、対応するモジュラー形式を持つということ。それから何人かの数学者が、この問題に考えを付けくわえていった。楕円曲線がなにかは説明してあげられるけど、モジュラー形式の概念は数論と関わりがあって、私も頭が痛くなる分野なんだ。この予想は完全な証明を得るのに四十年ほどかかったしね。

ごめん、話が逸れたかな。いま言った数学者は、名前を谷山豊《たにやまゆたか》といって、東京大学を卒業してそのまま大学で教えてたんだ。順調に経歴を積みかさねていって、この有名な予想のひな形を提出したときはまだ三十歳になっていなかった。三十一歳のとき彼は婚約をして、さらにプリンストン高等研究所からの招聘も受けた。でもそのすこしあと、自宅で自殺してる。

自殺のまえに、一通の遺書が残されていた。でもそれを読んでも確かな自殺の理由はわからない、彼自身もわからなかったんだ。こう書かれていた――〝自殺の原因について、明確なことは自分でもよくわからないが、何かある特定の事件乃至《ないし》事柄の結果ではない。ただ気分的なこと〟」

「気分的？」

「うん、遺書の表現によれば、たんに〝将来に対する自信を失った〟せいで自殺したらしい」

「それはどう考えても無責任じゃ……」

「でも、本人もそのことは考えていて、自分の死がまわりに悲しみと困惑を与えるかもしれないとわかっていた。遺書の最後では、ほかの人たちが自分を許してくれるように、自分の死を〝最後のわがまま〟だと考えるように願っている」

その実行法には同意できないけど、その人が抱えていた恐れは、私にもあったもののような気がする。三時、四時になっても眠れなくて、熟睡している姝琳を起こすのも気がひけるとき、私はベッドの上でひとり悩みをつのらせる。私がずっと案じているのは、いまの自分がまともなものを書けないのは学業で余裕がないのを言いわけにできるけど、そのあとはどうすればいいのか。なにより、自分にはほんとうに才能がないかもしれないのもうっすらと感じとれる。だとしたら、高校を卒業するまえに死んでしまったほうがいいんじゃないだろうか。もちろん次の朝、さきに制服に着替えた姝琳に起こされたときには、そんな考えも恥ずかしいとしか感じないのだけど。

実を言えば、遺書なるものを書いたことは一度では済まない。しかも書くときには全力を傾けて、自殺する勇気なんて自分にないことはきれいに頭から追いだして……

「数学者もふつうの人間と違わない。絶望とか劣等感みたいな暗い感情は数学者にもあるし、しかもいちだんと強く表れるときもある」

「じゃあ、数学者も孤独を感じるんだ？」

「もちろん。秋槎に会うまでずっと、私は……」

言いながら顔を窓に向ける、その左手の甲に私は右手を乗せて、小さく言った。「安心して、采薑とはずっと友達だから」それに応えて、左手が上を向き、私と手のひらが合わさって、四本の指がこちらの手の甲にしっかりと回された。お返しに私も手を握りしめる。

それから二人とも、同じ姿勢から動かなかった。

恥ずかしさからか、ずっと黙ったままだったけれど。

目的地に到着したときには日没のころになっていた。宿の建物は西側の丘と深い森が落とす影に呑まれ、屋根の風見鶏だけがこちらの目を灼くような最後の陽光を照りかえしている。太陽はゆっくりと沈み、空に浮かぶ雲は色彩を失っていく。私たちが荷物を手にゆるい坂を上って宿の建物に向かうあいだ、みるまに空の紫色は深くなり、西の果ての山の背に沿って広がっていたわずかな金色も光を失って、最後には暗い灰の輪郭線になり、まるで疲れきった鴉《からす》に埋めつくされているかのようだった——実際には、鴉は私たちの頭上で輪を描いて飛びつづけている。

三角形に突きだした屋根裏の空間を数に入れなければ、レンガと木で造られた建物は二階建てだった。表面には薄い灰色のコンクリートが塗られ、それが剝げたところから赤褐色のレンガがのぞいている。建物全体はL字型で、南方向に（いま私たちが向きあっている側だ）張り出している部分が正面広間にあたり、ここはほとんど左右対称の構造だけれど、一階の右側に作られた入口が均整を崩していた。戸や窓はどれもアーチ形で、コンクリートの壁面に対して、大ぶりなレンガを組んで縁どられていた。ガラス窓には木の鎧戸も作りつけられている。

人が泊まる部屋があるのはその北側、東西に長い一棟だ。私のいるところからは一階と二階に三部屋ずつ、外に出られる戸と窓が見える。窓は小さな造りで、戸の上半分にはガラスがはまっていた。二階の三部屋にあるベランダは一つにつながっている。木の板を敷いて床にしているのがまるで昔の桟道のようで、低い手すりも備わっていた。灰色のタイルで葺《ふ》いた屋根のひさしが、ベランダをすっかり下に収めている。

これじゃ、かんたんにのぞき見ができはしないだろうか？　そう思いながら、前を歩いている高瑞輿先輩にちらりと目をやる——私たちのなかで唯一の男だ。

でも学校では、先輩が華裕可と付き合っているという噂も流れているんだった。

部屋の割りあてはくじ引きで決めることになって、結局私は高瑞輿先輩と同じ側にはならなかった。韓采蘆が北西の角の部屋Aに入り、私は向かいの部屋Dになった。高瑞輿と田牧凜は韓采蘆と同じ側になって、それぞれ部屋Bと部屋Cが割りあてられた。夏逢澤先生は私の横の部屋E。華裕可は運の悪いことに、トイレにいちばん近い部屋Fを引いてしまった。

荷物をそれぞれの部屋に置くと、夕食のためにみんな広間に戻った。

宿を切り盛りするロンドー夫妻が用意してくれたのは、パンとポテトフライ、そしておいそれとは近づきがたいタルタルステーキだった——簡単に言うと、牛のひき肉を皿に盛って生卵を落として、よくまぜ合わせた食べものだ（考えてみれば、ワンタンを作るときうちでは同じものを用意する）。この調理法では肉の本来の味と食感を残すことができるから、寄生虫の危険性はあるとはいえ有名料理の一つに数えられる存在だ。とはいっても、この料理を食べるのは、温かいものばかり食べている我が国の人間としては酷刑に違いなかった。

結局、夏逢澤先生がかけあって、夫妻はひき肉をハンバーグに調理すると言ってくれた。夕食が終わり、自分の立場をわかっている私は食器を洗うために残った。韓采蘆は、手伝ってくれるわけではなかったけれど、私に付いてシンクのそばにいた。

「秋槎……」

「……なに？」皿に洗剤をまとわせるのに集中していた私は、最小限の返事だけした。

「フェルマーの最終定理をどう説明すればいいか、わかった気がする」韓采蘆は片手を調理台のへりに掛けながら言った。「数学者にとっては、その人生よりも業績のほうが大事だよね？　秋槎はフェルマーの生まれた土地、働いた土地、死んだ土地を見てきたわけだから、いまから学説についても知ってみようよ」

「たしかに私も、話してくれた方程式のことは気になってる。〝xのn乗たすyのn乗イコールzのn乗〟が、nが2より大きいときどうしてゼロ以外の整数解をもたないのか。でも、その証明はかなり複雑なんでしょ？　いまの私の数学知識ではまったく理解できないよね？」

「たしかに、私がなにより恐れてる代数幾何が関わってくる証明で、ふつうの人はどう考えても近づけないね」

「代数……幾何？」

その二つの単語は、この歳まで教育を受けていれば見たことはあるはずだけど、どうして二つ合わせたら韓采蘆までもしりごみさせるのか、当然私にその理由はわからない。

「代数幾何学は数学が枝分かれした先の一つ、もしくは現代数学でとくに注目されている一領域でもある。いったん足を踏みいれたら、だいたいはもう戻れなくなるんだ。だから私もいまは、入口に立って覗きこんでるだけ。この分野は、正確には十九世紀末にマックス・ネーターが創設して、その後イタリアである程度広まってる。でもこの研究が重要分野になったのは戦後に入ってからで、ほかの二つの分野——代数的トポロジーと抽象代数学——の発展に支えられてた。ついでにいうと、ネーターの娘のエミー・ネーターが抽象代数学の分野で挙げた大量の成果は、代数幾何学の発展にもかなり役立った」すこし間を置いて、また続ける。「いま代数幾何学といって最初に思いうかぶのは戦後のオスカー・ザリスキ、アンドレ・ヴェイユ、アレクサンドル・グロタンディークに小平邦彦《こだいらくにひこ》とかで、彼らの努力によってこの分野はどんどん豊かに、厳密に、だけどさらに抽象的に、深遠になっていった。いまでは、数学における重要な成果はほとんどが代数幾何学の手法と関連を持ってるし、しかも、最前線の理論物理学の問題を研究するのにも可能性を与えているんだ」

「それで、その分野はいったいなにを研究するの」

「代数多様体」

「……多様？」

「うん、多様体」

「采薀、ちょっといいかな」数学の概念の話になると、采薀はいつも我慢強く説明してくれる。結局私に理解できなくても。だからこの返しを聞いた私には、この概念が〝連続体仮説〟みたいに簡単にわかるものとはほど遠いのがわかってしまった。うなだれて、洗いかけのコーヒーカップを見つめながら、自虐をこめて訊く。「その分野に足を踏みいれようとしたら、私は何年かけて準備すればいい？」

「一生だね」笑いながら言う。「関わりを持とうとは思わないほうがいいよ、秋槎は微積分がどんなものかもわからない文学少女なんだから」

「じゃあ結論は、私には一生かかってもフェルマーの最終定理の証明過程は理解できないってこと？」

「知ってるかな秋槎、フェルマーがこの予想を提示したときから数えて、数学者たちが完全な証明を与えるまでに何年かかったと思う？」

首を横に振る。

聞きおぼえはあったけれど、正確な数字までは覚えていない。

「三百五十八年。フェルマーが予想をラテン語版の『算術《アリスメティカ》』に書きこんだのは一六三七年で、最終的に定理が証明されたのは一九九五年だった。すごく複雑で深遠な証明だろうって想像できるよね、でなかったら、三百五十八年のあいだにだれかが証明を考えついてるはずだから。もしかするともっと単純な証明法が存在するのかもしれないけど、いまの時点ではわかってない。だからひょっとすると、ほんとうに秋槎は永遠に理解できないかも」私のことを思って気落ちしているように見える。それがまた気を取りなおして続ける。こっちのほうが最初から私に言いたかったことだ。「それでも、秋槎にこの証明のすばらしさを理解させる方法があるんだ、秋槎がいちばんなじんだ形式で」

私のなじんだ形式で、数学の証明のすばらしさを言いあらわす？

なにがしたいか、なんとなくわかった。

そして一瞬、はじめて采蘆と会ったときの光景が頭によみがえった。あのとき采蘆は数学の理論と類比させて、私の作品、それか推理小説すべてに存在する〝欠陥〟を指摘した。

「秋槎、ちょっと私の部屋に来て聞いていって。私がでっちあげた話を――犯人当てと言ってもいいね。フェルマーが主人公の話なんだ。さっき車のなかで思いついた話で、宿の構造もちょっとだけ下敷きにして直してみた。フェルマーの最終定理の証明と、それに関わる一つの名言が参考になってて、フェルマーの学説を理解する助けになるはずだよ。話の題名はもう予想が付いてるかもしれないけど――」

そう、たしかに私は予想できていた。

フェルマーの最終定理《Le dernier théorème de Fermat》と類比させられる犯人当てなら、その題名は一つしかない――

「――フェルマー最後の事件《Le dernier problème de Fermat》」

2

外国人の名前は覚えにくいだろうと思って、さきに登場人物を一覧にして書いておいたから、登場人物の関係を忘れたらこれを参考にして。

フェルマー……探偵
モンジャン将軍……被害者
モンコルビエ氏……部屋Bの宿泊客
モンコルビエ夫人……部屋Bの宿泊客
ドルエ中尉……部屋Cの宿泊客
ドルエ夫人（ジュリエット）……部屋Cの宿泊客
モレッティ氏……部屋Eの宿泊客
宿の主人
フェルマーの従僕

カストルの町でありふれた用件を一つ片づけたあと、フェルマーは市庁舎を出たところで馬車に乗りこみ、二日後に自分が人生の終わりを迎えることになる宿へ出発した。

自分の健康状態はよく理解していたけど、それでも旧友との約束を果たすためだった。

運命のしわざか、フェルマーの旧友、モンジャン将軍が命を落とした場所もこの宿で、すこしそれが早いだけの違いだった。夜も深くなり、フェルマーが森のなかの宿に到着したとき、モンジャンはすでに死んでいた。大雪が馬車の通行の邪魔になり、二十分ほど時間を取られていなかったら、フェルマーが死体の第一発見者になったかもしれない。

フェルマーと同じようにモンジャン将軍もアマチュアの数学愛好家だった。彼も数論に興味があって、五歳年上のフェルマーとはずっと手紙のやりとりがあった。

でも、軍人出身のモンジャンは官職に関してはフェルマーよりも先んじていた。

二十二年前のロクロワの戦いでモンジャンは、騎兵隊を率いてフランスのために戦った。華々しい功績を挙げたから准将の位を与えられて、八年前には中将に昇進している。しかしその後、不幸なことに大砲の攻撃に遭って馬から落ち、左足にひどい怪我をして自由に動かせなくなってしまい、歩くのにいつも杖を突く必要があった。意気消沈したモンジャンは退役して政治に関わることに決めた。その次の年、自分がうち負かしたテュレンヌ子爵がフランスでふたたび権勢を手にして、モンジャンは政界を離れ、故郷のモンペリエに帰って暮らすしかなかった。

その死体を発見することになったのは、隣の部屋に泊まっていた五十歳を過ぎた婦人、モンコルビエ夫人だった。トイレに行こうとしたときだった。

もう寝入っていた宿泊客たちは彼女の悲鳴を聞きつけてつぎつぎと廊下に出てきたから、

新たに悲鳴が上がった。続いて、一階にいた宿の主人も駆けつけてきた。みんなが慌てふためいているところに、フェルマーが到着した。宿に足を踏みいれてすぐ、二階から騒ぎが聞こえてきて異変が起きたのを察する。旧友の死体をじかに目にした瞬間、フェルマーはがっくりと床にへたりこんだ。自分がここで会うことにしたから、モンジャンは殺されたのだ――そうやって自分を責めて。

従僕がみんなにフェルマーの身元を明かすと、彼はすすり泣くのをこらえながら、法律家として、議員としての職務に取りかかり、死体のある現場を調べはじめた。運のいいことに、居あわせた人たちは死体を恐れて近づかなかったから、どこも乱されてはいなかった。長年経験を積んだ法律家のフェルマーは、現場に向かいあうときよく、音を感じるのに似た直感を頼りにした。現場を、弦楽とチェンバロによる合奏が生み出したものだと考えて、不協和な和音があればたちまち気づいた――現場にあるはずがないもの、もしくは間違った場所に置かれたものは、ひとつもフェルマーの目を逃れられなかった。

でも今日のフェルマーは疲れきっていた。公務に対処し、馬車に乗ってきた消耗と、数ヵ月続いている身体の痛み、さらに旧友を失った傷心に叩きつぶされる寸前だった。すでにその命は危うくて、〝音〟もこれまでのように敏感には感じられなかった。

それでも、涙をたたえた両眼を見開いて、フェルマーは床の上のすべてを入念に観察した。

モンジャンは顔を下に向けて倒れていて、背中を四ヵ所刺され、かかと近くまでを覆う灰色のローブを血が濡らしていた。床にも少しの血痕がある。下半身は気楽なタイツ姿で、ローブの長さを考えればこの恰好もおかしくはない。足には褐色の革の短靴を履いていた。

木を削り出して作った杖が、死体の左手のそばに落ちていた。杖をとりまくように銀で彫刻された文様は、モンジャン家の紋章らしい。死体の両手にも杖にも血は付いていなかった。でも右手の中指は、いまは乾いている黒い液体で汚れていて、インクのように見えた。

たぶんモンジャンは殺されるすこし前に、デスクに向かって書きものをしていた——フェルマーはそう予想し、あとでモンジャンの部屋に行ってこの点を確認しようと考えた。モンジャンはフェルマーに送った最後の手紙のなかで、最近みごとな証明を一つ思いついた、任意の角を定規とコンパスの作図で三等分できないことを論証できたと書いていた。その証明方法が成立しているなら、古代ギリシャから数学者たちを悩ませつづけていた問題を一つ解決したことになる。残念ながら、モンジャンが急死したせいでフェルマーがその証明を目にする機会はなかったし、結論が正しかったかも判断できなかった。

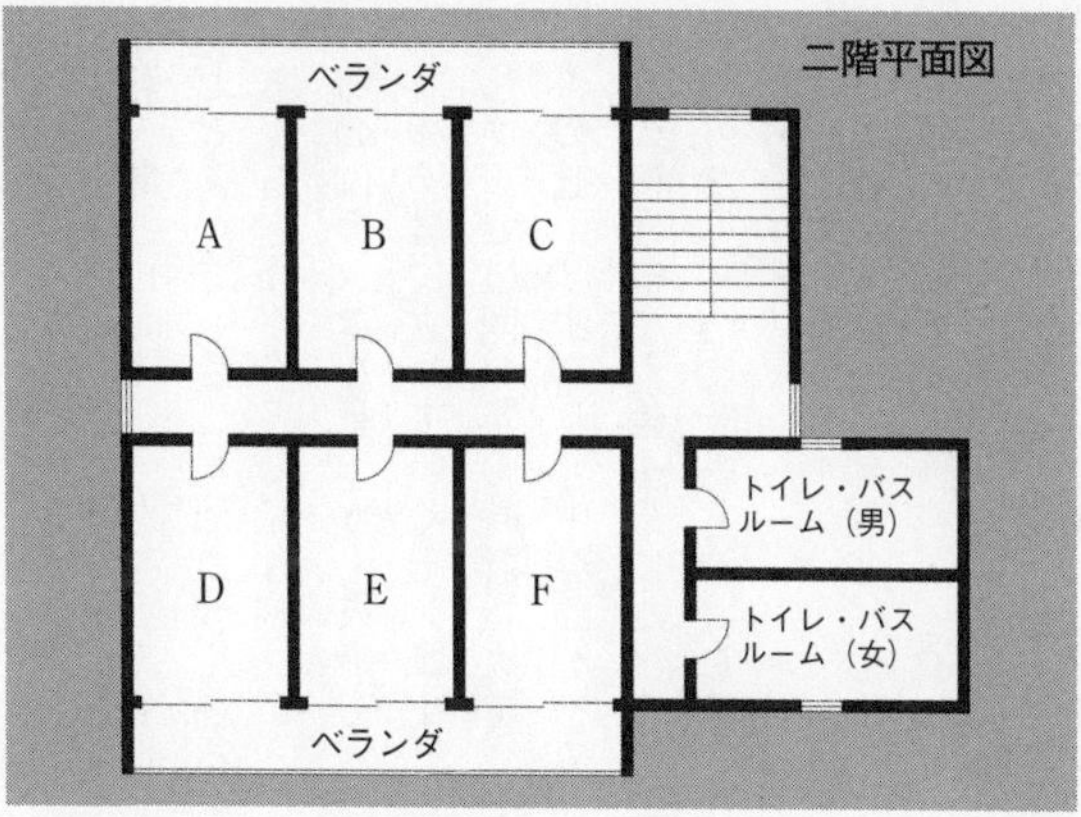

最後に、血の付いた凶器はモンジャンの右足の横に落ちていた。

短い調査が終わって、フェルマーは視線を床から離して、あたりを観察しはじめた。

現場はこの田舎宿の二階で、宿泊客が使う部屋は六つある。モンジャンが倒れていたのは北西の角の部屋Aの前で、内開きのドアはすこしすき間を残して、完全には閉まっていなかった。死体の頭は、廊下の西にある小窓のほうを向いていた。その窓は開けられない。

「被害者はこの部屋に泊まっていたのか？」

フェルマーは宿の主人に聞く。被害者と自分が昔からの友人だと明かしたくはなかった。

「そうです。昨日からお泊まりで」時間が夜の零時を過ぎているのを思い出して、主人は付けくわえる。

「その、さきに一晩泊まってたってことで

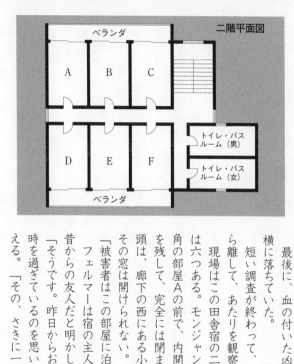

す」

それからフェルマーはなにひとつ知らないふりをして、被害者の名前とほかの関係者の情報を聞き出していった。主人も正直に答えた。

「じゃあいま、ここに泊まっている全員が揃っているわけか？」

「あなたを含めて、人が泊まっているのは二階の部屋五つだけで。隣の部屋Bに泊まっているのはモンコルビエさん夫婦で、運の悪い奥さんが死体を見つけたんです」

妻のそばに立っているモンコルビエ氏は、フェルマーに向かってうなずいてみせた。フェルマーとは同い年の時計職人で、モンペリエの同業者たちから尊敬を集めていた。その仕事のせいですこし背中が曲がっていたけど、それ以外どこも身体に悪いところはない。夫人のほうはまだ六十歳になっていなくて、夫の曲がった背中を際立たせたいみたいに、神経質なぐらいに背筋を伸ばしていた。こちらもフェルマーのように病に苦しんではいないようだった。

「いちばん東にある部屋Cに泊まってるのが、夫妻の娘のジュリエットさんと、その旦那のドルエ中尉です」

数学を好まない軍人たちにフェルマーはまったく好感を持たなかった。目のまえにいるドルエ中尉はいちばん嫌いなタイプのようだった。酒のにおいをさせて、顔は無精ひげだらけで、ぐんにゃりと壁に寄りかかっている。対して妻のほうは聖女のようで、ずっと悲しそうな表情で被害者を見つめ、何度も胸のまえで十字を切っていた。

「モンジャン将軍の向かいの部屋Dはフェルマーさんが泊まるところです」主人は説明を続ける。「部屋Dの横の部屋Eに泊まってるのはモレッティさん、イタリアから商売をしに来ているとか言って……」

主人は、この異国からの客がいちばん怪しいと考えているらしい。

疑うのもわからないではなかった。モレッティ氏は四十歳くらいで、反ユダヤの運動が起きれば見逃されるはずがないような、とても典型的な見た目をしていたから。生まれたその国でもよそ者扱いされていたんだろうと想像できた。

「部屋Fは空いてます」真面目に経営してきた宿が殺人の現場になってしまったのを思って、主人は思わず長いため息をついた。「こんなことが起きて、もうだれも来ないかもしれませんが」

「次に訊きたいのは、モンコルビエ夫人が悲鳴を上げるまえ、みなさんがなにをしていたかなんだが」

フェルマーが質問する。

すると、帳簿を付けていた主人のほかはみんな、自分は眠っていたと答えた。

「訊きたいのはこれだけだ」フェルマーは従僕を呼び指示した。「モンジャン将軍をここに倒れたままにはしておけない。すまないがここの主人とドルエ中尉とともに、広間まで運べるか。明日になったらモンペリエの家に送りとどけるから……」

「それなら私も手伝いましょう」モンコルビエ氏が自分から名乗りでた。

「ご協力、心から感謝します」酔っぱらっているドルエ中尉は使いものにならないかもしれないと考えて、モンコルビエ氏に礼を言い、フェルマーはさらに従僕に指示した。「それから、馬車をカストルまで走らせろ。こんな天気だが、これだけの重大事件はなるべく早く知らせないと」

四人の男たち――そのうち二人は老人だった――が協力してモンジャンの死体を持ちあげ、廊下の東側にある階段に向かった。

「じゃあ、私は部屋に戻っていいか」モレッティ氏が片言のフランス語で言った。

「戻ってくれ。もう人手は必要ない」

異国から来たユダヤ人はおとなしく言われたとおりにする。

「それと、ドルエ夫人、恐縮ですがひとつ力を貸してくれませんか。モンジャン将軍の部屋を調べようと思うんですが、この歳で目が悪くなって、どうしてもどこかで見落としをしそうだと心配なので、調査に協力してもらえませんか？　状況によっては、代わりに燭台を持っていてもらうかもしれないが……」

「もちろんです。喜んでお手伝いします、議員さん」

若いジュリエットは頼みに応え、その母親も口を開いた。

「私も一人で部屋に戻りたくはないので、うちの老いぼれが戻ってくるまでお供させてください」

モンコルビエ夫人にお礼を言うと、フェルマーは閉まりきっていなかったドアを開けて、モンジャンが最後に泊まっていた部屋Aに入っていった。すぐ後ろを母娘は付いてくる。

部屋の調度は限られていた。ドアを入って左手にデスクが一つあって、背もたれのある椅子も置かれている。デスクの北にベッドがあり、ベッドには四本の柱で支えられた天蓋が付いていた。どの家具もかなり古びている。

デスクの上には原稿の束が散らばり、その右側にはインク瓶があって、羽根ペンが一本差さっていた。原稿の左側、十五センチくらい離れたところに銀の燭台が置いてあって、一本立っていたろうそくは燃えて最後の三センチくらいが残っていた。燭台の手前にはまだ使っていないろうそくが三本転がっていた。

フェルマーは新しいろうそくに火を点けて、燃えつきそうなほうと取りかえると、原稿に視線を向けた。

ろうそくの光を頼りに、そこに書かれた文字がたしかにモンジャンのものだとわかると、身を乗り出して読んでいく。残念ながら、書いてあったのは任意の角の三等分の不可能性についての証明ではなく、書きはじめられたばかりの戦時の回想録だった——原稿まるまる一枚を費やして、ロクロワの要塞の上に垂れこめた暗雲がひどく陳腐なかたちで描写されていた。

「私の遠い親戚も、この戦いに加わっていました」そばに立っていたモンコルビエ夫人が言う。「その人も身体が不自由になって、片目がつぶれてしまったの。今日の晩、廊下でモンジャン将軍と会ったときはその人を思い出しました」

「今日の晩？」

「ええ、二時間前です。娘の部屋を出て部屋Bに戻ったとき、あの人もちょうど自分の部屋に入っていくところで。昨日からあの人はずっと部屋に閉じこもっていたから、姿を見たのはそのときがはじめてでした。杖を突いて、たいへんそうな歩き方で。挨拶でもしようと思って声をかけたら、聞こえないふりをして勢いよくドアを閉められてしまったの。それから錠をかける音も聞こえました」

宿のドアには内外に鍵穴があり、片側から錠をかけると、反対の側からは開けられないようになっていた。モンコルビエ夫人は続ける。「そのとき、宿の主人がモレッティさんが払っていなかった食事代を受けとりに来たので、あの人にも挨拶をしました。それから私は部屋に戻って、ドアの錠をかけました」

「それなら、あなたが部屋Cを出たあと、ジュリエットさんもドアに錠をかけたのかな？」

「錠の音は聞こえたけれど……」

「錠ならかけました」ジュリエットが話に加わった。「私と夫が、母の悲鳴を聞いて廊下に出ていったとき、錠はかかったままで、鍵も差さっていましたから」

「そのあとは？　モンコルビエ夫人、なにか聞いてはいませんか？」

「そのあと、ここの主人がモレッティさんの部屋をノックして、廊下で二人がしばらく言いあいをしていました。ジュリエット、あなたも聞こえたでしょう？」

「そうね」ジュリエットも記憶していた。「ひどい騒ぎだったわ。でも私も夫も、すぐあとに床に就いて眠ってしまいました」

「そういえば」フェルマーが訊く。「モンコルビエ夫人、部屋に戻ったときにご主人は部屋にいましたか？」

「あれはもうベッドで寝ていましたよ」

モンコルビエ夫人から話を聞きおわると、フェルマーはモンジャンの手稿を見るのに戻り、任意の角を三等分することの不可能性の証明を見つけようとした。しかし得られたのはひどい落胆だった。

　そこに、鋭い悲鳴がフェルマーのむなしい作業を中断させた。

「フェルマーさん」ジュリエットが驚いた声を上げる。「椅子の背の、それは……」

「どうしました、ドルエ夫人？」フェルマーは応えながら、椅子に目を向けた。

「それはトルコ石でしょう？」モンコルビエ夫人は椅子の背にちらりと目をやり、そっけなく言った。

　そのとおり、椅子の肘かけと背もたれにはトルコ石が埋めこまれて、数ヵ所でビザンティン風の図案をかたちづくっていた。しかしそれだけではジュリエットをここまで恐れさせることはない。

　血痕があったから。

　背もたれの中央にあるトルコ石の飾りに、細かな針状の血痕が集中していて、離れて見ればおのずと一滴の血に見えるはずだった。フェルマーは燭台を持ちあげ、血痕が残っている場所を入念に眺めた。どうやってここに血が付いたかを考えはじめた。頭のなかで、一つの考えが形になっていく。

　さらに、背もたれに一つ、暗い赤色に弧を描く痕跡をフェルマーは見つけた。長さは五センチほど、血を拭って残ったもののようだった。

「そういうことか……」フェルマーはつぶやく。

「フェルマーさん、なにか思いついたんですか？」

「いまはまだ真相を明らかにするときじゃない」質問を口にしたジュリエットに燭台を渡し、部屋の奥に歩いていく。「しかし、ここの戸と窓をひととおり調べれば、結論は出せるだろう」

ベランダに通じる、内開きの戸を開けようとしたが、木製の戸は耳ざわりな音をたててわずかに揺れただけだった。中央近くに取りつけられたかんぬきが、戸の枠に設けられた穴にはまっているからだった。

どうやら問題になるのは窓のほうらしい――そう考えながら左側に足を進め、外の雪景色が完全にさえぎられているガラス窓を調べはじめた。外の景色が見えないのは、窓の外に左右から木製の鎧戸が取りつけられ、北風に吹かれても窓ガラスが割れないよう守っているからだった。

造作もなくフェルマーは左右に分かれた窓を開けた。ここは錠がかかっていないらしい。

そして鎧戸も開けようとしたが、うまくいかなかった。

たぶん、外側でなにかが鎧戸を固定しているはずだった。

仕方なくフェルマーは戸のかんぬきを外して、外の寒さが忍びこんでこないよう、気を遣いながら一人が通れるくらいに戸を開けた。そしてジュリエットに、燭台をこちらに渡して戸を閉めるようながしたが、聞きいれてくれない。老人の身体を心配して、いっしょに風雪のなかに出ると言い張っていた。二人が部屋を出るまえに、部屋にとどまるモンコルビエ夫人のためまたろうそくに火を点け、デスクに立てていった。

ベランダは運よくひさしに守られていて積もった雪はなく、柵のうえの手すりにだけ薄く雪が残っていた――犯人は殺人のためベランダをのぼってきたわけではないらしい。でなかったら、手すりに残った雪に痕が付いていたはずだった。

フェルマーは窓の鎧戸のまえに立つ。思ったとおり、鎧戸の真ん中に二対《つい》のへこみが作ってあって、二本の木の棒が横に渡されて、へこみにはまって鎧戸を固定し、開けられないようにしていた。上の一本の棒を外そうとしてみると、すこし苦労はしたけれど外すことができた。

「やはりここから……」

言いかけたとき、激しい咳が襲ってきて言葉がとぎれ、胸のあたりに激痛が広がりはじめた。よろけて三、四歩下がり、背中を柵にぶつける。外した木の棒を突いて身体を支えて、どうにか倒れないでいた。

「フェルマーさん！」

ジュリエットが燭台を放り投げ、駆けよってきて、フェルマーの身体を支えながら室内に戻った。母娘二人で協力してベッドに寝かせる。ジュリエットが向きなおってほかの人間を呼んでこようとしたけれど、フェルマーが弱々しい声で呼びとめた。

「あなたにとても重要なことを伝えたい」

「フェルマーさん、とても危険な状態なんです、すぐに手当をしないと！」

「わかっているんだ、もう手遅れだと」フェルマーは襟元を握りしめて、苦しそうに言った。「だから、話を最後までさせてくれ。今回の殺人事件の真相について……」

それに続いた言葉のあと、フェルマーは永遠に沈黙した。二日と一晩のあいだ昏睡が続いて、この宿で息を引きとった。その命の終わりにフェルマーは、最後の〝予想〟をジュリエットに伝えること、それだけのためにすべての気力を振りしぼった――

「モンジャン将軍を殺した犯人はあなたの夫、ドルエ中尉だ。私はこれを証明できるが、神によって残された時間は短すぎて、あなたに聞かせることはできない」

3

語っているあいだ、韓采蘆《かんさいろ》は落ちついた、なだらかな口調を崩さなくて、言葉に迷うようなところは一つもなかった。たぶん筋立てをぜんぶ用意してから話を始めたんだろう。その語りかたは、はじめに予想したとおり正確で、簡潔で、冷静で、最低限必要なことを語るだけですませ、いくつかの遠慮のない比喩をべつにすれば不必要な言いまわしは見あたらなかった。私がこの話を語りなおしたとして、どこか大事な手がかりを言いもらさないかはともかく、少なくともあちこちにいらない枝葉末節を付けくわえるのは必然だろう。

それは語られた事件も同じことで、最低限の手がかりだけが提示されていた——容疑者一人ひとりの身体的な特徴、殺人現場と被害者の部屋の様子、それ以外はわずかに数言ばかりの証言があるだけで、この手がかりからほんとうに真相を推理できるんだろうかと疑わずにはいられなかった。

「フェルマーの結論は——だから、ドルエ中尉が犯人だっていう答えは——正しいの？」

「これはただの予想だよ」私が口にした疑問に、韓采蘆はそれだけ答えた。「結論が正しいかは、秋槎《しゅうさ》が検証しないといけない。この犯人当てには、答える必要のある問題が二つあるんだ——一、フェルマーの答えは正しいか。二、フェルマーはどのようにその結論を導いたか」

問題を投げつけておいて、閉じられた窓のまえに立った韓采蘆はこちらに背を向ける。窓の外、夜の風景を眺めているらしい。逆光のせいで私が座っているところからは外が見えなかったから、韓采蘆がいったいなにを目にしているのかもわからなかった。

今日は満月の次の日だったはず。

「でも、ドルエ中尉っていうキャラクターについて、いまのところほとんどなにもわからないんだけど。提示された情報がさすがに少なすぎるんじゃないかな——私が知っているのは、ジュリエットの夫で、部屋Cの宿泊客で、軍人で、酔っぱらった姿でみんなの前に出てきて、死体が発見されたときは寝ていたって主張した——このぐらいのことしかわからなくて、中尉が犯人だって名指しできるような手がかりなんてこのなかになさそうだけど……」

「フェルマーも、それ以上のことは知らなかったと思うよ」

韓采蘆はこともなげに言う。

そして窓を押しひらき、私に背を向けたまま、袖に夜風が流れこみ部屋着の裾を揺らすにまかせた。私はベッドに腰を下ろしたまま、押しつけられた人物表をにらみながら考えをまとめている。私たちのいる客室の作りは、物語のなかで韓采蘆が描写したのとまったく違わなくて、違いは家具が現代的になっているだけだ。ベッドはここでもデスクの北、窓から一メートルだけ離れたところに置かれている。でもこれは四本の柱で天蓋を支え、そこから幕を垂らした古風な作りではなくて、金属の底板と二十センチの厚みのマットレスでできた現代の工業製品でしかなかった。

部屋の床板と壁紙も、換えられてそんなに経っていないように見える。

正直言って、物語のなかで被害者が泊まっていた部屋Aにいま自分がいるにしても、描写されたような光景を想像するのはかなり難しかった。

「そうか。だったら、消去法で推理を進めていくしかないね。ほかの人間の犯行の可能性を否定できたら、ドルエ中尉が犯人だって結論を導けるから」

「やってみて?」

振りかえり、私の目を見て言う。視線は期待に満ちていた――でもそれが、私が真相を見抜くだろうと期待しているんじゃなくて、落とし穴に落ちるはずとうっすら予感しているだけだというのも、私は理解している。

「事件が起きてから宿に到着したフェルマーと従僕をのぞいて、犯人の可能性があるのはぜんぶで六人か――宿の主人、モンコルビエ氏、モンコルビエ夫人、ドルエ中尉、ジュリエット、モレッティ氏」手に持っている人物表から、ややこしくて言いにくい名前を読みあげる。「このうち二人はすぐに外すことができるね……」

「どうやって？　ほかの容疑者についても、たいした情報は提示してないけど」

「そうだね。宿の主人については、体つきとか顔つきすら描写されてなかった。この人物についての情報で私が知ってるのは三つだけ、一つめは職業、二つめは事件のまえにモレッティ氏の部屋を訪れていたこと、三つめは死体が発見されたとき一階にいたこと。モレッティ氏について采薇が聞かせてくれた情報もほんのわずかだったね。それでも、この二人の犯行だという可能性は否定できる」

「なにをもとにして？」

「犯人が部屋Aに入った方法と、宿の構造をもとに」

韓采薇は窓を閉めて、私の横に腰を下ろした。「どうして犯人が部屋Aに入るのかな？まさか、彼――か彼女――がモンジャン将軍を殺したのは廊下じゃなかったとか……」

「どう考えても、ほんとうの事件現場は廊下じゃない。死体はあとから犯人が運んでいったはず」私は説明を始める。「椅子の背もたれの血痕から判断できるの。その血痕は〝細かな針状の血痕が集中していた〟という話だった。私はごく基礎的な法医学の知識しか持ってないけど、でも描写を聞くかぎりこれが飛沫血痕で、被害者の身体から噴き出した血が直接付いたことは確定できる。よって殺人現場は廊下ではなくて、被害者の部屋だったはず」

「でも秋槎、十七世紀のフェルマーはそんな法医学の知識を持ってるかな？」

「ずっと法律家として働いていたんだから、知ってるかもしれないでしょ」

「かもしれない、ね……」

「飛沫血痕だと判断できなかったとしても、殺害のときの状況は推測できただろうね。たぶん犯行時、被害者はデスクにうつぶせに寝ていて、犯人は気づかれないよう後ろに回りこんで、力をこめて何度も刺し、相手を殺した。背もたれの血痕はそのときに噴き出したもの——そのほかに、そこに血が付く状況なんてある？」

「それで？　その一点から、宿の主人とモレッティ氏の容疑が否定できる？」わかっていながら韓采蘆は訊いてくる。両手を握って前に構え、かすかに唇の端も上げて——興味をそそられたかのような姿を、私にはりきって見せている。まるで自分が出題した犯人当てではないみたいに。

「そう、こう考えればいい」また下を向いて、登場した人物たちの名前を確認した。「事件現場がわかれば、容疑者は部屋Bか部屋Cの宿泊客に絞りこめる。犯人はベランダから部屋Aに入るしかなかったから。モンコルビエ夫人の証言によると、モンジャン将軍はほかの宿泊客とは打ちとけていなくて、部屋に戻ったらドアの鍵をかけていた。そして血痕から考えると、モンジャンは襲われたときデスクに伏せていたから、自分で犯人のためにドアを開けてあげたはずはない。となると、犯人は窓から部屋に入ってきた以外ない。当時、左右二枚のガラス窓は内側から錠はかかっていなくて、鎧戸は外側から留められていた。それなら、犯人は鎧戸の木の棒二本を外から外して、そこから部屋に入って犯行に及ぶことは充分に可能だった」

「筋の通った話だね」

「A、B、Cの三部屋はベランダでつながっているから、部屋Bと部屋Cの宿泊客は犯人でありえる。ここで議論する必要があるのは、この四人以外に犯行が可能だったか。まず、犯人が一階からベランダによじのぼった可能性はあるか考えてみようか。この可能性は、フェルマーによって否定されている。手すりに積もった雪に痕が残ってしまうはずだから。じゃあ、こういう可能性は——宿の主人かモレッティ氏が、部屋Bか部屋Cを通りぬけてベランダに足を踏みいれて、そこから窓越しに部屋Aに入って犯行に及んだっていうのはどうかな。これもありえなさそう。この二人は、モンコルビエ夫人が部屋に戻ってから言い争いを始めていて、場所は部屋Eの入口前。だから二人が部屋BかCを通りぬけて犯行に及ぶとしたら、この後でしかありえないでしょう。でもそれはできなかった——モンコルビエ夫人とジュリエットがドアの錠をかけたから。まとめると、この二人が犯行に及んだ可能性はない。犯人はモンコルビエ夫妻と、ジュリエット、ドルエ中尉のなかにかならずいる」

「確かにそうだね。それで、モンコルビエ夫妻とジュリエットの容疑はどうやって否定すればいいかな？」

「いまはこれだけしか思いつかないかな」そう言って私は腕を伸ばし、そのままベッドに倒れこむ。いかにも精魂尽きたみたいに。そこからぐるんと転がって、相手の横でうつ伏せになる。足の付け根が、韓采蘆の身体を支える右手の小指を押さえつけた。「正直言うと、答えがなにかよりも、この話と〝フェルマーの最終定理〟がいったいどこで関係するかのほうが気になるんだけど」

韓采蘆は手を上げて、私のお尻を軽い力で叩いてきた。「外の空気を吸いに行こうよ。夕飯のまえ、ベランダに出たら北にちょっとした庭が見えたんだ。それも宿の敷地の一部でね。そこに散歩に行って、森の空気を吸って、星でも眺めて、いっしょにフェルマーの最終定理に関する話もしてあげる、どう？」

「いい考えだね」

歯が立たない犯人当てと西洋の人名にやられて頭が朦朧としていた私は、もちろん断るはずがなかった。

宿を裏口から出て、庭に入るとすぐ、響きつづける虫の声に埋もれかけている水の音を聞きあてて、私は宿のサイトで見た噴水を見つけようとした。けれど、花の季節を迎えるまえのマロニエが並んでいるせいで視界は五メートル先でさえぎられていた。好きほうだいに伸びた枝先は地面の寸前まで垂れさがっていて、でも幸い、空に向けてはそれほどの空間を求めていない様子だった。でなければ、カシオペア座のいちばん下、ひときわ輝くアルファ星とベータ星が隠れてしまったのは間違いない。カシオペア座を使って北極星は見つかったけれど、それからは無秩序な夜の空をただただ眺めるだけで、私にはなにもできなかった。

韓采蘆に教えられて、西の空に浮かぶぎょしゃ座のカペラとおうし座のアルデバランを見つけられた。残念なことに、東に見える丸い月の輝きが強すぎて同じ方向の星空はかすんでいる。

いつのことからか、〝星空〟という中国語には感傷的なにおいが染みついている。もちろん納得はできる。私たちの民族は、二つの手で触れられないものをたいがいそうやって扱うから。すでに手にしているものも、大事にする気があるとは限らないけれど。

そう考えながら、韓采蘆とつないだ手に力をこめた。

「秋槎？」

「なんでもない、ほんのちょっとだけ寒くて。でも大丈夫」

二人とも、部屋を出るとき部屋着から着がえていなかった。

「そうか」私に半歩近づいてきて、お互いの腕がくっつきそうになる。「たしかに、こっちの夜は想像してたより寒いね。ちょっと歩こうか」

それで私たちは、月の光と夜露が広がる小道を東に歩きはじめ、噴水のあるほうを回っていくことになった。

「さっき秋槎は、私の作った話とフェルマーの最終定理がどう関係するのか訊いてくれたよね。さっき話したとおり、フェルマーはこの結論をラテン語版の『算術』の余白に書きこんだんだ、もちろんラテン語でね。もしフェルマーが予想を提示しただけで、その後に注釈を付けくわえていなかったら、あれだけの数の数学者が惑わされることはなかったかもしれなくて……」

「惑わされる？」

「フェルマーが死ぬとその息子が、『算術』に書きこまれた注釈を原文といっしょに出版して、それで注釈は広く知られるようになった。この続きに書かれた言葉のせいで、おおぜいの数学者が、フェルマーの時代に存在していた知識でこの予想は証明できるものだと考えたんだ。もちろんその努力は、なにも得られないで終わった」

「いったいフェルマーはどんなことを書いたの？」私は訊いた。手のひらのような葉っぱが肩に落ちてくる。きっと夜風の仕業だろう。

「フェルマーはこの結論について、〝驚くべき証明を見つけたが、余白が少なすぎて書き《Cuius rei demonstrationem mirabilem sane detexi. Hanc》とめることができない《marginis exiguitas non caperet》〟と書いた。つまり、フェルマーは証明の方法を発見したと宣言していた」

「でもほんとうは……違った?」

「私にはわからない」首を振る。「し、だれにもわからない。でも私は、できてなかったってほうが納得できるな。フェルマーはページの余白が少なかったって理由で、証明の過程を記すのを拒否した。もちろん、ほかの場所にも証明は書いてない——すくなくとも、のちに遺稿を整理したときに関係する文書は見つからなかった。自分はこの結論を証明できると宣言しておきながら、書きのこすことはしなかったんだ」

「殴ってやりたくなりそう」私は言った。「たとえば、孤島に人々が閉じこめられて、つぎつぎ殺されてたとして。一人の名探偵が居合わせたけどなにも手出しをしないで、暗がりに座って煙草を吸って、前髪をいじりながら、もったいぶった雰囲気で〝犯人はだれかすでに判明していて、証明してみせるだけの証拠も充分集まっている、しかし全員が死んでしまうまで動くことはできないんだ〟と言ってるみたいなものか」

「大して推理小説は読んでないけど、たしかに名探偵たちは皆殺し寸前になって動きだしてたような気がするな」采薦は笑って、もとの話を続けた。「この予想が提示されてから、何人もがこの予想を部分的に証明していった。n＝4の場合については、フェルマー自身が簡単な証明をしてた。フェルマーが死んで百年以上経ったあと、オイラーがn＝3のとき予想は成立すると証明して、それからルジャンドルとディリクレがともにn＝5の場合を証明した。そういう作業が続くうち二十世紀になって……」

「あてはまる例がどれだけ証明されても、ぜんぶの状況でこの定理が成立するとは言えないんだよね？」

「もちろんそう」説明が続く。「反例が存在する可能性を徹底的に否定することはできないからね。まえに話をした例がそうで、フェルマーはある一連の数を素数だと仮定して、実際一つめも、二つめも、三つめも、四つめまではたしかに素数だったけど、五つめは合成数だった。こういう間違った予想が相手なら、こっちは一つ反例を見つければそれでいい。コンピュータが普及してるいまでは難しいことじゃないしね。でも正確な予想が相手だと、宇宙の素粒子すべてよりも多く実例を見つけてきたとしても、予想が正しいとは言えない。すくなくとも、数学的な証明にはならない」

「数学って、ほんとうに厳しいんだ……」

「そうでもないかな。数学っていう分野は、証明にはわりと厳しいけど、予想のことはすごく寛容に扱うんだ。数学者は、間違った予想を提示したからって恥ずかしく思うことはない。ある結論が特定の状況にあてはまって、反例もまったくないとわかったとき私たちは、それをすべての状況に拡張しないではいられない——予想の多くは、そうやって生まれてきた。いつでも数学の発展をうながしてきたのは予想で、なにかの予想を証明するために発明された道具や研究分野は山ほどあるんだ」

「そうか、フェルマーのその予想のほかに、きょう車に乗ってたとき日本の数学者の話をしてくれたよね、たしかその人もすごく難しい予想を提示したって……」

「うん、谷山‐志村予想、これもいまは定理になった」考えをめぐらせながらうなずいてくる。「次は、この予想がフェルマーの最終定理の証明に果たした役目を話すね。このつながりがわかれば即座に、私が考えた話がいったいどのくらいフェルマーの最終定理に還元されるか理解できるから」

「そう言われてみたら、確かにそうだ」鈍い私は、この瞬間になってぴんときた。「采薀の話の終わりで、フェルマーは犯人を名指しして、自分には証明ができるとも言ったけど、推理の過程は口にしなかった。フェルマーの最終定理の誕生とそっくりなんだ」

「やっと気づいたか……」

数学についての韓采薀の話を聞くうち、私たちは小道の分岐点に差しかかっていた。このまま進むと山に向かうことになり、道の先は森が一ヵ所とぎれたところに消えている。南京の周りの山と比べると低い丘でしかないけれど、夜にそこへ入っていく勇気は私たちにない。どのみち、はじめから私たちの目的は涼やかな音を響かせている噴水のほうだった。

噴水のあたりには人工の明かりがあるらしく、歩くあいだもずっと木々のすき間を通して私たちのほうを照らしていた。いま私たちは西に伸びる小道を歩いて噴水に向かっている。足元では、白熱灯らしいくすんだ橙色と月光の銀色とが、二つ出会うところでぼんやりとした境界を作っていた。

その境界を踏みこえて、私たちは庭の中心にやってくる。

コンクリートでできた噴水の縁は幅が十センチ、高さは二十センチというところで、全体はおおむね円形だった――〝おおむね〟と言ったのは、これがフェルマーを称えて正十七角形、フェルマー数になっているとあとで知ったからだ。直径七メートルほどの縁に池が囲われている。池の中央には大理石を彫った聖母像が立っていた。これまでの旅で見た聖母像と同じく、両腕を胸のまえで交差させ、厳粛な表情で、かすかに上げた顔は天を仰いでいるように見える。彫刻の台座は正方形をしていて、四隅に水を噴きあげる装置が取りつけてあった。それぞれの水の軌跡は横の距離が一メートル、高さが五十センチほど。

照明の装置は池の縁から一メートルほど離れたところ、左右——つまり東西の方向に一つずつあった。すべての面がガラスで、辺が細長い鉄枠でできた正八面体が電球を覆っていて、人ひとりぐらいの高さの石の柱に載っている。

とはいっても、こういった細部はぜんぶあとになって観察したものだった。いま——つまり、ちょうど私が描写しているこの時点——噴水のところに歩いていった私と韓采蘆が、そうしたものを眺めるような余裕もないうちに、私たちの視線は、西側の照明と噴水のあいだに倒れている同級生にくぎ付けになっていた。

「華裕可《かゆうか》……」

私は相手の名前を呼びながら駆けより膝を突いて、呼吸と脈拍を確かめた——幸い、華裕可は生きていた。韓采蘆もあとからやってくる。

華裕可は地面にあおむけに横たわっていた。私や韓采蘆のように部屋着に着がえてはいなくて、昼間に着ていた服、クリーム色のパーカーとジーンズのままだった。膝から上はぜんぶびしょ濡れで、顔と髪は水滴にまみれ、身体のまわりの地面もいちめん水に濡れていた。パーカーの前面にはアルファベットの単語が書いてあるけれど、左肩から右腹にかけてしわがそのあたりを覆っているせいで、私には一文字も読めなかった。

「すぐに病院に運ばないと」

慌てて呼びかけたのに、答えが返ってこない。その韓采蘆は用心しながら華裕可の頭をすこし持ちあげていて、頭のうしろに手を伸ばしたかと思うと引っこめた。

「警察にも知らせる必要があるかも」手に付いた血を見ながら、抑えた声で言う。「うしろからだれかに襲われたんだ。秋槎、この子のズボンをまくり上げてくれるかな？　膝のあたりまででいいから」

その指示に従って、華裕可の左足のズボンをまくり上げると、すねのあたり、膝に近いところに一つ傷が見えた――そこの皮膚がほんのすこしえぐれて、血がにじんでいる。右足のほうに手を伸ばそうとしたら、大丈夫、と韓采蘆から一言言われた。血が付いていない左手で華裕可のズボンのポケットを探るのを見ていたら、左と右のポケットからそれぞれ煙草とライターが出てきた。

それから韓采蘆は違うほうを向いて、照明を頼りに、吸いかけで踏み消された煙草を池の手前で見つけた。

「私、だいたいわかった。華裕可は噴水のまえで煙草を吸っていて、うしろからだれかに襲われたの。鈍器で頭を殴られて、池のほうに倒れこんだとき、すねを池の縁の角にぶつけた……」

「私もそうだと思う」

「でもわからないのは、どうしてここに倒れていたかだけど」

「だれかが助けたんだ」韓采蘆は答える。「ここまで運んだうえに、心肺蘇生もしていった。それがなかったら、華裕可は池で溺死していたかもしれないな」

韓采蘆が聞かせてくれている最中だった数学の話は、こうして中断となった。

4

華裕可《かゆうか》はロンドー夫妻が車でカストル市内の病院まで運び、夏《か》先生も付き添うことになった。宿に私たち一行以外の客は泊まっていない。だからいま、私といっしょにいるのは韓采蘆《かんさいろ》と高瑞輿《こうずいよ》、田牧凜《でんぼくりん》の三人だけだった。みんな、なにをするでもなく広間の丸テーブルに座って、私が淹れたコーヒーを飲みながら、病院からの連絡をじりじりと待っていた。

十一時半ごろに、夏先生から私に電話がかかってきた。華裕可は危険な状態を脱して、意識も戻ったらしく、ただし襲われたときのことはよく思い出せないということだった。

そもそも、襲ってきた相手は背後から近づいたわけだから、そのときの状況を思い出せたとしても相手の正体がわかる望みはあまりなかった。

このことを韓采蘆たちに伝えたあと、私は携帯を手に立ちあがって、広間の奥、つまりハンバーグを焼いたコンロのほうに移って、ほかの人たちと六、七メートルの距離を取った。これから夏先生に話そうとしていることは、韓采蘆には聞かれても問題ないけれど、高瑞興先輩と田牧凜には内緒にしておいたほうがいい。

結局のところ、きっとあの二人のどちらかが華裕可を襲ったわけだから。

「警察に知らせるか、まだ迷っているの」夏先生は不安げに言う。「気を失うまえのことは、まったく思い出せないらしくて。お医者さんは足の傷に気づかないで、池の縁に立っていたらうっかり転んで頭をぶつけたんだと思っているの。私も訂正はしていないけれど……」

「あれから、韓采蘆が池の底でちょうど手に握れる大きさの石を見つけたんです。池のなかにはそれ以外なにもありませんでした」私はさらに説明する。「ということは、華裕可はその石で殴られたはずです」

「韓采蘆は賢い子だから、勘違いではないでしょうね」

「それで、先生はどうするつもりなんですか？」

「校長とひととおり相談してからでないと決められないわ。でも南京はまだ朝早くで、職員室の電話はつながらないし」すこし黙りこんでまた続ける。「退職する心の準備はでき

ている わ」

警察が捜査を始めれば、私たちのうちのだれかが逮捕されるはず……

「じゃあこうしましょう、まず私がこの件を調べます。それで真相を華裕可に伝えて、自分を死なせようとした相手を警察に突き出すかはあの子が決めるんです」私は抑えた声で提案を伝えた。「被害者本人が決めるなら、それ以上ふさわしいことはないでしょう。私自身は、完全に疑いを逃れることはできないけど、華裕可を傷つける理由がないのは一目瞭然です。それに韓采蘆も、私の潔白を証言してくれます」

「あなたのことは疑っていないわ」了解してくれたようだった。「でも秋槎、私のことはまったく疑っていないの？」

「まったくとまでは……」

「八時半ごろ、ロンドーさんの旦那さんが廊下で華裕可を見かけていて、そのときあの子は一人で、そそくさと裏庭のほうに向かっていたそうなの。あなたたちが噴水であの子を見つけた時間はたしか……」

「九時十七分です。韓采蘆が時計を見ていたから、この時間は間違いないはずです」

「だったら私のことは疑わなくていいわね」先生はほっとしたようだった。「八時十五分から、私はずっとロンドーさんたちの部屋にいて一度も外に出なかったし、途中で固定電話を借りてフランスの大学の友達に電話もかけたから。ロンドー夫人もずっと部屋にいたから、あの人が証言してくれるわ」

「先生を信じます」

華裕可を見つけたとき私たちは携帯を持っていなくて、韓采蘆は自分が噴水に残るから、私が宿に走っていって夏先生とロンドー夫妻にこのことを伝えるようにと言ってきた——あのとき先生たちは、広間のすぐ横の部屋にいて（あとで私は、そこがロンドー夫妻の住まいのリビングだと知った）、ドアを開けたままフランス語でなにか話をしているところだった。

そうでなくてもはじめから、私はどちらかというと高瑞輿先輩と田牧凜のほうに強く疑いの目を向けていた。学校で夏先生は華裕可のことを教えていないし、ここに来るあいだ華裕可と田牧凜はとても近しいように見えたから。それ以上に高先輩は、華裕可の彼氏だっていう噂があるし……

さっき二人はどちらも、華裕可に付きそって病院に行くと言い張っていたけど、ロンドー夫妻の車が四人しか乗れないせいで宿に残ることになっていた。

「私も、あなたが真相を突きとめると信じているわ。校内誌に載せていた犯人当ては読ませてもらったことがあって、あなたも賢い子だって知っているから。でもすぐには動かないでほしいの、あなたの身の安全のために」

「安心してください」なにげないふうに答える。「用心しますから」

「ロンドー夫妻が宿に戻ってからにしましょう。今晩、華裕可は入院して経過観察を受けることになっていて、もしなんともなければ明日には退院できるはず。だから私は今晩戻れないかもしれないわ」そう話したところで、夏先生の声のむこうからフランス語らしい、男の人の低い声が聞こえてきた。「お医者さんに呼ばれたわ。あなたたちも早く休みなさいね」

「先生も、あまり無理はしないように……」

電話を切ると、私はコーヒーのポットを手に取ってテーブルに歩いていき、みんなにおかわりはいるか訊いた。でも見たところ高瑞輿と田牧凜の二人は、私がわざわざ自分たちから離れて夏先生と電話をしていたのが気に食わないらしく、返事は戻ってこなかった。しかたなくポットと携帯をテーブルに置いて、また韓采蘆のとなりに腰を下ろすことになった。

「夏先生の話だと、順調にいけば、明日には退院できるって」

「それはよかったな。どこにも後遺症が残らないといいけれど」高瑞輿先輩が言う。張りつめていた空気が多少ゆるんだ。「いったいだれが、あんなひどいことをしたんだ……」

「先輩は裕可と付き合ってるって聞いたけど、ほんとなんですか？」

韓采蘆がいいタイミングで尋ねる。私もとても気になっていることだった。

「確かに、付き合いたいとは思ってたよ」うなだれて、暗い声で言う。「それで大会の前の夜に告白したんだ。でも、返事は落ち着いてからするって言われて。大会が終わった日からずっと返事を待ってるけど、何週間も経ってるのになにひとつ言われてない。よく考えてみたら、あれはあしらわれただけだったんだろうな」

「実はそのことで、従姉《ねえ》さんから相談を受けてたんだけど」

「ねえさん？」

「知らなかった、秋槎？」韓采蘆が話に入ってきた。「田牧凜は華裕可の従妹《いとこ》なんだ。二人のおじいさんは有名な物理学者で……」

「私に話させて。すごく大事なことだから」田牧凜がさえぎる。「高先輩、たぶん知らないだろうけど、従姉さんは先輩がそうやって勝手に言いだしたことのせいでずっと困ってたの。ずっと前から自分が言いたかったことを先輩のほうから言われて、でもちっとも喜べてなかった」

「どうして。いったいどういう……」

「それは、自分が先輩と付き合えるっていう自信が持てなかったから。いったん付き合いはじめたらだんだん自分の欠点がばれて、最終的には関係が切れて、もしかすると友達ですらいられなくなるんじゃないかってずっと悩んでたの。だったらずっと先のばしにして、ほんとうの想いを隠していたほうが、とりあえず友達としての関係は続けられるって」声が震えている。「こう説明すれば、わかってくれたでしょう？」

「そうだな、たぶん……」

「でも私にはわからなかった」田牧凜が苦笑いを浮かべる。「ぜんぜん従姉さんの考えがわからなかった。これっぽっちも。小さいころからいっしょにいて、私はずっとあの人の背中を追いかけて育ってきた。だから、なおさらわけがわからなかった――あの人に、そんな欠点なんてあるの？　先輩との距離が近くなって、いっしょにいる時間が長くなるとぼろが出るって心配するなら、私はどうなの？　あの人と私の関係は同じ年代のだれよりも身近だと思うし、いっしょにいた時間もだれよりも長いと思うけど、欠点なんて見つけられたことがない、ただの一回も。だからどうがんばっても理解できなかったの、どうして先輩の想いを受けとめる自信を持てないのか」

「じゃあ、それも言いわけだったのかもしれないな」

そのとき、韓采蘆がふいに立ちあがった。あまりの勢いで、あやうく椅子が床に倒れるところだった――私と、反対側に座っていた田牧凜が運よく押さえたけれど。

「わかった、なるほど、そうだったんだ」それに続けて、このうえなく場違いな台詞を口にした。「二人とも、華裕可を襲う理由があったんだね」

「なに言ってるんだ！」

大音響とともに、向かいにいた高瑞輿先輩の後ろで椅子が倒れた——先輩も立ちあがっていて、天板を破ろうとでもいうように身を乗り出してテーブルを押さえつけ、深々と眉根を寄せて、唇はたえず震え、その眼には殺意一歩手前の怒りがたぎっていた。

「あなたは華裕可から告白を断られたし、田牧凜はずっと華裕可に嫉妬していた。襲う動機は二人ともにある」殺気立った状況をまえにしても、韓采蘆はおそろしく冷静だった。椅子に腰を下ろして話を続ける。「これは事実を述べてるだけだよ。ただ、犯行の動機があるからってなんの裏付けにもならない」

「あの人に嫉妬なんかしてない」田牧凜はどこにも激しい反応は見せなかったけれど、顔には苦しげな表情が浮かんでいた。「私はあの人を追いかけてただけで……」

「そうか」高瑞輿先輩は自分が倒した椅子を起こさず、横の椅子に腰を下ろした。眼鏡を外して目のあたりを揉み、静かにため息をつく。「僕も結局、華裕可を追いかけていただけだ」

「じゃあ二人とも、自分がやったんじゃないって証明できるかな——自分は華裕可を襲ってないって？」

「どうやって証明するんだ」

「簡単なこと、秋槎の質問に答えてくれればいい」そう言って、韓采蘆は私の肩を叩く。

「あとはまかせた」

なんのつもりかすぐにはわからなくて、困惑しながら数秒間、相手を見つめる。私にうなずきかけてくるのを見てようやく気づいた。さっき電話で夏先生に言ったこと――最初に私がこの件を調べたいというのを、聞かれていたってことか。もしかすると、二人を怒らせたのも話題をこっちの方向に進めたかっただけなのかも。そういうことなら、なんとしてもこの好意を裏切るわけにはいかない。

そうして、冷えきった空気のなかで取り調べが始まった――始めないわけにはいかなかった。

私は頭をしぼって、推理小説のなかの聞き込みの場面はどう書かれていたか、探偵（もしくは徒労に終わる運命の警察官）は容疑者にどんな質問をしていたか、思い出そうとした。とはいっても、自分が読んでいたときはいつもそういう描写を流し読みしてまったく意識していなかったから、自分が探偵をやる番になると一つも質問が思いうかばなかった。

両目を見開いたまま口ごもっている私を見て、高瑞輿先輩のほうから口を開いた。

「僕たちの〝アリバイ〟を訊くつもりなのか？」

「あっ」確かに、被害者との関係に次いで、すぐに訊くべき質問だった。「そうです」

「夕食のあとは、ずっと部屋ではがきを書いてたよ。はがきはいまもデスクの上にあるけど、もうインクは乾いたと思うからその時間に書いてたって証明はできないな。もし今日カストルで買った絵はがきだったら、ひょっとするとその時間に部屋を出なかったって証明になるかもしれないか。そこ以外で自由になる時間はなかったから。でも残念ながら、絵はがきはトゥールーズで買ったやつで、どれもサン＝セルナン大聖堂のスケッチが印刷してある。ということは、前の夜に全部文章を書いておいて、裕可が襲われたときはずっとはがきを書いてたって嘘を言っている可能性も大いにある――もちろん事実じゃないけど、でもそっちからすれば無視できない可能性だろう？」私のかわりにひととおり状況を整理して、さらに続けた。「結局のところ、僕にアリバイはない。これで満足か？」

言いおわると、韓采蘆のことをきつくにらみつける。最後の問いはそちらに向けられたものに違いなかった。

「私だったら、やっぱり同じでずっと部屋にいた。一人で」その時間の行動について、田牧凜からそれ以上詳しい説明はなかった。私も、さらにプライバシーを詮索するわけにもいかない。

やっかいな状況になってきた。

「ほかになにか訊きたいことは？」

「その――」

「もういい、自分から言えばいいんだろう」高先輩は腕を組んで椅子の背に身体をあずけ、乱暴に私の言葉をさえぎった。「僕もいちおう推理小説は読んだことがあるんだ、だれが犯人か判断するのには月並みそのもののパターンがいろいろあるだろ？　たとえば左利きか右利きか、眼鏡をかけてるか、煙草を吸うかとか、だからまとめて答えるよ――見てのとおり僕は眼鏡をかけてて、右利きだ。それとそう、煙草を吸ってる」

そう言って、上着のポケットからマッチ箱を取り出す。「フランスで買ったんだ。ふだんはライターを使ってるけど、空港で没収されたから」

「従姉さんが煙草を吸いはじめたのは先輩の影響だったの？」

「違う。その反対かな」マッチを一本擦って、目のまえに持ってきて何秒か眺めたあと吹き消す。「僕はたぶん、煙草を吸ってる姿を見て裕可に惹かれたんだと思う。去年の大会にも僕たちは参加していたんだ。本番のまえに、学校が南京大学から先生を呼んで僕たちに補習をしてくれた。休憩時間になって、一服しに屋上に行ったら、さきに裕可がいて……まあいい、こんなことを思い出してる場合じゃないだろ。牧凜の情報も僕から話すよ。

補習をしてあげるように裕可から頼まれてたから、だいたいのことは僕も知ってる」

田牧凜はうなずいて、話をしていいと伝えた。

「視力は良くて、左利き、煙草は吸わない。ほかになにか知りたいことは?」

私は首を振った。

ここまでの情報でだれも名指しできないのは当然だけど、いったいどんな情報が集まれば推理を始められるのかもさっぱりわからない。華裕可の頭の傷はつむじのあたりにあったから、科学捜査の力を借りなければ攻撃を受けた方向は判断できないはずで、だから利き手から推理を進めることもできない。眼鏡はというと、これも今回の事件とはどこもつながらなさそうだ。煙草はどうだろう? かりに華裕可の持ち物からライターが見つからなくて、池の近くで吸い殻が発見されたなら、そこから〝犯人〟は煙草を吸う人間だと結論づけられるかもしれない。でもいまの状況では、あの吸い殻は華裕可のものだという可能性のほうが高い。そもそも噴水のところに行ったのは煙草を吸うためではないかという推測までできる。

いまある情報だけでは、推理なんてできるわけがない。私にできるのは質問を投げかけつづけて、高瑞輿先輩と田牧凜からできるだけ多くの証言を引き出すことぐらいだろうか。そうすればどこかでぼろが出て、〝犯人〟しか知らない情報を口にしてくれるかもしれない。

　でも私は、なにを訊いたらいいのかさっぱり思いつかなかった。

　そのすえに私は、助けを求めようとテーブルの下でこっそり韓采蘆の服を引っぱった。

「秋槎？」

「なにか考えはある、采蘆？」小声で尋ねる。もちろんどれだけ声を抑えたところで、この場にいるもう二人にも聞かれてしまうだろう。

「だれが華裕可を襲ったかって訊いてる？　わからないよ。手がかりが少なすぎる」頬杖をついて、首をかしげながら答えた。「でも、だれが華裕可を助けたかって問題にはすぐ答えられるけど」

「だれなの？」

「たんに説明してもわかりにくいかもしれないな、あまり直感的じゃないから。じゃあ、どうにかして推理を実演すればいいか。こうしよう、秋槎、テーブルに横になって」

「うん……」

　一瞬、理解が追いつかなかった。韓采蘆が言った頼みは〝ちょっとコーヒーを淹れて〟かなにかだと思って、反射的にうなずいて受けいれていた。でも立ちあがってその言葉に従おうとしたとき、言われたことがなかなかやっかいな――もしくは、さすがにどうかしてることだと、はたと気づいた。

いま私が着ているのはふくらはぎの途中までしかないワンピースの部屋着一枚で、向かいには同年代の男子がいて……

「ほんとうに、そんなことしないといけないの？」なんとか逃れられないかと思いながら尋ねる。

「もちろんそう。説明はすぐに終わるから、ほんのちょっと我慢してもらえればいいよ」

「わかった」

そういうことで、高瑞興先輩と田牧凜に見つめられながら私は身体の向きを変え、テーブルに背を向けて、椅子を外に押しやった。両手をテーブルの縁に突いて、両足で床を蹴り（そのときにスリッパも蹴とばした）椅子を踏み台にテーブルの上へのぼると、足を縮めたままテーブルの真ん中に身体を運んでいき、ようやく横になった。

肩甲骨が天板に当たって痛んだけど、耐えるしかなかった。

最後、胸のまえで両腕を組むことも忘れずに……

「ちょっと待ってて」

そう言って韓采蘆はコーヒーポットを手にし、コンロのほうに向かった。その行動に困惑を覚えていると、水の音が聞こえてきた——たしかに、そこには水道の蛇口とステンレスのシンクがある。水の音には足音が続き、そうして韓采蘆はふたたびポットを手に私の視界に現れた。

「腕はじゃまだから、どけたほうがいいかな」

「えっ？」

「だから、腕はそこに置かないほうがいいって。それだと説明ができない」

恐る恐ると言っていいくらいゆっくり腕を動かして、お腹のところで重ねてみたけれど……

「こう？」

「それでいいよ」

そう言ったかと思うと、ポット一つぶんの冷水が身体にかかってきた――正確に言うなら、ついさっきまで私が守ろうとしていた、韓采蘆に武装解除を命じられた胸のところに。水しぶきは額やふとももまで飛んでいく。椅子が倒れる音がして、高瑞輿先輩と田牧凜がびっくりして立ちあがり、何歩かあとじさる姿が頭に浮かんだ（そのとき私は、とても目を開けるなんてできなかったから）。

「わあっ！」

いきなりの驚きに、無意識に逃げようとし身体を縮こまらせたけど、韓采蘆に止められた——そう、謝らないどころか、この行動に筋の通った説明もしないまま、あおむけの姿勢を崩さないように命令してきて、からっぽになったポットを置くと私の肩を押さえつけてきた。

「ちょっとだけ言うことを聞いて、すぐ終わるから」

いままで私は、服の存在にこれほど敏感になったことがなかった。記憶のなかで、こんな気分になったのは、タートルネックのセーターで首元やあごがちくちくするときぐらいだ。不幸中の幸いは、廊下で高瑞輿先輩に行きあうかもしれないと思って、部屋着に着がえるときも下着は脱いでいなかったことだ。とはいっても服がぐっしょり水を吸いこむと、かなり小さいとはいえ思ったよりもしっくりきていたこの明るい緑の下着も先輩の目にさらされるわけで……

その一方で、冷水による寒気はなにかの植物のように、地表で伸びるだけでは満足せず、土の奥に根を張ろうとしていた。

このままではきっと風邪をひく。

「さて、これで事前の準備は終わり」恥ずかしさで死にたくなっている私と唖然としている二人をまえにして、韓采蘆はなにごともなかったように言った。

私はてっきり、私との付き合いで韓采蘆は常識に関してはある程度成長したと思っていたけど、いま考えてみるとたんなる私の願望と思いあがりだったのかもしれない。

韓采蘆が本気で動きはじめたら、常識がその勢いに付いていけるわけがない。

いまこのとき、韓采蘆に肩を押さえつけられて身動きがとれない私は、またこの子への保護欲が心に湧いてきて、そして唐突に、この子にとって自分の存在はまだまだ必要なんだと悟った。

でもその次の言葉で私の心は揺れ動きはじめ、絶交という考えまで浮かんできた——

「二人とも」高瑞輿先輩と田牧凜に向かって言う。「秋槎に心肺蘇生をしてみて」

心肺蘇生、心肺蘇生……

つまり韓采蘆は、二人に私の胸を何度も押しこませて、それどころか人工呼吸までさせようとしている。私はなんともない身体でぴんぴんしているのに。

いやだ、男子の高瑞輿先輩の手がそこに置かれるなんて絶対に我慢できないし、同性の田牧凜だって無理だ。このみっともない姿を見られているだけで、頭の中は口封じとか自害とかの言葉で埋めつくされているのに、そのうえ触れられたら……

「そんなこと、ほんとうに必要なの？」

めちゃくちゃな要求をきっぱり断りたいと心から願っていても、弱気な私には決然とした言葉なんて一つも言えない。

ないかな。

「じゃあ、それだったら采薑が……」

……最後の尊厳を奪ってくれないかな。

「それでもいいよ」そう言うとテーブルの上に飛びあがり、足にはスリッパを履いたまま私の左側ににじり寄ってきて、膝立ちになると、私の身体の上に身を乗り出してきた。髪によって背後の（そして私の正面の）明かりがさえぎられ、私は影のなかでおののくしかなかった。

そして韓采薑は、私に魔の手を伸ばしてきた。私の胸元に手を当てて、それらしく動かしてみせる。それだけでも、私にとっては充分恥ずかしかったけれど。

この次は人工呼吸が続くんだろうかと私が考えていると、韓采薑はテーブルの端に下がって、床に飛びおりるとまた近づいてきて、さっき手を当てていた場所を指さした。「このしわをよく見て」

しわ？

そうだ、ここまでの動作で、私のぐしょ濡れになった服には何本もしわが寄って、左肩から右の腹を横切っている……

「私たちが華裕可を発見したときも、服にはこういう跡があったんだ」

「必要だよ」

そう説明しているあいだ、高瑞興先輩はずっと視線を外して、こっちを見るわけにいかず困っている様子だった。もしかするとやっぱりいい人なのかもしれない。

「さっき私は、左手を右手の下に添えて力を入れた、それでこの跡が残ったわけだけど」たしかにそうなんだろう。両手を身体のまえでX字形に重ねたとすると、左の手のひらはかならず右ななめ上を向くことになる。そうして、韓采蘆は平然と結論を出した。「下に置いた手には力が入るから、ふつうは利き手のほうを使うよね。だから、華裕可を助けたのは左利きの田牧凜」

「私、起きていいかな?」小さい声で訊く。

「うん、説明はもう終わったから、もう起きてよ」

またいくつもの動作を経て、もとの席に腰を下ろす。高瑞興先輩が上着を脱いで差し出してきたけど、私は受けとらないで、両腕を交差させて肩のところを手でつかみ、縮こまって座っていた。

「牧凜、裕可を助けたっていうのはほんとうなのか?」高瑞興先輩は尋ねる。「どうして、夏先生に知らせてすぐに病院に向かわせなかったんだ」

「あのときは……」

「理由はたぶん想像がついてるよ」田牧凜でなく韓采蘆が問いに答える。「華裕可を襲ったのが夏先生で、その光景を偶然田牧凜が目撃していたなら、当然知らせにいくわけがない。そうだよね？」

田牧凜はうなずいた。

「あのときは、部屋に行ってみたら従姉さんがいなくて。ここの宿はきれいな裏庭があるって言ってたのをふと思い出して、そっちにいるかもしれないと思って探しに行ったの。噴水のすぐ手前まで来たときに、夏先生が別の道から逃げていく後ろ姿を見かけて、それから従姉さんが池のなかに倒れてるのを見つけたから……」

もし夏先生と電話で話していなかったら、私もこの言い分を信じこんだかもしれなかった。

「牧凜、たぶん知らないだろうけど、夏先生にはアリバイがあるの」実際のことを言わないわけにはいかなかった。「夜のあいだずっとロンドー夫妻といたんだって。いまのはあんまりうまい嘘じゃないね」

「なるほど、それでなにもかも説明がつくよ」韓采蘆が私の話を引きとって、話を続けた。「田牧凜、華裕可に応急処置をしただけで、そのことをだれにも知らせようとしなかった理由は単純で、自分こそが華裕可を襲った当人で、第一発見者になりたくなかったからだね。そうしたら警察の注意を引いて、自分の疑いが増してしまう」

「ほんとうにそうなのか、牧凜……」

「私がやったの」深々とうなだれ、垂れさがった黒髪に表情が隠れる。「あの人を助けたのも、あの人を襲ったのも、みんな私。自分が壊れそうだったから……みんなに従姉さんと比べられてばっかりだった。どれ一つとってもあの人に敵《かな》いなんかしないのに。あの人はおじいちゃんから天性の資質を受けついだのに、私は、あの家に生まれたせいで、基準点として見られるだけだった──私がいるおかげで、親戚たちは従姉さんの歳ならどのぐらいできるものか調べてまわらなくても、私を見れば従姉さんがほんとうの天才だってわかった」

その場の全員が黙りこみ、田牧凜の語る言葉に耳を傾けていた。

「でも都合よく、いつでも使える言い訳が一つあって、そういう劣等感を食いとめてくれた──私が一歳下なんだからって。だからあの人がいまできてることは、一年経ったら私にもできるかもしれないって。でもそんな予想、そもそも成り立ってなくて、思いあがった私の妄想でしかなかった。あの人に追いつけることなんて一つもなかったし、いまでは何年分も引きはなされる始末。従姉さんは十歳のときにピアノで最高の十級まで取ったのに、私はこの歳になってもまだ取れない。従姉さんは十二歳のときに数学オリンピックに出場したのに、私は一回も参加資格をもらったことがない。従姉さんは英語で外国人とすらすら話ができるし、きちんとした文章だって書けるのに、私の英語の成績は平均点のあたりをうろついてるだけ。しかも従姉さんはもうすぐ生徒会長になるの。それだけじゃない……」

「牧凜、気づかなかったけれど……」

「それだけじゃない！　従姉さんは中三からこっそり煙草を吸いはじめたけど、私はいまも真似する勇気がない。ちょっと前には、あの人に告白する男子が出てきた――そう、先輩のことだよ、高瑞輿先輩。一年経って私が二年生になったら、私に告白する男子は出てくる？　いると思う？　私みたいに馬鹿で、暗くて、見た目も普通で、どこも目を惹かない人間は、二年生になっても好きになってくれる人なんて出てこないって！」

顔を隠している黒髪の奥に手をやり、涙をぬぐう。

「もうわかったでしょ、なんでこんなことをしたのか。私の人生はこれまでずっと、相対的に静止した基準点だったの。従姉さんがどこまで進んでいるか、家族が計測するのを助けるだけの役目だった。私だってずっと努力してきて、あの人を追いかけてきたのに、だれひとり気にかけてくれなかった。私の努力は全部無駄だったの」

「牧凜は、人に見せるためにしか努力しないのか？」高瑞輿先輩が訊く。

「そうだよ、人に見せることしか考えてなかった。私の人生はもうとっくに、自分のものじゃないの」

「それは、とても悲しいことだよ」

「そう、そうだよ。同情してよ！　哀れんでよ！　私は取りかえしがつかないことをしたの、ここまでくだらなくて、取りあう意味もない理由で――あの人に嫉妬してたってだけで！　自分にどうして才能がないのか、どうしてこんな役立たずなのか、鬱憤を溜めてたからって！」

「小さいときからひどい重圧を受けてきたのは、同情するべきかもしれない。でも、これは取りかえしがつかないことなんかじゃない」韓采蘆が落ちついた、かすかに悲しみのにじむ口ぶりで言う。「華裕可に謝りに行って。許してくれるように頼んで。まだ間にあうかもしれないから。それに、あの子には感謝したほうがいいよ。あの子のおかげで、ふつうより賢くはなれなかったとしても、ふつうより努力はできたんだから」

「無理だよ」田牧凜は必死に首を振る。「あなたみたいな人に、私の気持ちなんて一つもわからない」

「だったら自首して、自分のしたことの責任を取って」

自首したときの悲惨な立場を思ったのか、田牧凜は黙りこんだ。うなだれた頭がさらに低くなり、やがて手に顔を埋める。

「それは、自分で決めるしかないことだよ」

5

田牧凜《でんぼくりん》が告発を認めてしばらくすると、ロンドー夫妻が宿に戻ってきた。私は夏《か》先生に電話をかけて、ことの真相を話した。その結果、夏先生はロンドーさんに、また夜道に車を出して田牧凜と高瑞輿《こうずいよ》先輩を病院まで送ってくれるよう電話で頼んでいた。重大な事態だからと、夫妻は気が進まないながらその言葉に従っていた。

そして私は、電話を切ると何度か続けてくしゃみが出た——いい兆しではない。韓采蘆《かんさいろ》には内心まだ腹が立っていて、みんなを見送ってからも私は会話せずに、わざと視線を合わせなかった。むこうもなにかを察したらしく口をつぐんでいた。そのまま私たちは、並んで部屋に戻った。身体によくないからと、私は濡れたままの服を脱いで楽な服に着がえると、お風呂の道具を持って浴室に駆けこんだ。

シャワーを済ませて、オークの湯船にもお湯を張る。

まさに至高の時間だった。ついさっきの窮地を忘れたような気になる。

　采蘆はひどいやつだ……

　悪態をついていると、不愉快な記憶がまた浮かびあがってくる。首を振って、目を閉じ、思いきり息を吸いこむと、膝を抱えて下を向き、身体を丸めた。頭の上まではお湯に浸からない。肺に溜めていた空気が線を引いてすっかり泡になると、顔を上げ、水面に頭を出して、数十秒ぶりの浴室の空気をたっぷりと吸いこんだ。

　目を開けると、さっきはまぶしく感じていた明かりをさえぎる影に気づく。

　私の全身がお湯のなかに沈んでいたあいだに、韓采蘆が浴室に入ってきていた。私が選んであげた部屋着を着て、お湯に濡れるのもかまわずに湯船のへりに身体をあずけて、身体をひねってこちらを見ている。手にタオルはないから、お風呂に入りに来たわけではないらしい。私に謝るためだけに来たのかもしれない。

　意地を張って顔をそらすと、平静そのものの声が聞こえた。

「秋槎《しゅうさ》、あの話を最後までしようと思うんだ」

「謝ってくれないの？」こらえきれなくて口をきいてしまった。

「ごめん」そう声が返ってくる。「秋槎じゃなくて、高瑞輿に犠牲になってもらおうかとも思ったんだけど、あの人は私に敵意を持ってたからたぶん協力してくれなかった。それに、同じ高校生の男子に触るわけにもいかなかったし」

「ふうん」自分が妙に割りを食いやすいのはわかっているし、私以上に周りの人たちみんなもよくわかっているらしかった。「私に触るのはよかったの？」

「もっとひどいことだってしたんだから」

「采蘆、わかるよ、あの推理を口だけで説明するのは難しいけど、実演すればすぐに理解してもらえるっていうのは。だから采蘆のせいで恥ずかしい恰好をさせられたのも、下着をしっかり見られたのも、どうこう言うつもりはない。でも私、しわの向きから救命処置をした人が左利きだって推理するのは、そもそも成立しないような気がするんだけど」

「そうかな？」

「だって、心肺蘇生をしたときに服にどんな跡が残るかは、助ける側の利き手だけで決まるんじゃなくて、助ける側と倒れている側の位置関係も影響するんじゃない？」

「秋槎は賢いね」采蘆は笑って手を伸ばし、びしょびしょの私の頭をなでた。「たしかに私の推理は成立しないよ。反例はごく簡単に挙げられるね。助ける人間が倒れている人間の右側にいて、倒れている人間に横から向きあっていたら——つまり、地面に突いている足と、倒れている人間の胴体が垂直になっていると——その場合、彼、か彼女が左手を下にして重みをかけると、華裕可の服に付いていたのとは正反対の方向にしわが付くことになる」

「そう、定理も推理も、潰そうと思ったら一つ反例があればそれでいい」

「でも私は推理するだけじゃなくて、実演してみせたんだ。実演すればみんな、ほかの可能性はないものだと思って、しばらくは反例の存在が見えなくなる。必要だったのはそういう状況そのもので、自分がやったと田牧凜に認めさせるにはそれで充分だった。だからさっき、いきなり水をかけてあんな茶番に付き合ってもらったのも、仕方ないことではあったんだ。ほんとうにごめん、すごく嫌な気分だったよね？」

「死にたいってまで思ったな」私は苦笑いしながら、正直に答える。「でも采蘆はほんとうにすごいよ、間違いのある推理から正しい結論を出してみせたんだから」

「たいしたことじゃない。数学の歴史でも、はじめは正確な証明が与えられなかったけれど成立している定理はいくらでもあったんだ。もとはといえば」そう言いながら、左手をお湯のなかに入れ、意味もなくかき回しはじめる。「しわの向きが理由で田牧凜を疑ったわけじゃないしね。実を言えば、華裕可の服のしわがどんな向きでも、私はあの子を助けたのは田牧凜だと考えたし、そこから田牧凜が華裕可を襲ったって結論を出してたよ」

「どうして？」

「簡単だよ、田牧凜は女子だから」あのとき高瑞輿先輩は、推理小説のなかでも月並みそのものの推理法を三つ挙げていた――利き手、眼鏡、煙草、でも性別という要素だけは挙がらなかった。「服に残った跡から、だれかが華裕可に救命処置をしたことは判断できる。そして処置をしたのは、華裕可に触ってもよかった人間にちがいない。だから高瑞輿ではないはず」

「そうなの？」

「ああいう純情な男子が、好きな女子の胸に手を当てるとは思えないよ、手当のためだったとしてもね。だから、さっき秋槎にも心肺蘇生はしてくれないって確信があった」

「へっ……」

私はぎくしゃくとうなずいた。

厳密な推理には思えない。せいぜい心証でしかない。もしくは……

「たしかに、ただの私の推測だよ」韓采蘆も認める。「運よく合ってたけど」

「じゃあ、最初から夏先生にアリバイがあるって知ってたの？」

「もちろんそう」答えが返ってくる。「先生と電話をしてたときわざわざコンロのほうに隠れてたから、むこうの声は聞こえなかったけど、秋槎の声は一言一句聞こえてきたんだ。秋槎がこの事件を調べたいと頼んだあと、先生がなにか言って、秋槎は妙に遠回しに、〝まったくとまでは……〟と答えた。どうやら、ちょっとばかり口に出しにくいことを訊かれたらしい、たとえば——自分のことを疑っていないのか、とか。それから先生がしばらく話して、秋槎は〝先生を信じます〟と答えた。なにか疑いを薄れさせるようなことがあったんだって推測できるよね、おそらくは自分のアリバイを提示してきた。ただしあの場で証言を聞けるわけでないのが問題だったけど、そのアリバイはあとから簡単に確認できるものだったから、秋槎は〝先生を信じます〟と答えたんだ。たぶん、先生のために証言してくれるのがロンドー夫妻で、秋槎はフランス語がわからないから、あのときはアリバイについて質問することができなかったんだろうと考えた」

「確かに、そのとおりだったよ」

「それに私は、追いつめられた田牧凜が夏先生を〝犯人〟として指名するだろうとも予想してたよ」

「どうして？」

「あの場にいなくて、田牧凜に言いかえすことができないから」

そう話す韓采蘆は、論理的分析の腕前の冴えを私に見せつけ、並はずれた直感力もあらわにしていた。いずれ数学の分野で立派な成果を生みだすのが目に見える。ただ一つ、すこしだけ心配になるのは、かつてはあんなに純粋だった采蘆が、たった半年のあいだに人を欺くすべを身につけていることだった——その知恵の十分の一でも悪い方向に使ったなら、百代に名を残す悪女にだってなりかねない。

「それと、田牧凜を〝犯人〟だって考えたのは、ある程度賭けの部分もあったんだ」

「賭け？」

「パスカルの論理について秋槎が教えてくれたの、覚えてるかな――神が存在するほうに賭けるといいことがあるかもしれないけど、存在しないほうに賭けると悪いことがあるかもしれない、だから存在するほうに賭ける。私が賭けって言ったのも、同じ理屈なんだ。田牧凜が〝犯人〟だと予想して、それが合ってたら合っていたでよくて、間違ってたら謝れば済む。もし高瑞輿が〝犯人〟だと予想して、間違ってたら話はそれで終わりだけど、合っていたら、事態は収拾がつかなくなるかもしれない。高瑞輿は男子で、しかも話をしていた場所はキッチンからかなり近かったから、すぐに刃物を取ってこれるし、ほかに宿にいるのは私たち女子三人だけで、対抗できるかはわからない。だから言うことは同じになる――田牧凜が女子だから、私は田牧凜が〝犯人〟だと予想したんだ」

「女でいるのはやっかいだね。犯罪者が襲う対象にされやすいっていうのはまだしも、采蘆みたいな無責任な探偵にも疑われやすいんだから……」

「秋槎はあれだけ推理小説を読んでるんだから気づいてると思うけど、探偵が論理をもとに犯人を特定しても、確実な証拠がないのに困って、おおっぴらにできない手段で策略を巡らして容疑者にぼろを出させることになる、ってのは珍しくないよね。もっと過激な作者だったら、探偵の行動で犯人を死に追いこませたり、直接制裁を下させたりする。私は本で学んだ知識を実践しただけで、いけないことはしてないよね」

「学んだのが犯人じゃなくて、探偵のやりかたでよかった」

「もちろん、一線は引いてるよ」何度も私に乱暴を働いてきた韓采蘆が、いかにも誠実そうな顔で言う。「いまから、あの話を最後までさせて。あとは終わりのところだけなんだ。話が終わったら、あの犯人当ての答えも思いついてほしいな。どっちも、考えかたには似てるところがいろいろあるから」

私は腕を広げて、浴槽のへりに身体を寄せ、縁で頭を支えた。いきなり触れた冷たい水滴と、浴槽の角の居心地が悪かったけれど、頭はかなりはっきりした。

「あの事件で邪魔されるまえ、話はちょうど、谷山‐志村予想とフェルマーの予想にはつながりがあって、証明においても大きな役目を果たした、ってところだったね。具体的な理論を説明するのはちょっと複雑になるけど、簡単にまとめることはできる――もしフェルマーの最終定理が成立しない、つまり問題の方程式にゼロ以外の整数解が存在する場合、その状況は、対応するモジュラー形式が存在しない楕円曲線の存在に置きかえられて、それは谷山‐志村予想の一つの反例になる。つまりは、もしフェルマーの最終定理が成立しなかったら、谷山‐志村予想も成立できないんだ」

かなり理解に苦労するけど、わかろうと努力する。

「うん……」

「裏を返せば、もし谷山‐志村予想が成立すると証明できたら、あらゆる有理数体上の楕円曲線はそれと対応するモジュラー形式を持つと保証されて、そうすると、フェルマーの最終定理が扱う方程式と関係していた、例の楕円曲線は存在しないと間違いなく保証される。これが意味するのはつまり……」

「フェルマーの最終定理は必然的に成立する、ということ？」

「そういうこと」説明は続く。「半安定《はんあんてい》な楕円曲線はすべて谷山‐志村予想に合致すると証明したのは、アンドリュー・ワイルズだった。谷山‐志村予想の特殊な状況の一つでしかないのは確かだけど、フェルマーの最終定理を解決するにはこれだけで充分すぎるぐらいだったんだ。要するにワイルズは、別の予想が正しいことを証明することで、フェルマーの予想が正しいと証明したわけ」

「すごく遠まわりをする証明法だったんだね」私はつぶやく。「さっきの采蘆の推理みたいに。田牧凜が華裕可を襲ったって直接証明するんじゃなくて、田牧凜が救命処置をしたって証明して、それから処置をしたのが襲った本人だっていうことを証明した。考えかたはすこし似てるね。采蘆の推理の過程は間違ってたわけだけど」

「実はワイルズもはじめはミスをしてたんだ、すぐに自分で証明を修正したけど」言いながら手を引きあげ、水を撥ねさせた。「どっちにしろ田牧凜も自分がやったと認めたんだから、私はなにも修正する必要はなかった。こうしてみると、数学者よりも探偵のほうがずっと楽だね」

「それで、この数学史の話は、采蘆が話してくれたあの犯人当てといったいどうやってつながるの？　まだ理解できてないんだけれど」

「まだ答えを思いついてないんだから、つながりがわからないのは当然だよ。ほら、二つの問題に答えてみて——一、ドルエ中尉が犯人だというフェルマーの予想は正しいか。二、フェルマーはどうやってこの結論を導いたか」すこしずつ冷めていくお湯のなかに私がぽかんとした顔で座りこんでいるのを見て、もう一言続ける。「じゃあこうしよう、ヒントを一つ出す」

「ヒントって？」

「——椅子の背もたれの血痕。この手がかりをもとに考えれば、答えは見つかるかもしれないよ」

椅子の背もたれの血痕……ヒントが大まかすぎるようにしか思えない。詳しく思い出してみよう。韓采蘆が語った「フェルマー最後の事件」で、被害者の椅子の背には二ヵ所の血痕があった。一つは飛沫血痕で、装飾のトルコ石の表面に残っていた。私はこの手がかりをもとに、殺人が起きたのは廊下ではなく室内だと指摘して、宿の主人とモレッティ氏の容疑を否定している。もう一ヵ所の血痕は椅子の背の一角に弧を描いていて、拭きとられたあとに残ったものらしい。

たしかに、犯人が椅子の血痕を拭きとるのはうなずける。彼（いまはフェルマーの予想が正しいと仮定するから、男性の三人称を使う）がわざわざモンジャンの死体を廊下まで運んだのも、自分が室内で犯行に及んだという事実を隠すためで、容疑者の範囲を広げ、モンジャンの部屋とベランダがつながっていない人たちにも容疑をかぶせようとしていた。でもその偽装工作はあまりにずさんで、血痕を完全に拭きとれなかったうえに、飛沫血痕を一ヵ所見のがしてしまっている。

待てよ、どうしてその血痕を見のがしたんだろう。まさか、ある身体的な理由のせいなんてことがあるだろうか。

韓采蘆がこんな月並みなパターンを使うなんて私は信じたくなかった——使ったとしたら、許しがたいと言っていいくらいだ——推理小説の世界では、利き手がどちらか、煙草を吸うかと同じようにとびぬけて陳腐な道具立てで、この仕掛けを使った作家をリストに列挙していったら、世界推理小説史の索引と大して変わらなくなるだろう。この仕掛けを登場させてしまうのを避けられる作家はほとんどいないし、それ以上に、登場させた作家は読者からひどく笑いものにされる運命しかない。

「赤緑色盲……じゃないよね？」

「否定はしないよ」

「それだったら、さっきの問題には答えられる」私は長いため息をつく。「フェルマーの予想はたしかに正しかった。犯人はドルエ中尉だった」

「どうやって証明する？」

「これも消去法だね」説明を始める。「犯人がトルコ石に付いた血痕を拭きとらなかったのは、色覚障害で赤と緑が見分けにくかったから。采蘆もこの結論は認めてくれたね。だから、まずジュリエットの容疑は否定することができる。トルコ石の血痕を見つけた本人だから、色覚には問題がないということになる」

「それじゃあ、その母親のモンコルビエ夫人が犯人じゃないのかな？　この人もその場にいたのに、血痕には気づかないで、〝それはトルコ石《緑松石》でしょう？〟って言っただけだったよ」

「この色覚障害は、赤いものが緑に見えるわけじゃなくて、両方ともが違った色に見える状態で、ここを誤解してる推理作家はたくさんいるんだけど。でも采蘆が語ったのも間違っていることはないよ。まえにも石を目にして、それがトルコ石だと知らされていたら、見えている色がふつうの人とは違ったとしても、また目にしたときに思い出せておかしくない。そして、やっぱり残っていた血痕には気づかないはず。モンコルビエ夫人が実際に色覚障害を持っていたというのは確定できる」そして私は、決定的な一言を続ける。

「でも、夫人は犯人じゃない」

「どうして?」

「歩いている被害者の姿を見たから」湯船の縁に乗せた頭の後ろが痛くなってきた。両手をそこに伸ばして交差させ、角に当てると、いちおう多少は楽になった。「血を拭い去らなかったことのほかに、犯人はもう一つ致命的な間違いを犯していたの。現場に偽装工作をするとき、被害者の杖を置く位置を間違えたこと。被害者の経歴を紹介するとき、采蘆は言葉を惜しまずに長々と話してくれて、全体の語り口と比べてかなり違和感があった、つまりそこにはきっと伏線がある」

「どんな伏線?」

「聞いたとおりには言えないけれど、情報としては忘れないから。モンジャン将軍が怪我をしたのは左足だとはっきり言ってたよね。ふつう杖は、体重を分散させるために健康な足の側で使う。だからモンジャンが廊下で殺害されたとしたら、杖は右手の側に倒れたはず。でも犯人は杖を死体の左手側に置いているわけだから、歩いているモンジャンの姿を一度も見ていないってことになる。よって、被害者と廊下で顔を合わせたことがあるモンコルビエ夫人は犯人じゃない」

「容疑者はあと、モンコルビエ氏とドルエ中尉の二人だね。この二人については、ほとんどなんの情報も与えてないけど、どうやって推理を続ける？」

「モンコルビエ氏の容疑を否定すれば、それでいいよね」

「どうやって？」

「単純なこと。モンコルビエ氏は色覚障害を持っていないはずだから、犯人ではない」

「なんで？　どこにそんな伏線を張ったかな？　自分ではすこしもそんな記憶がないんだけど」

「采薫、いろんな推理の材料のなかで、私がいちばん嫌いなのはどれか知ってる？」

「心証じゃない？」

「違うよ、特殊な知識」頭のうしろに両手を回した姿勢は案の定続けていられなかった。腕がしびれはじめて、それにかなりの面積の皮膚が空気にさらされているせいで、お湯につかっている部分にまで寒さが広がってきていた。だから私ははじめの姿勢に戻って、腕の大部分をお湯に浸からせ、両手は膝の上に置いて、頬をそこに乗せた。「モンコルビエ氏の容疑を否定するには、遺伝学の知識を使う必要があるの――母親が赤緑色覚障害を持っていて、娘がそうでなければ、父親はかならず持っていない」

「面白い補題《レンマ》が出てきたね、証明はできる？」

「生物の授業で教わったばっかりじゃないの？」二年の後半学期が始まって、四週目あたりのことだった。

「でも私、ほとんど生物の授業に出てないから」それはほんとうだけど、この周辺の知識は知っているはずだ。采蘆がこの犯人当てを考えたわけだから。

でもこの場は、リクエストに応えることにした。

「赤緑色覚障害は伴性遺伝して、原因になるのはX染色体にある劣性遺伝子なの。娘が持つことになる二つのX染色体のうち一つは父親、一つは母親のものだよね。問題になるのは劣性の遺伝子だから、女性だったら両方のX染色体が原因となる遺伝子を持っている場合だけ、色覚障害が発症する。だから、色覚障害を持っている母親は、二つのX染色体どちらにも原因の遺伝子が含まれている。ということは、娘が受けつぐX染色体にもかならず原因の遺伝子が含まれているわけ。もう一つのX染色体は父親からだけど、男性の性染色体はXYで、もしXが原因の遺伝子を持っていたらかならず色覚障害を発症する。これはY染色体が格段に短くて、X染色体のなかの原因遺伝子を持っている箇所と対応する部分が存在しないからなんだけど。つまり、娘が赤緑色覚障害を持っていなくて、母親が持っていた場合、娘が父親から受けついだX染色体は問題がないってことで、だとすると父親が色覚障害を持っていることはありえないの」

「証明ができたってことは、この先の手続きではこの補題を使えるわけだ」

「モンコルビエ夫人が赤緑色覚障害を持っていて、娘のジュリエットがそうでないということは、モンコルビエ氏には赤緑色覚障害はないと判断できる。これでモンコルビエ氏の容疑は否定できた。犯行の可能性があるのは、ドルエ中尉一人しか残ってないよね。フェルマーの結論は完全に正しかったの」

采薫は深々とうなずくと立ちあがって、腕を湯船の縁に突いて身体の重みを支える。そして顔を近づけてきて、くせのある髪の先がお湯につかった。

「一つめの問題はきれいに答えが出たね。フェルマーの結論は正しかった」笑いながら言う。右腕を立てて頬杖をつく。「じゃあ次は二つめの問題だ、フェルマーはどうやってこの結論を導いたか？」

「私みたいに推理したんじゃないの？　情報がこんなに少ないのに、まさかほかの推理法があるっていうの？」

「どういうこと？　私の設定では、これは一六六五年に起きた話だよ。ドルトンが例の論文、『色覚に関する異常な事実』を発表するのはまだ百二十九年先だし、メンデルがエンドウ豆の実験の成果を発表するのはまる二百年も先。しかも染色体の発見はそれよりもっとあとだよ。フェルマーの時代は、色覚障害の研究をしてる人はいないようなものだったし、現代の遺伝学の知識をここまで持っていたとはとても思えないね」

「つまり、私と同じ考えで推理を進めることはできなかった、ってこと？」

「もちろんそう」お湯に浸かった髪を指でいじる。「もうわかったよね、私が話した犯人当てが、どこでフェルマーの最終定理に還元されるか」

「たぶん、わかった」

「ワイルズが証明に使った知識は、十七世紀のフェルマーは夢にも考えないものばっかりだった。まえに私は秋槎のこと、微積分がなにか知らない文学少女だって言ったけど、それはべつにどうでもいいことだよ。だってフェルマーも知らなかったんだから。放物線の接線を求める方法を発明したのはフェルマーだけど、そこから微積分の正式な確立まではまだまだ長い道のりが必要だったんだ。ニュートンはフェルマーが書いた接線を目にして微積分を発明した、って考えてる学者はいるけど」

「たしかに、代数幾何って分野の創設は十九世紀末になってからだったし、話に出た谷山＝志村予想っていうのは第二次大戦のあとに生まれたんだったね」

「そうだよ。十八世紀のオイラーがnの値を3に拡張したときだって、フェルマーの時代には生まれていなかった知識を使ってたんだ。フェルマーの最終定理の証明法はただ一つじゃないはずだけど、ものすごく複雑なのは確実で、フェルマーが使いこなせた数学のテクニックで完璧にこの予想を証明できたとはとても思えない。私が話したこの犯人当てと同じだよ、容疑者の情報が少なすぎて、真相を推理できるようになるには、現代の生物学の知識を活用しないといけない」

「でもフェルマーは、〝驚くべき証明を見つけた〟って言ったんじゃないの？」

「きっとはったりだよ、フェルマーは法律家だからね」

「そんな……」

「もちろん、フェルマーは本当に証明法を考え出してた、そもそも成立していなかっただけで――そういう可能性もある」そう言いながら、采蘆は髪を水面から引きあげようとしたところで、運悪く私の髪の毛とからんでいるのに気づいた。「秋槎も見たように、推理の過程の間違いは、結論の正しさの妨げにはならない」

「じゃあ、二つめの問題にはいったいどうやって答えればいいの」

「なんだっていいよ。解答に唯一性はない。フェルマーの代わりに間違った推理を考えればそれでいい。心証が理由だったのかもしれないし、軍人への偏見が根拠かもしれないし、もしくはなにか間違った科学知識をもとにしてたのかも。とにかく、フェルマーが正確な方法で推理を固めることはほぼ不可能だった。フェルマーの最終定理のときも、驚くべき証明なんて思いつけた可能性は低いのと同じだよ。でもそれはさておき、フェルマーは正しい予想をしていた。だから、とびきり偉大な数学者として恥じるところはないんだ」

「数学も、推理も、ずいぶん無責任に聞こえるね」

「じゃあどうすればいいのかな？」采薫は髪との格闘をあきらめ、また腕を湯船の縁に乗せて、のんびりと言った。「結局、数学者と探偵にとって、いちばん重要なのはつねに直感だからね」

不動点定理

高潔な怒りを知らぬ囚人や、
籠に生れて 夏の日の
木立を知らぬ紅雀には、
どう考へても なりたくない。
——テニスン『イン・メモリアム』(入江直祐訳)

1

　高校三年に上がるまえの夏休み、九月になって新しい学年が始まれば詰め込み地獄に突き落とされる心の準備はできていたけど、どうしても私は高校最後の夏を課題の山にささげる気分にはなれなかった。

　たとえ、青春小説でお決まりの展開——砂浜、太陽、海とスイカ——とは無縁に決まってるにしても。公共のプールみたいな場所でさえ私には行き先として思いつきそうにないのに、それでも。私はひとり祖母の家に来ていて、周りに同世代の話し相手すらいないからなおさらだった。ルームメイトの陳姝琳《ちんしゅりん》は予備校に行かないといけないから、遊びにくるような暇はない。いつも数学の補習をしてくれて、期末試験で赤点から救ってくれた韓《かん》采蘆《さいろ》はというと、試験の一週間前には学校から姿を消していて、電話にもいっさい出なかった。

ただいずれにしても、私にとっては時間があること自体が一つの奇跡だった。

エアコンをかけて、騒がしい蟬の鳴き声を窓のむこうに閉め出して、すこしばかりごぶさたしていたベッドに飛びこみ、こっちもごぶさたの枕に抱きついて、好きなだけ転がりまわったら小説を開く――私にとってのいわゆる〝消夏〟はこれでぜんぶだった。もちろん午後四、五時になると、太陽が虞《ユ》山に沈むには早いにしても、灼けるような日差しはやわらいだ。私は着古したノースリーブのワンピースに着がえ、帽子を頭に乗せサンダルを履いて、小道を通って近くの店までアイスキャンディーや炭酸の飲み物を買いにいった。一日のうちで室外に出るのはこれだけだった。家のベランダを数に入れなければ。

こういう気楽な生活を自分はいつまでも愛しつづけるはずだったし、八月の最後の週まで貫きとおすんだと思っていた。でも、七月の終わりにはもう私は満足しきって、どこかで後悔を覚えていた。結局、時間のむだづかいもお金のむだづかいと同じで、快感はあっても、あとから思いかえしてみるとその対価はあまりにも重く感じるものだった。

一晩反省してまたちょっと寝た私は、ベッドから飛び出し、なにも書いていないノートを出してきて、小説を書きはじめた。

話の内容は半年前に考えついていて、冬休みのあいだに登場人物の名前も付けてあった。

計画では五万字前後の中篇になるはずで、とある没落した大家族が崩壊にいたるのを描く物語だった——荒れ果てていても豪奢さを残した洋館で、家族が一人ずつ殺されていき、最後にはだれもいなくなる。一人ひとりの死に方にも目を引く特徴が用意されていて、密室で死んだり、凶器が消失したり、もしくは死体になにか不可思議な痕跡が残っていたりする。さまざまな謎については陳腐きわまりない答えしか思いついていないけど、それでも私は、これが高校時代の代表作になって、ことによっては世間に発表できる可能性もあるはずだと確信していた。

もちろんそれはぜんぶ、作品を完成させられるのが前提だけど。

一ヵ月の時間があれば充分なはずだ。

それから数日、洋々たる前途の想像に頭を支配された私は、我を忘れてこの小説を書きつづけた。クーラーが点いているのに結局汗だくになってしまい、中指にはたこができて、首元もまるで寝違えたみたいに痛みはじめた。我を忘れた私はそのうち、ある日アイスキャンディーを買いにいくことまで忘れるようになった。私が魔境に足を踏みいれていき、一冊めのノートが残り二ページになり、私によって三人の登場人物が虐殺されたとき、ベッドの上に放ってあった、あとほんのすこしで電池切れになる携帯が突然鳴りだした。

——行方をくらましていただれかさんからの電話だった。

「采薗、ほんとうにさ——暇でしょうがないときには連絡してこないで、やっと腰を据えてなにかしようとしたらまたじゃまをしに来るんだから。まさかわざとなの？」

「引きこもって執筆？」

「そう。休みが明けたら三年生で、書くならいましかないから」率直に返す。「卒業までに作品を発表しておいたほうがいいのかなって思ってるの。高校生だったら、大した作品じゃなくても許されるし。もう何年か経ったらそうはいかない」

推理小説の分野ではほとんど成功した例はなかったと思うけど。

「えっ？　私が知ってる陸秋槎《りくしゅうさ》はどこかで読んだみたいな話ばっかり構想して、穴だらけの推理ばっかり作り出して、実行が厳しそうなトリックばっかり思いついて、一日中自分の世界にひたってるはずなのに。そんな現実的なことを真剣に考える子だったかな」そう言って韓采薗は笑った。「番号を間違えたかな？」

「いま電話してるのは、欲に目がくらんで近道を行くことにしか興味がない陸秋槎で、采薗が知ってる人とは違うから。電話を切ってもいいよ。いままさに数学が得意な人間を死なせようとしてるところだし」これもほんとうのことだ。構想のなかで、四人目の死者は没落した家族の次女に言い寄る銀行家、抜け目のない守銭奴だった。

「ということは、例の〝すごく華麗な〟話を書いてるところみたいだね」そう、采薗にはこの構想を聞かせたことがある。「でもほんもののお金持ちに会ったことも、ほんものの洋館に足を踏みいれたこともないんじゃない？」

「そもそも現実離れした存在なんだから、実際に見なくてもいいの」はっきりとは答えなかったとはいえ、実情は見えすいている――ちくしょう、どうしていつもこっちの痛いところを突いてくるんだろう。「先輩作家の小説かなにかを参考にして、ちょちょっとつなぎあわせたら、大して描写は難しくないはず」

私が言うと、電話のむこうから返ってきたのは沈黙で、電波が悪いのかとまで思った。数秒して、韓采蘆は電話をかけてきたほんとうの用事を明かしてきた。

「実はいま、いかにも推理小説に出てきそうな洋館で暮らしてて、いかにも悲劇のヒロインになりそうなお嬢さまに家庭教師をしてるんだ」

そう言いおわる寸前、電話のむこうから女の子の声がかすかに聞こえた。〝悲劇のヒロインになれるように努力します〟と言ったらしかった。

その声の相手にはかまわず、韓采蘆は一人で話を続けた。

「その生徒に秋槎の話をしたら、すごく会いたがって、ここに客として招こうって話になったんだ。実はこの子も推理小説が大好きで、最近は自分でも書きはじめたんだけど、あまりうまくいってないから、経験談を聞かせてほしいって。協力してくれる気はある？

取材だと思ってさ……」

「それで、いまはどこにいるの？」私は半信半疑のまま探りを入れる。「あんまり遠かったら無理だよね」

「私の予想が合ってれば、いま秋槎はいつものおばあさんの家にいるんだよね？」

「合ってる」

「じゃあ、あいだに太湖《タイ》を挟んでるんだ」そう言ってくる。「私は湖州《フージョウ》にいるんだけど」

湖州に行くには、長距離バスに乗ってもそれなりに時間がかかる。でも、あれだけ経済が発展して、人口も密集していると言っていい場所に、ほんとうに夢のなかの話みたいな洋館があるんだろうか？　たぶん、韓采蘆が〝洋館〟と呼ぶのもただの戸建ての別荘というだけだろう。

もちろん、私みたいなサラリーマン家庭出身の人間から見れば、それだけでもかなり立派なものではある。高校一年の冬休み、柳苑苑《りゅうえんえん》先輩のところの別荘に泊まらせてもらったそのときは、生まれてはじめて貧富の残酷さを感じた瞬間だった。

「采蘆にも家庭教師なんてできるとは思わなかった」ずっと采蘆の補習を受けている私はそうからかう。「そのお嬢さまは采蘆の頭に付いていけてるの？」

私はわざと話題をそらして、多少の時間を稼ごうとしていた。采蘆の言う〝洋館〟と

〝悲劇のヒロイン〟を訪ねていくか決めるまえに、ひととおり検討してみないといけない。「まだ高一の内容だから、まあつとまってるよ。私、数学以外だったらうまく教えられるんだ」すこししょげたように言う。「変だよね、よりによって数学がうまくいかないなんて。この科目に関してはあの子、秋槎以上に頭が働かないみたい」

「悪いのはその子じゃないと思うけど」采蘆みたいな天才に、ふつうの人間が数学に向き合うときの苦労がわかるわけないでしょ。「そういうことなら、私がその子に数学を教えてみようか。成績はずっと落第ぎりぎりをうろついてるけど、もしかするといっしょに成長できるかもしれないし」

「それじゃあ、来てくれるんだ？」

「うん、洋館には」――それとお嬢さまにも――「すごく興味があるから。この目で見てみたいな」

「明日来られる？　バスターミナルまで二人で迎えに行くよ」

「でも、家族と相談してみないと」お年玉は五月のうちに使いきっていて、おこづかいも底をついていたから、旅行の費用は家族に出してもらうしかない。立ちあがってベランダに出るドアを開け、灼けるような空気が顔を殴りつけるにまかせた。それで胸のなかの悲哀を薄れさせられるかのように――経済的な自由がない悲哀を。「何日かいられるといいな」

このとき私はまだ、五ヵ月後に自分が家出をして、得体の知れないオーディションに参加するため上海まで行き、そしてあまりにも悲惨な事件に巻きこまれるのを知らない。

「じゃあ、またあとで連絡するね」

通話を切ると、携帯を充電器につないで、南京にいるお父さんに電話をかけた。友達に勉強を教えてもらいに行くとだけ言ったら、むこうも反対する様子はなくて、気をつけて行くようにと言われただけだった。許可をもらった私は階段を駆けおりていって、祖母から旅費をせしめた。中学のころから私は南京と常熟《チャンシユー》のあいだをしょっちゅう往き来していて、一人で長距離バスに乗るのも日常茶飯事になっている。高校では寮で暮らすようになってめったに家に帰っていないから、両親からすると娘は受話器のなかで育っているのかもしれなかった。

ついでに言うと、同じように南京にいる妹琳にこのことは伝えなかった。

着がえと洗面用具をキャリーケースに詰めながら、文房具とノート（もうすぐ書きおわるのと、新しいの）をキャンバス地の肩掛けのバッグに入れるのも忘れなかった。むこうでこの小説のクライマックス――崩れ落ちる〝洋館〟とうら若い〝悲劇のヒロイン〟の最期――を完成させられるかもしれないと計算していた。もちろん、采薀にはいま書いている部分を読んでもらいたいとも思っている。采蘆の眼が粗《あら》や誤字を見のがしたことはない。湖州に着くまでのことはざっとだけ書かせてほしい。ふだんと同じようにベッドに入り、寝つけず、朝は寝すごしたけれど、乗る予定だったバスにはどうにか間に合った。

南の方角をめざしてじりじり昇っていく太陽を避けようと、進行方向に向かって左側の席を選んだら、バスが太湖のそばを走っているとき、湖面のまぶしさにカーテンを閉めないといけなかった。江蘇省《こうそ》から浙江省《せっこう》への道は砥石のように平坦で、私は車酔いの心配をいっさいすることなく、自分の小説を読みながらバスに乗っていた。

キャリーケースを引いて、バスターミナルの正面入口を出ると、通路の向かいに立っていた韓采蘆のほうが先に私に気づいて手を振ってきた。そのそばに、采蘆より背の低い女の子が立っている。髪はさっぱりしたショートヘアにしていて、着ている灰色の丸襟ブラウスはリネン生地らしい。袖の丈は二の腕の途中までしかなくて、でも身丈は長く、下に穿いているデニムのショートパンツはほぼすっかり隠れてしまい、折りかえした藍色の裾がどうにか見えるだけだった。

クリーム色の小さいショルダーバッグを提げて、顔は麦わら帽子の影に覆われている。

私は今日もふだんしているような恰好と変わらず、せいぜいまだそこまで着古していないノースリーブのワンピースを選んで、そこになんとなくカーディガンを羽織っているだけだった。出かけるとき、この恰好ではあまりにみすぼらしくて韓采蘆の生徒に笑われはしないか、ちょっとは心配もあった。話に聞いていたお嬢さまも親しみやすい恰好なのを見て、ひとまずほっとしている。

でも、今日の韓采蘆は……

「思ったよりちょっと遅かったね。渋滞？」

「料金所がちょっと混んでたからね」初対面の女の子のほうに視線を向けて、映画の吹き替えの口調を意識して、この可愛らしいお嬢さんが采蘆の生徒なのかしら、と尋ねた。そうしないとこれから訪ねる洋館には釣りあわない気がしたから。

「もちろんそう《メ・ウィ、セルテヌマン》」いつもの口癖を、すこしまえに覚えたばかりのフランス語で口にする。

「私がこの子の家庭教師《グーヴェルナント》で、この子が、私のアデール」

『ジェーン・エア』の登場人物の名前だったような覚えがある。

「黄夏《こうか》籠《ろう》です」目のまえの女の子は思いきりよく一歩進みでて、右手を出してきたので私は礼儀として握りかえした。「陸秋槎先輩、韓先生から噂はいろいろと聞いていて、とても会ってみたいと思っていたんです。最近は洋館が舞台の小説を書いているって韓先生が言っていて、〝懐風館《かいふうかん》〟がなにかインスピレーションの元になればと思ったから、呼んでくれるように韓先生に頼んだんです。私の無理なお願いで執筆の予定が狂っちゃったかもしれないけど、悲劇のヒロインのわがままだと思って多少は大目に見てくれませんか。そうだ、それと解析幾何の問題で、韓先生がどんなにがんばっても私にわかる言葉で解説してくれないのがいくつかあって、それもお願いしたいです」

どうやら、私が解析幾何の四文字を聞いただけで泣きそうになるとはまったく知らないらしい。でも、一つ年下でしかも自分を盲目的に信頼している女の子を前にしてみると、むりやり笑顔を浮かべて応えるしかなかった。「ぜひとも力になるよ。私でも力になればだけど」

「ああ、よかった。まえに韓先生が言ってたんです、秋槎先輩に服を買いに連れ出されたことがあるくらい、ファッションのことをよく知ってるって」

もちろんそれは事実ではない。韓采蘆から見たらそうなるのかもしれないけど。

「私、ずっと田舎に住んでて大都会にはなかなか行かないし、服はぜんぶネットで買って、自分のセンスにあんまり自信がないんです。秋槎先輩と会うって聞いて、すごく不安で」私の全身を見回す。「でも、私とすごく趣味が近かったんですね。たぶんとても気が合うと思います」

皮肉でないのなら、たぶんお世辞だと思う。

「それでだけど、采蘆」常識に欠けた友人に顔を向けて、気がめいりながら言葉をかける。

「今日は暑いけど、ボタンは留めてくれる?」

相手が従うよりまえに、我慢できなくなって手を伸ばし、シャツの上から二番目のボタンを留めてやった。

目のまえの韓采蘆は、すこし癖のある長髪を後ろで結び、暗い朱色の四角い伊達眼鏡をかけて、着ているのは半袖のワイシャツだったけれど、まえに自分の部屋で着ていたようなのとは違ってものすごく華やかなデザインの服で、ボタンに沿うように繊細なレースのふち飾りがあった。いちばん上のボタンは鎖骨よりも下にあって、二番目となると胸骨の中央にあった。私の視線の高さだと、大きく開いた胸元からなにも見えはしないけれど、私より頭一つ高い人だったらそうとも限らなくて……

その下のいでたちを見て、さらに脱力感を覚える。ふとももの途中までしかない黒いタイトスカートに、黒の網タイツ、それにうっすらとほこりが残っている黒いパンプス(ヒールはせいぜい三センチぐらいで、これ以上高いと采蘆が歩けなくなるんだと思う)。

「なんでそんな恰好なの?」

「家庭教師をやるからには、すこしは大人っぽい恰好をしたかったからね」元気よく答える。ことの重大さがぜんぜんわかっていない。「最初は私も、この仕事はどんな格好をすればいいのかってすごく困ったんだ。そうしたら、家のパソコンに見たことないフォルダを見つけて。どうも父親が集めてた動画みたいなんだけど、女の家庭教師が主人公のやつがかなりの量あって、みんな着てるものがびっくりするぐらい似てたから、きっとこれが業界の慣例だろうってわかったんだ。だからとりあえず見たそのまま、このとおり服を揃えたわけ。どう、似合ってるかな？」

お父さんのコレクション？　なんだか危険な予感がするな……

やめておこう、この話題はここまでだ。

街中で昼ご飯を食べたあと、私たちはタクシーに乗った。私と采薷が後ろの座席だった。前列の席ごしに、メーターに表示された数字が三ケタあって、しかも先頭が一ではないらしい（湖州市のタクシー運賃は一キロ二・五元なので八十キロ以上走っている）のがどうにか見えた。采薷たちはこの車に乗ってきたんだろうと私は考えた——ことによると湖州市内ではない場所から。

安徽省《あんき》まで連れていかれないかと心配しながら、私と采薷はここ一ヵ月ほどの出来事をおたがい話した。残念ながら二人とも完璧なインドア派で、話せるようなエピソードもほとんどなく、結局、話題はごく自然にまえに座っている黄夏籠のことに移っていった。

采薷によると、夏籠の父親の黄景福《けいふく》と采薷の父親は大学が同じで、どちらも卒業してから学校に残り、教職に就いたという。八〇年代末、夏籠の父親は実験室の生活に飽きて、妻とともに国外におもむき、北アフリカでリン酸塩鉱物の採掘を始めることになった。最初はただの雇われだったけど、そのうちにすこしずつ自分で事業を動かすようになっていった。

夏籠はそこで生まれたらしい。事業を興す苦労でもともと体調を崩していた母親は、娘を生んでまもなく亡くなってしまった。

失意の底の黄景福は、まだ産着のなかの娘とともに帰国した。景福の両親はどちらもいなかったので、夏籠の母方の祖母とともに暮らすことになる。その一年後、いま私たちが向かっている〝懐風館〟(夏籠が付けた名前なんだろう、はじめからこの名前ではないはずだ)が完成した。それから五年間、黄景福は広西《こうせい》や福建《ふっけん》などにつぎつぎと化学肥料工場を建てて、アフリカの会社で採掘したリン酸塩の処理に注力した。夏籠は六歳のときに杭州市の小学校に入学したけれど、いまでは継母になった鞠白雪《きくはくせつ》はそのときの担任だった。二人が結婚したのはこの二年後。黄景福と結婚してからは仕事を辞めて童話作家になり、去年も新作を発表している。

黄景福は杭州に家を買って一家でそこに住むことにし、懐風館は避暑のための場所になった。夏籠が八歳ぐらいのころ、歳が同じくらいの孤児を鞠白雪が引きとってきた。それが義理の妹の常夏《じょうか》だ。

さらに二年後、黄景福はアフリカで鉱脈からタンザナイトを掘り当て、宝石の加工会社に鉱山を売りわたすことはせずに、みずから宝石ブランドを立ちあげようと考えた。そのためにふたたびアフリカに向かい、今度は六年戻ってこないという話だった。二年前、夏籠がいくつかの理由があって中学校を退学したときも、帰国するだけの余裕はなかった。

退学のあと夏籠は、継母と祖母とともに懐風館に戻ってきた。それから半年後、中学を卒業した常夏は高校入試を受けないで懐風館で暮らしはじめた。さらにその後、夏籠の叔母（実の母親の妹）の袁秋霖《えんしゅうりん》が結婚と事業に失敗して懐風館に住みはじめ、夏籠の祖母の面倒を見ることになった。

長くて細々した話だったけれど、好都合なことに、館に向かう車内では韓采蘆が最後まで話し終えるだけの時間があった。

2

タクシーが停まったのは、竹林のまえだった。

みっしりと生えた青緑の竹が左右に壁を作っていて、車を降りた私は、黄夏籠《こうかろう》と韓采蘆《かんさいろ》に付いて二メートルほどの幅の小道を進んでいった。

道は枯葉に覆われていて、風に吹かれた竹林がまばらに落とす影が揺らぎながらどこまでも続いていた。ゆるい坂をのぼりきると、道は左に曲がる。ここまで歩いてきた正面に視線を送ると、竹のすきまから赤褐色の壁がのぞいて見えた。あそこが私たちの目的地なんだろうか。

そして小道をもういちど曲がれば、出口までもうすぐだった。

竹林から出ると、自然を背景に建つ洋館が私たちの目のまえに姿を現した。

私には、あの二階建ての家の様式や尺度をどう形容したらいいかわからない。第一印象をそのとおりに記すしかない。

こういうとすこし変な気もするけど、韓采蘆から建物の来歴は聞いていて、たった十数年の歴史しかないのも知っていたのに、それでも初めてその家を目にした瞬間、中華民国の時代から受けつがれた歴史的な建築物かと思ってしまった。真昼の太陽がガラス窓に射してひどくまぶしかったのに、私は目をみはって、南に向いた壁をまじまじと眺めていた。

間違いなく、建物の構えは派手派手しくはなかったし、成金たちが執心するレリーフや金属の飾りで覆われてもいなかった。地面から上、五十センチほどまでが灰色の石を積み重ねてぐるっと覆われていて、地面の下にも土台はかなり深くまで伸びているんだろうと想像できた。ほとんどは角の取れた石で、遠くから見ていると半分に割ったあと切れ目を入れられたマンゴーのようだった。内側ではぴったりと密着しているけれど、外壁にはいたるところに数センチの幅のすきまがあって、そこを砕石で埋めている。地面から五十センチより上は、薄桃色のレンガで組まれていた。臙紅《あか》と皴白《しろ》を混ぜあわせて生まれた色は、うらさびれた悲しさを誘う。

わざと古びさせているのか、レンガの表面には不規則に割れ目が刻まれて、自然に浸食されたもののように見えなくもないけれど、むしろ人の手で彫りこまれたものらしく見える気もした。それにとどまらず私は、迷いこんできた来訪者がここに〝○○参上〟と不格好な字で彫っていてもおかしくはないと思えた。この洋館から受ける印象は、入るのに入場券を買う必要があるような観光地そのものだったから。

もちろんそんな雰囲気も、いつまでもこちらを騙してくれるわけではなかった。これを建てた人が自分なりに擬古調を目指していたとしても、残された不手際は多すぎるとしか思えなかった。古典的な作りのアーチ窓の横には、そろって生白いエアコンの室外機が取り付けられている。窓ごしに見える、大ぶりな模様に埋めつくされた深紅のカーテンもきらびやかすぎるように見えた。でも、建物全体の基調を根底から崩しているのは、そこにつながっている建築物だった――左手に青緑色の通路が延びていて、池の上もまたいで延び水を二つに分けている。通路の行きつく先には、二階建ての小さい建物があった。面積は二十平米にもならず、灰褐色に塗られている。通路と小さな家はどちらも軽量鉄骨だか石膏ボードだかの安上がりな材料で建てられている。

倉庫なのかもしれないし、メイド扱いでこきつかわれる養女の住まいのようにも思えた。

池は十メートルほどの幅がある楕円形で、人の手で掘られたものらしかった。池のなかには鯉が放されている。

本館の手前にはモクゲンジの木が何本か植えてある。いまが花の時季で、あおあおと茂った葉のあちこちから山吹色の花を一面に付けた枝が顔を出していて、緋色の蒴果《さくか》を付けるにはまだ間があった。すこしまえに雨に降られたばかりだからか、地面の草の上に散らばっているしおれかけた花びらもあった。

小さい家のまわりには低木が――花の盛りを過ぎたユキヤナギとトキワマンサクが植わっていた。

「陸秋槎先輩、家のなかを見てまわりましょうか」

私と韓采蘆にはさまれている黄夏籠がそう言いだした。

「そうだね、よければ……」

「それじゃあ、母屋のほうから入って、廊下を通って私の部屋に行きましょう」

――廊下？　ということは、夏籠の部屋は洋館の奥まった場所にあるんだろう。でもその言いかたはどうもかすかに妙な感じがした。もしかすると夏籠の部屋には外に通じるドアがあるということかもしれない、でも、私の想像していたよりはるかに悲惨な境遇だということなのかもしれない――〝廊下〟というのが、池を横切るあの通路のことなんだとしたら。

「ところで」私は手を上げて、例の簡素な建築物を指さした。「あの小さい家は？」

「ああ、あれですか？　私はあそこに住んでるんです」口ぶりは軽快なままで、顔にもまぶしい笑みが浮かんでいたけれど、その答えを聞いた私は寒気を感じた。「韓先生も最近あそこに泊まってるんです。先輩のぶんのベッドも用意してありますよ」

一人娘が住まいとしてあの場所を割りあてられる、その理由は考えつかなかったし、考える気も起きなかった。私みたいな、何日過ごすわけでもない来訪者が立ちいるべき問題ではない。

だとしても、私は一言遠回しに尋ねてみることにした。

「あの家は、洋館といっしょに建てられたの？」

「いいえ」そう言ってわずかに下を向き、腕組みする。「あの家と廊下が建ったのは二年前です……私のために」

とすると、二年前というのは夏籠が中学校を退学した時期だ。

「なにか誤解してるようですね」一歩足を踏みだすと腕を下ろして、軽く身を屈め、私のほうを振り向いて、変わらない澄みきった口調で言う。「この家で私はなんの虐待も受けてないし、私を遠ざけるためにあんなものが建ったわけでもないんです。私は自分のおこづかいであれを建てました。陸先輩みたいに毎日執筆に集中して、だれにも邪魔されないで静けさを味わいたいって思うときがあったんです。ヴァージニア・ウルフが言ってませんでしたか、女がものを書くには自分のお金と部屋が必要だって」

そのとおりだとしたら、私は永遠に作家にはなれないんじゃないだろうか。

でも、一人で暮らすのは寂しくないの——そう問いかけようと思ったけれど、痛烈にすぎるという気もした。私もしょっちゅう、孤独という名の魔法に魅入られて、夢にも思わなかったような文章をずいぶんな数書いている。学校の寮で暮らすあいだ、私にとって最高の執筆時間は姝琳《しゅりん》が寝ついてからだった。祖母の家にいるときも、いったんなにかを書くと完全に心を決めたら、いつも自分の部屋にこもって鍵までかけた。でも私は、その魔法には結局かぎりがあって、そう長くは続いてくれないということも知っている。はじめの二、三時間はまだ文章もゆっくり流れ出すけれど、いくらもしないうちに言葉は干上がって、文章の運びもうるおいが失せていく。とうとう手を止めるしかなくなり、静寂の奥深く、ほんのかすかな響きに耳を澄まして、それが脳内の空白を埋めてくれることを願う。

最終的に、空白からじわじわと浮かんでくるのはとりとめのない、言葉の体をなさないごたごただけになる。そういうときは、下の階に下りるかベッドに入って寝たほうがいいとわかっている。

「じゃあ、陸秋槎先輩に懐風館を案内しますね。そういえば、前回あっちに行ったのも韓先生を案内するときだったような気がします。なかの雰囲気は気に入ってくれると思いますよ、ほんとうに推理小説のなかみたいですから」

多少の期待と不安とともに、私は夏籠に付いて三段の階段を上がり（横にはバリアフリーのスロープがあった）、正面の鉄のドアを入っていった。なかへ入ったら靴箱のスリッパに履きかえるつもりでいたら、夏籠からはその必要はないと言われた。〝床が汚れてもかまいません、どうせ常夏《じょうか》が掃除しますから〟ということだった。

下を向いて、灰色の筋がいたるところに入った人造大理石の床を見ていると、とても足を踏み出す気が起きなかった。だとしても、いつまでも立ちつくしているわけにもいかない。壁にも薄い石の壁板が嵌めこまれていたけれど、こちらはもっと暗い色使いだった。窓は見あたらない。私の後ろを歩いていた韓采蘆がドアを閉めると、長くはない廊下を照らしていた陽光はなくなる。一瞬、暗さに慣れていない眼がうまく働かなくなってしまって、数メートル先のものが見えるようになるまで何秒かかかった。

左手の壁に、観音開きのドアがあった。

「そこは客間です。私がここに来てから使ったことはありません」夏籠はさらりと言った。「まっすぐ行くと祖母の部屋です。この時間は、たぶん常夏が付いて外を回ってると思います——車椅子を押してってことですけど。三年前に脳卒中を起こして、退院したら歩かなくなってたんです。お医者さんからはリハビリをすれば回復するって言われたんですけど、かなりの歳だからそんな苦労はしたくないとかで車椅子で生活していて。常夏がいるから、とくに困ることはないんです」

おばあさんの事情について説明が済むと、私たちは廊下の曲がり角まで来ていた。

「あのドアの向こうが祖母の部屋ですね」右手の壁にあるドアを指さして言う。「その先が常夏の部屋です。向かいが厨房になります」

そうしていると、廊下のつきあたりのドアのまえにやってきた。推測では、ドアの向こうにはあの細長い、水上の通路があるはずだ。右手にある小さい部屋について説明はなかったから、たぶんトイレだろう。左手には二階に向かう階段があった。ここも一段ずつに人造大理石が敷かれていて、手すりは暗い褐色のウォルナットを組みあげてできていた。

「上に行くの？」

「上には見るものなんてないですよ。書斎があって、なかには父の蔵書が詰まってますけど、ほとんど外国語の本だから私はぜんぜん読めません。書斎の向かいはまえに私が暮らしてた部屋で、家具は運びだしてあります。母は、まえまで私のとなりの部屋で暮らしてました」――私は夏籠が〝継母〟という言葉を使わないのに気づいた――「一年前にひどい病気になって、いまも治りきっていないし、このまま治らないかもしれないって……それで、叔母と部屋を交換したんです」

「お母さんたちに挨拶していかなくて大丈夫？　どうしても具合が悪くて無理ならしょうがないけど、礼儀としてそれはなんだか……」

「この時間は押しかけないほうがいいですよ」夏籠が教えてくれた。「生活が昼夜逆転してて、いつも夕方になって起きるんです。叔母は、昼はいつも家にいなくて、夜になったら帰ってきます。だから上には行かないで、ここから私の部屋に行きましょう」

そうして、懐風館の見学は十分間で終わった。もちろん心残りはない。これだけでも館内の空気は嗅ぎとっていたからだ。やっぱり、ふつうの生まれの私からすると、豪華な建物を想像するのはそこまで大変でないとはいえ、洋館のなかの雰囲気をなんとなくでも感じとるとなると、実際に身を置いてみてはじめて可能だった。どうにか形容するなら、鼻先を氷のそばに持ってきたような、なんのにおいも嗅ぎとれないのに、なにかが鼻腔を満たしてはいるような気分だった。

老人、病人、そしてメイド——これ以上不穏に聞こえる組みあわせはすぐには思いつかない。このなかにもう一つ役回りをつけくわえる必要があるとしたら、いちばん似合うのは夏籠のような、学校を去って家にこもる少女だろう。こうして挙げた人々に共通しているのは、その身辺で時間が止まったかのように、日ごと同じような出来事を繰りかえすばかりということだ。でもそれはよく考えれば〝かのように〟でしかなく、錯覚でしかない。時間は変わらずに流れ過ぎ、無為や怠惰によってさらに速く流れることさえあって、老いおとろえて、最後には命が絶える。

言葉を換えれば、その人生は懐風館で暮らしはじめたそのときにもう終わっているのだ。しかし、黄夏籠と常夏からすれば、死までに堪えしのぶべき月日はあまりに長い。夏籠が池の対岸に小さい家を建てなければならなかった理由はそれかもしれない――淀んだ水のなかで息が詰まるのを望まなかったから。

でも、中学を退学した夏籠には、懐風館の外《そと》の世界に晴れやかな記憶なんてないことも想像できた。

と思うと、夏籠が母屋の最後のドアを開ける。望んでいたように陽光が洋館に射してくることはない。池のうえにかかっていた通路には一つの窓もなかったから。

私たちを迎えたのは、塗料のにおいが残るむっとする空気だった。

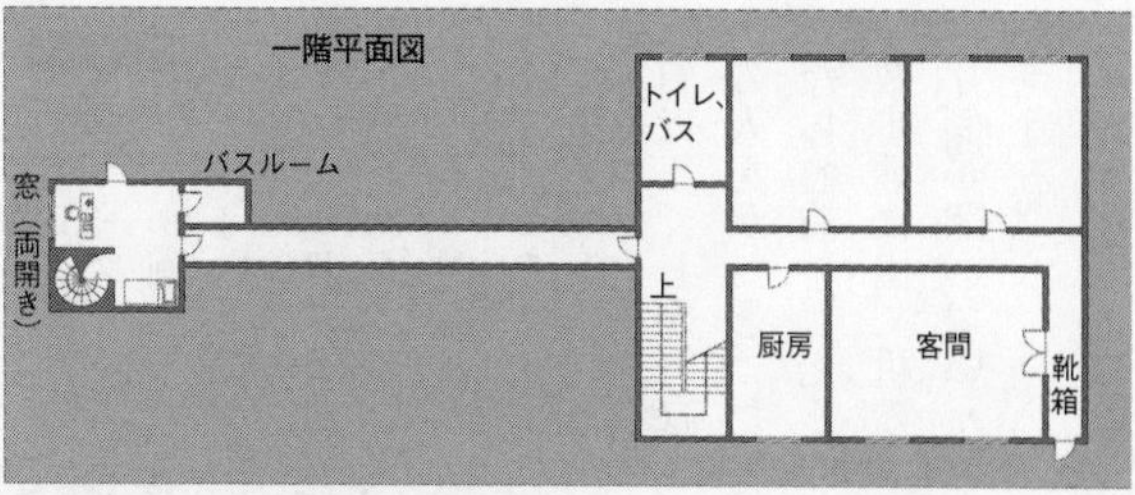

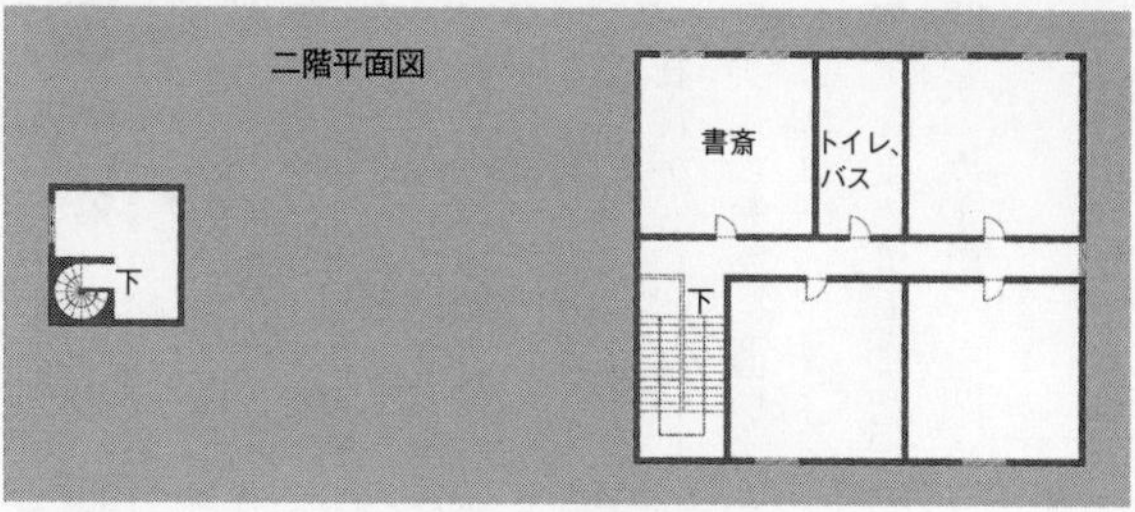

「どうしてもっと遠いところに越さなかったの？」
「そうしたかったんですけど、残念ながら予算に限りがあって」
　通路の突きあたりにもドアがあり、そこを開けると夏籠がおこづかいで建てた二階建ての家に到着する。外から見て大きくはなかったけれど、思ったとおり一階の部屋は一つだけで、ふだん勉強をし、時を過ごす場所のようだった。壁に貼ってある銀灰色の壁紙は、とくに上等品のようには見えない。
　私から見て左に折りたたみのベッドが一つあり、分厚いマットが置いてあってシーツはかかっていない。私のため急遽準備したんだろう。右手前に小さいドアがあって、向こうにはお手洗いかなにかがあるはずだった。

采薫がそのドアを開けてなかに入っていく。思ったとおり、むこうには水回りの設備がひととおり揃っていた。

入口の向かいには机が置かれていた。この部屋でいちばん大きな家具で、大きさは図書館にある、四人が囲んで自習できる四角い机とほぼ変わらなかった。教科書と何冊かの小説が積みあがっていて、あとはどのメーカーかわからないノートパソコンも置いてあった。右手にドアがあるのは、ここから外に出られるのかもしれない。机の奥には両開きの窓が見えて、このときは左側が開いていた。

窓辺の中央、すこし左に寄ったところに白い頭部像が置かれているのが目に留まった。材質はよくわからなくて、石膏かもしれないし、値の張る大理石なのかもしれなかった。男の人をかたどった彫像は美術の教室に置いてあるようなのとそっくりで、美術に詳しい人なら名前を言えるのかもしれない。

数歩前に出て机のまえで足を止めてもまだ、彫像の顔立ちは確かめられなかった。夏籠は片側が開いていた窓を閉じ、カーテンを閉めて、机に置いてあったリモコンでエアコンを点ける。

「絵を勉強してるの？」私はなにげなく尋ねる。

「えっ？」私の考えていることがすぐにわからなかったらしく、こちらを振り向いてまば
たきした。「いえ。どうして絵を勉強してると思ったんですか？」
「考えすぎか。ホームズ式の推理は失敗することもあるらしいね」
「わかりました、これが目に入ったんですね」カーテンをすこし持ちあげて、彫像をちら
りと見せた。「父からの誕生日プレゼントなんです」
でも、このプレゼントを気にいってはいないようだ。すぐにぶつかって落としてしまい
そうな、しかもカーテンを閉めたら見えなくなる窓辺のこんな場所に置くなんて。
「ルネサンス時代に、どこかの無名な彫刻家が古代ローマの彫像を再現したもので、いま
ではこの一つしか残っていないらしいです」
「そうなんだ」驚いて聞こえないように相槌を打つ。この彫像を売り飛ばせば、どこかも
っと遠い場所に引っ越せたかもしれない——そう考えると、そこまでこのプレゼントを嫌
っているわけでもなさそうだ。でも、それだけ貴重な品を窓辺に放置するのは、価値を無
視した扱いだという思いがぬぐえなかった。「見てもいい？」
相手がうなずいたので歩を進める。机の向こうにあった回転椅子と折りたためる椅子を
回りこんで、窓のまえに来ると、左右のカーテンのあいだに頭を突っこんで彫像をまじま
じと眺めた。若い男の人の像で、芸術家は手慣れた技術で端整な顔だちと巻毛を彫り出し

ていた。鼻と左耳のところが欠けていても、りりしい印象は崩れていない。首から下の部分はここにはないけれど、顔をかすかに上げ、ななめ上を見つめているのはわかった。

彫像は、ワインレッドの木製の台座に据えられている。台座の正面にはアルファベットの単語が二つ書いてあった。Alexander Helios——これがだれの像なのかを説明しているんだろう。

振りかえると、韓采蘆はさっき見た、マットだけが敷かれたベッドに腰を下ろしていて、夏籠はまだ私のうしろに立っていた。

「夏籠が最近書いた推理小説は、この大理石の彫刻が凶器になるんだよ」采蘆が私に話しかけ、そして夏籠のほうを向いた。「秋槎に見せてみる?」

「はい」

夏籠が断る様子はなく、机のほうを向くとそこに置いてあったパソコンを立ちあげにかかった。

「これとまったく同じ彫像が小説にも出てくるの?」

「ええ、この彫像も出てくるし、物語の舞台は懐風館なんです」自分の作品について話しているのに、べつのだれかの話を紹介しているような口ぶりだった。「事件現場はこの部屋で……」

「充分になじみのある場所を小説に登場させるのは一つの手だね。人物をどうかたちづくればいいかわからないときも、身近な人をとっかかりにする手段があるし。たとえば私がいま書いてる小説も、数学に精通した被害者が出てくるの」

「私もそうやってるんです。韓先生にはもう読んでもらいました。登場人物は基本的に全員、私の身近な人たちで、先生のお父さんにも顔を出してもらってます。それで、ただ一人の被害者になるのは……」

夏籠はすぐには言葉を続けなかった。

ノートパソコンはもう起動している。夏籠はデスクトップにあったＷｏｒｄのファイルを開いて、パソコンを私の前に持ってくると、両肩に手を置いて、回転椅子に座るよううながしてきた。

その両手は、いつまでたっても私の肩から離れなかった。

「……この私です」

3

私が殺されたその日は、ちょうど家にお客さんが来ていた。

その人は父の友達で、みんなからは韓《かん》教授と呼ばれているけど、私と常夏《じょうか》だけは〝韓おじさん〟と呼ぶように言われていた。父が大学を離れてからも、この人はそのまま研究を続けていた。ここ何年か、経費の問題で大学の事務方とぶつかることがあってすこしずつ研究に興味を失い、何冊か書いた一般向けの科学書がそこそこ売れて、だんだんそれが本業になってきている。

韓教授がやってきたのは昼近いころで、そのときは小雨も降っていた。雨が降ったからか、私の継母もめずらしいことに昼まえに起きて、叔母といっしょに玄関で教授を出迎えていた。

韓教授は父の運転する車でやってきた。

それからみんなで昼ご飯になって、常夏と祖母も同席した。

韓教授は娘さんのことについて話しはじめた。いまは高校に通っていて、中学の時に国際的な数学の大会で入賞したことがあるらしい。その人は成績はすごく優秀だけど、なかなか友達ができないから、次はいっしょに連れてきて、私に紹介してみたいと言っていた。もちろん父はとても喜んでいた。常夏をべつにして、私は長いこと同じ年代の子と接していないわけだから。でも、中学も卒業できなかった私は、たぶん教授の娘さんとは友達になれないと思う。

　昼ご飯が終わるころ、外は晴れていた。継母は客間に残るのをいやがって、すぐに自分の部屋に戻った。私は常夏とテーブルの上を片づけて、常夏は厨房で洗いものを始めた。私は客間に戻って、しばらく教授たちの相手をしているとすこしして常夏もやってきた。

　三時近く、すこし眠くなった私は部屋に戻って昼寝をすることにした。一時間半後、ふたたびみんなのまえに姿を見せたとき、私は死体になっていた。

　父と韓教授は、客間で十何年かまえの出来事を話していて、祖母や叔母が知っている話もあった。叔母のもとの旦那さんもむかしは二人の同僚で、父と同じように大学を離れて商売を始めたけど、金もうけには向かない人だったらしく、稼げもしなければ大学の職も失って、結局高校で先生をするはめになっていた。叔母は、そのいちばんつらい時期に離婚したらしい。常夏は口を開くことはなかったけど、部屋に残っていたから飲みものの給仕を任せられた。

　客間のすみには浄水器が置いてあって、水道水を直接浄化して飲み水にできるし、お湯を沸かすこともできた。最先端の装置だって聞いている。懐風館が建っている場所は辺鄙すぎて、水を配達させる必要があるウォーターサーバーは使えないから、厨房と客間に一台ずつ浄水器を置いている。この浄水器があるおかげで、常夏は客間と厨房を行ったりきたりしなくてもよかった。でも三時半ごろ、父がべつのお茶にしようと言いだしたとき、お茶の缶は厨房にあったから、常夏はそれを取りにいくといって一度席を外して、二分後にお茶の缶を持って客間に戻ってきた。

四時を回ってすぐ、祖母は部屋で休みたくなった。車椅子を押して部屋まで連れていった叔母は、三分と経たないうちに客間に戻ってきた。

それからは、美術品のコレクションの話題になった。

韓教授は西洋美術に詳しいけど、美術品を買いあつめるほどのお金の余裕がない。父は大して知識はないけど多少の興味があって、だからよく相談相手として韓教授に話を聞いていた。

「すこしまえにヨーロッパで大理石の頭部像を買ってね。売っていたやつははじめ、古代ローマの出土品だと嘘をついてきたんだが、見破ってやったんだ」父はぎりぎりまで吸ったたばこを灰皿に置いて、韓教授に言った。「ただ現代の制作とも思えなくて、かなり年代は経っているはずなんだ」

「ルネサンス時代の作品かもしれないな。当時のイタリアには古代ギリシャやローマの様式で彫刻を作る専門の工房がいくつかあって、高水準のものもあった」

「それで買ってきたんだ。むこうはかなり安い値を付けてくれたよ」

「そういうものはあっちでは大した値にならないんだな。中国の国内のほうがかえって買い手がいる」

「だれかに売りわたすつもりもないんだ。娘への贈り物にしてね」

「だれの像なんだ？」

「売り手によればアレキサンダー・ヘリオスだそうだ。台座にもその名前が書いてある」

「アレキサンダー・ヘリオス……はじめて聞くな。二つの名前に分ければとても有名だが

――アレキサンダー大王に、太陽神ヘリオスだ。一つに合わせるとなるとだれだかわからないな。見せてもらえるかい？」

「像は娘の部屋にあるんだ」

「なら、あの子が目を醒ましてからにしよう」

「もう目を醒ましたんじゃないか」父は常夏のほうを振り向いて言った。「起きているか見に行ってくれ。ついでに水も持っていきなさい」

常夏は私のぶんの水を浄水器から注ぎ、ガラスのコップを手に客間を出ていった。

廊下を通って部屋のまえまで来た常夏は、コップを左手に移し右手でドアノブを握ったところで、鍵が掛かっていないことに気づいた。それでも礼儀正しくドアをノックすることにした。

「夏籠、起きてるの？」

何回か声を掛けても、なかから答えはない。常夏は、このまま部屋に入ってコップを机に置いておき、窓辺にずっと置かれている彫像を客間に持っていって見せようと考えた。しかし、ふたたびドアノブを握ってむこうに数センチ動かしたところで、ドアにチェーンが掛かっていて、人ひとりが出入りできるようなすきまは開かないことに気づいた。その入口には、ドアに組みこまれている錠のほかに、ホテルでよく使われるような防犯用のチェーンが内側に取りつけてあった。

チェーンに阻まれて入れない常夏はあきらめるしかなかった。私が二階の寝室で寝ているとしたら、外から声を掛けて起こすことも難しい。

しかし、ドアを閉めて立ちさろうとしたその瞬間、すきまのむこうになにかが見えた。それは私の両足のように見え、靴下もスリッパもはかずに、足の甲が床についている。その足を見れば、私の体勢はすぐに予想できる。

そのとき私はもう死んでいて、うつぶせに床に倒れていた。死体があったのは窓がある西側の壁と机とのあいだ。もともとそこには回転椅子があったが、そのときは南側の壁のまえに動かされていた。

もちろん、常夏はそこまで見ていない。さらにドアを押してみたけれど結局開くことはなく、コップを床に置いてドアに体当たりしても、金属のチェーンはしっかりとドアをつなぎとめていた。

それを見て、常夏は協力を求めに客間に駆けもどった。

「夏籠が部屋で倒れているの、熱中症かもしれない」息を切らせながら常夏は言う。「チェーンが掛けてあってドアが開かなくて。鉄のチェーンを切る方法があれば……」

「外から回っていこう」答えた父はずっと冷静な様子だった。

父は立ちあがって、叔母と常夏、韓教授がそのあとを付いていった。

客間を出たところで父は、叔母と常夏は濡れタオルを用意して廊下から向かい、私の部屋のまえでドアが開くのを待っているようにと伝えた。

父と教授は二人で池を回りこんでいき、小さな建物の近くにやってくる。北側の壁のドアは開かず、しかたなく西の窓のほうに回る。両開きの窓の片方が開いていて、なかのカーテンが閉まっているのが離れたところからも見えた。

窓の近くの地面は雨に降られてぬかるんでいて、ひとつの足跡も付いていない。父はぬかるみに足を踏みいれて、部屋の窓のまえまでたどりつく。父は窓に手を差しいれてカーテンを開け、教授はおずおずと室内をのぞきこんだ。

パジャマを着た私が、うつぶせに窓の下に倒れていた。手にはなにかきらりと光るものを握っている。

窓を乗りこえて部屋に入った父は、私に駆けよった。やさしく私を抱きあげて目を醒まさせようとするけれど、なんの反応も感じられない。そのとき、私が手にしているのが厨房にあった果物ナイフだと気づいた。柄をしっかりと握りしめていて、親指を刃の付け根に当て、切先には血が付いている。父の手は震えはじめ、ゆっくりと私の首元に向かっていき、動脈のあたりをそっと押さえた——脈はなかった。すぐにはその現実を受けいれられなかったんだろう、私の鼻の先に手を持っていく——息は止まっている。

「夏籠！　夏籠……夏……籠……」

父は何度も私の名前を呼びつづけた。

そうしていると、韓教授も窓を乗りこえて室内に入ってきて、父のうしろに立った。父の反応を目にして、すでになにもかもを察している。冷静に部屋の入口に向かい、チェーンを外した。

ドアが開くと、叔母と常夏はすぐそこで待っていた。

「警察を呼ぶんだ」教授は言った。

「夏籠は……どうしたんですか？」濡れタオルを手にした常夏が尋ねる。

「気の毒だが……」

それを聞いて、叔母と常夏は悲痛な表情を見せた。開いた左側の窓から室内に射す夕陽をまえにしながら、叔母はゆっくり私の死体に近づいていく。常夏は急いで警察に通報しに行った。

韓教授は庭に出るドアを調べていた。ドアは内側から施錠されて、チェーンも掛かっていた。そのとき、教授はなにかを思いついた様子で、螺旋階段をのぼって二階に駆けあがった。私を殺した犯人がまだそこにいるのではと考えたのだ。クローゼットのドアを一つひとつ開けていき、室内のあらゆる場所を調べて、最後に一つだけある窓のまえに歩いていったところで、窓には内側から鍵が掛かっていることに気づいた。

教授の仮説は、事実によって否定されたらしい。

教授が一階に戻ると、父は私の死体をあおむけに起こし、私の頭を抱いて慟哭していた。その姿はレーピンの有名な絵、『イワン雷帝とその息子』にどこか似ていた。あの絵で不幸にも命を落とした皇太子と同じく、私の致命傷も頭部にあった。その後の検視報告で明らかになった話だと、私は後頭部右よりの場所を鈍器で強く殴られ、軽い頭蓋骨陥没が起きていて、外への出血は少なかったが、大量の頭蓋内出血を起こしていたという。いくらか幸運なことに、私は殴られた直後に死亡し、大した苦痛は感じていなかった。

私の左腹にあった刺し傷はとても浅く、まったく命に関わるものではなかった。刃先からは私の血液だけが検出された。

私の頭に致命傷を作った〝鈍器〟は、例のアレキサンダー・ヘリオスの大理石の頭部像だった。二階のクローゼットに入れられていたけれど、警察はそれを見つけだして、付着していた血痕を発見した。しかし家族のだれの指紋も見つからなかった。

私は、だれが自分を殺したのかを知らない。警察の捜査が結論を出してくれることだけを願っている。

4

黄夏籠《こうかろう》の小説はすぐに読みおわった——これがほんとうに〝小説〟と呼べるのなら。

人称も視点もなんだか混乱している。最初はずっと〝私〟の視点で話が進んでいくのだと思っていたら、なぜかその後は全部が俯瞰の神の視点になっていた。文章には描写らしいものもほとんどなかったし、会話からはどの人物の性格も伝わってこない。小説としての基準で言うなら、合格点をあげるのはとても無理だった。それどころか私が校内誌に発表した犯人当ての問題と比べても簡素だったし、質素すぎた。

　それに、これも私の犯人当てと同じで、答えが書かれていない。ほんとうに答えがある小説なのかすら、私は疑いかけている。

「この小説、だれに読ませるつもりだったの？」私は訊いた。

「自分でも、ひどい出来だっていうのはわかってて、だれにも読ませるつもりなんか……」どこかいじけた様子で言う。静かにパソコンを閉じた。「だからって、そんなにはっきり言わないでください」

「そういう意味じゃなくて。私は……」

「わかってます、だれか特定の相手に読ませるつもりで書いたのかって言いたかったんでしょう？」

「うん、だってこの小説を読むには背景知識が大量に必要だから。懐風館の構造とか、あとはあなたの家族の細々した情報とか。そういう事実は、あなたの周りの人しか知らないでしょう」

「最初は韓《かん》先生に読んでもらうつもりでした」

　なるほど、だからわざわざ韓采蘆《かんさいろ》のお父さんを登場させたし、それだけじゃなく采蘆にも遠回しに触れているわけか。

「秋槎《しゅうさ》」采蘆が口を開いた。「それで、どんな感想だった？　読みおわって、口には出さないけどつくづく思ったんじゃない——女子はみんな秋槎みたいな文学少女じゃないし、ひどい文章を書く人もいるって」

「韓先生、それは言いすぎです」そばから夏籠が抗議する。「間違ってはないですけどね」

「この小説はこれで終わり？　それとも、これから解答篇かなにかを書くの？」

「これは、小説なんかじゃないんです」

「じゃあ、犯人当てのクイズ？」

「ううん……そうとも言えなくて」そう言うと、またノートパソコンを開く。「犯人当てだと思って挑戦してみてもいいですよ。なにか答えを見つけたら、私がほんとうに書きたかったのがなにか、わかるかもしれないです」

「ふつうに教えてはくれないの？」

「それじゃあつまらないです……それに、口にするのはどうにも恥ずかしいことって、ありますから」

「じゃあ、試してみようか」ただ正直言って、私はなんの糸口もつかんでいない。手がかりが少なすぎた。「そういえば、韓先生は真相を見ぬけたの？」

「なにも教えてくれないんです、どうしても秋槎先輩の答えを先に聞くって言って」

「采蘆、私がまちがえるところが見たいの？」

「そんなことはないよ」離れたところに座ったままの女は言う。「この犯人当てに手を焼いてるってだけ。私はいろいろ考えたけど、構成的証明は導けなかったんだ。でも秋槎はいつも人と違う考えかたをするから、もしかするとたまたま証明法を思いつくかもしれないし」

〝構成的証明〟とはなにか、聞きかえすことはしない。いつも采蘆は無意識にいろいろな専門用語を口にして、説明が始まるとだいたいは長話が続くことになる——しかもほとんどの場合、私にはぜんぜん理解ができない。数学の概念の説明を受けたことはいままで山ほどあって、私の口から尋ねたものもあったし、采蘆からむりやり聞かされたものもあったけど、結局私の記憶に残るのはずらずらと並ぶ人名だけだった。

とにかく、いま私の直感は、質問せずに答えを考えようと言ってきている。

「じゃあやってみるよ」手をタッチパッドに置いて、改めてファイルを読みかえしていく。

「意識して強調されてはないけど、これは——私の理解がまちがってなければ——たぶん、密室殺人ものの推理小説でしょう？　事件現場に、犯人が出入りできる場所は四つあった——正面のドアと、庭に通じるドア、一階の窓と二階の窓。ドアにはどちらも内側からチェーンが掛かっていて、二階の窓も内側から鍵が掛かっていたから、この三ヵ所から犯行後の犯人が出ていくのはどう考えても無理。一階の窓は開いていたけれど、その外は雨で濡れてぬかるみになっていて、足を踏みいれれば足跡が残る。小説のなかでは、地面には〝ひとつの足跡も付いていない〟とはっきり書いてあったでしょう。つまり犯人はここからも出ていない。これで密室状況ができあがった」

でも、私の〝推理〟はほぼここでおしまいだった。

「密室を作る方法については、韓教授が可能性の一つを否定してくれているね——犯行後、犯人は二階の寝室に隠れてはいない。でもいったいどんなトリックを使ったんだろう——ドアか窓に内側から戸締まりする方法があったのか、それともどうにかしてぬかるみに足跡を残さなかったのか——小説のなかではヒントが充分じゃないような気がする」私はあきらめようとしている。「もし常夏がドアに体当たりする場面で、うっかりコップを割ってしまったとか、水をこぼしたと書いてあったら、常夏は床に残っていた水濡れを隠すためにそうしたんだって推測できるけど。床が水で濡れていたのは犯人が氷を使って密室を作ったからで、犯人は常夏だと……でもさっき改めて確認したけど、あなたはそんなことを書いてない」

「じゃあ、べつの可能性はあるんですか？」

「もちろん可能性だったらいくらでもある。でもこの小説の犯人がいったいどのトリックを使ったのかは、手がかりが少なすぎるせいで推測しにくいの。同じことで、犯人がだれなのかも推測が難しい。継母、祖母、叔母と常夏はみんな中座したタイミングがあって、全員に犯行の可能性があるでしょう。祖母は自由に動けないからひとまず容疑者から外せるけど、ほかの人たちの容疑は晴らせないし、だれかひとりを直接示すような証拠もない。まえに采蘆から聞いた数学の用語で言うなら、この小説は〝無矛盾性〟と〝完全性〟を備えていないのかもしれない」

私は勝手に聞きかじった専門用語を話に出しておいて、説明の仕事は采蘆に任せることにする。采蘆がここにいなかったら、こうした概念を口にすることはまずありえない。余計なことを言えば、なにか訊かれた瞬間に自分の無知をさらけだすからだ。

でも夏籠からも質問はなかった。結局口を開いたのは采蘆だった。

「秋槎も構成的証明は導けないみたいだね。それも当然だよ、手がかりがさすがに少なすぎる。でもこれ、考えかたを変えさえすればかんたんに結論が出せるんだ」

「考えかたを変える？」

「この小説について、構成的な証明を与えることはできない――具体的なトリックや犯人の正体を推理することはできない。でも、トリックと犯人の存在が証明可能なのはすぐにわかるから」

「推理小説にトリックと犯人が存在することに、証明が必要なの？」

私がそう言うと、采薼は首を振った。

そして机のところに歩いてきて、伸びあがって机のうえに座ると、黒の網タイツを穿いた足を組んで、私から取りあげたノートパソコンを膝の上に乗せた。すさまじく非現実的な光景だった。采薼のお父さんにはなんとしても、自分がパソコンに隠していた動画に毒されて娘がどうなってしまったか見せてやりたいと思った。

「数学と推理小説においては、わかりきっているように思える結論でも、かならず厳密な証明を経ないと成立しないんだ。いちばん基本的な結論を言うと、この小説に犯人が存在することを証明するためには、まず自殺と事故の可能性を否定しておかないといけない」

その必要はないような気がする。小説の一言目にはっきりと〝私〟は殺されたと書いてあるわけだし――でも私は言うのをこらえた。どんな〝証明〟を聞かせてくれるか聞いてみたかった。

「とはいっても、小説からこの結論を証明するのはそうやっかいではない。警察の調査によれば〝私〟は大理石の彫像で殴られてすぐに死亡しているから、自分で彫像を二階のクローゼットにしまうのは不可能。これはつまり、当時室内には少なくとももう一人の人間が存在したということになる。その次は例の果物ナイフだね。小説のなかでは〝柄をしっかりと握りしめていて、親指を刃の付け根に当て〟と書いてある。親指が刃に触れているということは、ナイフは順手に握っていて、刃はむこう側を向いていたということだね。刃先が向いていたのは自分ではなく、ほかのだれかだった。ナイフで自分を刺すつもりなら、ふつうこんな握り方は選ばないよね。でもほかの人間を刺そうとしてたなら、どうして刃先からは〝私〟の血液が検出されたんだろうか」

「だれかがナイフで〝私〟を刺したあと、〝私〟がナイフを奪ったってこと？」

「たぶんそういうことだね」采蘆は言う。「こんな論証だと数学の証明としては厳密さが多少足りないけど、推理小説だったらこれで充分なはず。まとめると、当時室内には少なくとももう一人以上の人間がいて、そしてこの事件にはかならず一人以上の犯人が存在する」

私からすれば、采蘆は厳密な表現を使ってごちゃごちゃわかりきった話をしていたように思えた。私みたいにこういう考えかたをしていると、たぶん一生数学は得意になれない。

「その次は、秋槎も気づいたとおり、この小説には少なくとも一つのトリックが存在する、それも密室トリックがね。この点については秋槎が証明したから、私は繰りかえさないよ」

「犯人はいったいどんなトリックを使ったの？」

「私もわからない」采薫は腰を伸ばした。そのせいでノートパソコンが膝のうえから滑り落ちたけど、運よく机のうえに着地してくれて、取りかえしのつかない損害は起きなかった。「どんなトリックを使ったっていいよ、氷でも、糸でも、それか、なにかほかのお話にもならない思いつきだっていい、それはどうでもいいんだ。現在ある情報から私は構成的証明を与えられないけど、〝少なくとも一つのトリックが存在する〟という結論がわかっていれば、推理を続けることはできる」

「どんなトリックか知らなくても、だれが犯人か推理できるの？」

「もちろんそう。だって犯人がどんなトリックを使ったとしても、時間が必要なことは変わらないから。犯行が行われた時間帯に、父親と韓教授はどちらも客間を出ていないから犯人の可能性はない。常夏と叔母はどちらも二、三分席を外しただけだった。この時間でもともとの用事を済ませて、さらに廊下を通って人を殺し戻ってくるとなるとこの時点でかなり時間の余裕はなくなってる。そのうえで現場を密室状態に仕立てあげるだけの時間はたぶんないだろうね。祖母の容疑も否定できる——足がうまく動かせないわけだから、螺旋階段をのぼって大理石の彫像を二階のクローゼットに入れてくることはできない」

となると、容疑者は一人しか残らない……

「だから、犯人は継母だよ。彼女は昼食が終わると自分の部屋に戻って、ずっとそれからアリバイはなかったね。彫像を二階のクローゼットに入れて、そのうえで現場に細工をするだけの時間があったのは彼女だけ」

「待って、いちど采薫の考えを整理させて――犯人がどんなトリックを使ったかには立ち入らないで、トリックの存在から推理を進めたの」

「私たちはトリックがなにかは推理できなくても、トリックが存在していたことは証明できたからね。数学の研究では、この方法をなにかにつけ使うんだ。たとえば、ものすごく複雑な関数を分析する場合、解を求めるのも、求める方法を探すのもとても難しくなる。こういう問題に数学者が直面したときにはよく、さきに解の存在を証明するんだけど、このときにたびたび使うのが〝不動点定理〟。不動点というのは、関数においてその写像が自分自身になるような一点のこと。現時点で不動点定理は大量にあるんだ、たとえばトポロジーでいろんなときに使えるブラウワーの不動点定理とか……」

　そこまで話したところで、采薫は私たちのいるほうに視線を向ける。私たちの顔に果てのない絶望が浮かんでいるのを目にすると、自分も絶望した表情を見せた。

　言葉がとぎれたすきに、私は急いで話題を自分が理解できるかもしれない方向に持っていった。

「解の存在は証明できるけど方程式は解けてないって、ほんとうに意味があるの？」

「数学者にとっては意味があるに決まってるよ。解が存在するか、あるいはどういう条件で存在するのかは関数にとってこのうえなく重要な性質で、その性質が理解できれば、そこを基礎にさらに詳細な研究がいくらでもできる。この小説において、密室トリックが存在することを証明できれば、もっと突っこんだ結論を推理できたみたいにね」

「私にはわからないんだけど、どうやって解を求めないで解の存在を証明するの？」

「数学者は方法を見つけてくるんだよ」そう口にしたときの采薑は誇らしさが表ににじみだしていて、まるで人類文明の精髄がその身に結集しているかのようだった。「存在を証明するときにわりとよく使う方法があって、それが〝背理法〟。なにかが存在しないことを最初に仮定して、そこから推論を重ねていって、最後に矛盾する結果を得る、よって前提がまちがっていたとわかって、最初の〝なにか〟が存在することが証明される。この小説でいうなら、最初に密室トリックが存在しないと仮定してみると、それは現場の状況と矛盾が生まれるから、密室トリックはかならず存在するという結論が得られるんだ」

「背理法だったら、中学の教科書に載ってました」

「そうなんだ、読んでなくてごめん。この例が簡単すぎたならつぎは、反復法でどうやって収束性を証明するか話をしようか？」

「いや、采薑が証明したいのが自分の賢さとか数学の奥深さとかだったら、〝反復法でどうやって収束性を証明するか〟って言った時点で証明されてるから。具体的な説明はぜんぜん聞きたくない」

「ほんとうに、まったく知識欲がないんだね」

失望した采蘆は、視線を私の横にいる夏籠に向けた。

夏籠はうまくその視線を避けていた。

采蘆の数学講義を途中でさえぎった私は、巨大な空虚さを感じていた。回転椅子の背にぐったりと全身をあずけると、背もたれの傾きは限界を超えていたけれど、私はその先も傾かせつづけていた。椅子がバランスを失ってしまい、すぐに机のへりをつかんで姿勢を戻さないといけないと気づいたそのとき、悲劇はすでに起きていた——

まずは私の後頭部が窓辺の角にぶつかった。でもその頼りない支点では力学系全体のバランスを取るには不充分で、椅子はさらにまえに滑っていき、私もさらにあおむけに近づいていく。

カーテンをつかもうと手を伸ばしたけれど、そこまでは届かず、はからずも窓辺に置いてあった大理石の彫像に手が当たってしまった。

はっと気がつくと、私は床に転がっていた。そして危険——命にかかわる危険——が視界のなかに迫っていた。私の真上で、なにか円形の黒い影が前後に揺れているのが目に入る。あと何回もしないうちに、倒れて私のところに落ちてくるはずで――

もしかするとこれが、私の人生最後の瞬間なのかもしれない。脳内には、これまでの数々の出来事がよみがえるわけではなく、采蘆のなんの感情もこもらない声が反響していた――〝リアプノフ安定性〟。どんな場面でこの専門用語が話題になったのかはまったく記憶になかった。ひょっとすると、いま降りかかってこようとしている不幸の原因は私がどこかの〝安定性〟を崩したからで、だから急にこの意味のわからない単語が思いうかんだのかもしれなかった。

でも、その私の肩を、急いで立ちあがった夏籠が踏みつけてきた。それでも夏籠には感謝しようと思った。

ぐらぐら揺れていた大理石の彫像を押さえて、私の命を救ってくれたわけだから。

夏籠が私を起こしてくれると、采蘆もそばに近寄ってきた。夏籠は動揺している様子で、采蘆もいつもの雰囲気と違い、なんだかせわしない息づかいをして、右手を胸元に当てていた。

「ねえ采蘆、教えて、リアプノフ安定性ってなに？」

私の質問を聞いても、采蘆はいつものように説明を始めはしなかった――いつもの、私の理解能力を完全に無視した説明を――かわりに一言も言わずににらみつけてくると、私から顔をそむけた。

　この瞬間、レースのふち飾りのシャツを着て、タイトスカートと黒の網タイツを身につけているこの子が、私よりも常識的にふるまっていた。

「ごめん、死ぬところだった……びっくりしたよね」

「まったく」そう口にしたときも、采薫は私に目を向けず、軽くうつむいて机を見つめていた。「もうすぐ高校三年なのに、ここまで間が抜けてるなんて」

　夏籠は床に転がった椅子を起こしてくれながら、ひどくうしろめたそうな口ぶりで言う。

「こんな危険なところに彫像を置いてた、私が悪いんです」

　そう言うと、彫像を机のうえに移した。

「いや、私がとろいのが悪いんだって」

　そう言っているあいだも私の心臓はせわしなく激しい鼓動を打っていて、私はふと、窓を開けて、新鮮な空気を吸って落ちつきたい気分になった。しかしいまが猛暑の季節で、自分がいるのがエアコンのきいた室内だということが頭から抜けていた。カーテンをかきわけて向こう側に行き、窓の左側を開けた瞬間、熱波に正面から襲われてひっくりかえりそうになり、かと思えばまぶしい西日に照らされて目がくらんだ。

　窓を閉めた私は、カーテンのこちら側に戻ってくる。またあの椅子に座る気は起きなくて、その場に立ちつくす。

太陽の光をまともに浴びた瞬間、私はふいにあることに気づいていた。

「采薫、さっきの推理にはすこし問題があるかもしれない」私は言った。「あの論証では、継母が現場を密室状況に仕立てたって結論が出てくるだけで、彼女が犯人だとは証明できないの」

「犯人はほかにいるってこと？」

「すくなくとも、大理石の彫像で〝私〟を殴り殺した人は継母ではなくて、べつのだれかのはず」

「どうやって証明するのかな？」

「現場の状況をざっと再現してみましょう」そう言いながら、私はカーテンのむこうの窓の左側を開ける。「この小説では、父親と韓教授の二人が窓を乗りこえて殺人現場に入っていった場面で、〝両開きの窓の片方が開いていて、なかのカーテンが閉まっているのが離れたところからも見えた〟としっかり書いてあった。そのあと、父親は窓のむこうにあるカーテンを開けた。これがあったから、視点が屋内に移ったときに、叔母が〝開いた左側の窓から室内に射す夕陽をまえにしながら〟という描写が出てくることになる。つまり、父親たちが現場に着くまえは、屋内から見て左側の窓は開いていたけど、カーテンは閉まっていたということ」

　そう話したあと、机に置いてあった大理石の彫像を持ちあげて、カーテンをかきわけてふたたび窓辺に据えつけ、また姿勢を正した。

「この小説はすべて実際の情景をモデルにしてるわけだから、事件のまえはこの彫像も、いまみたいにここに置かれていたって仮定できるんじゃない？」

「いいですよ」夏籠が言った。

「采薫は、ナイフを握った向きについて解説したとき、〝私〟は犯人のナイフを奪って、そのあとに彫像で殴り殺されたって言ったよね。じゃあ、〝私〟はナイフを奪ったあと、なにをしたと思う？　犯人に反撃を仕掛けた？　それとも急いで逃げだしたか――」

「夏籠の性格を考えたら、逃げだすほうを選ぶだろうね」

「死体の状況から考えると、小説のなかの〝私〟も逃げることを選んだはずなの。それも窓から屋外に逃げようとしていた」

「その可能性は確かに高いな。窓もきっと、そのときに〝私〟が開けたはずだね」

「ただの可能性じゃない、そのとき〝私〟はここを逃げ道として選んだに違いないって証明できるの。根拠は致命傷の位置――後頭部の右側を殴られてたっていうでしょう。犯人が窓辺にあった彫像を手にして〝私〟に殴りかかったとき、〝私〟はそちらに背を向けて、窓を乗りこえようとしていた。問題の位置に致命傷が残るには、この状況しかないの。犯行の瞬間の状況は、二つの可能性がありえると思う──一つは、犯人も〝私〟もカーテンをかきわけてむこうにいた場合、もう一つの状況っていうのは……」

そこで私は、カーテンを開けた。

「……カーテンが開いていた場合」

「〝私〟だけがカーテンのむこうにいて、犯人は左右のカーテンのすきまから手を伸ばして彫像を手に取ったあと、カーテン越しに〝私〟を殴ったって可能性もあるんじゃない？」

「そういう状況にはならないでしょうね。それだったら、カーテンに血痕が残っていたはずだから」私は続けた。「小説では、致命傷に言及したとき〝外への出血は少なかったが〟と書いてあったけど、警察は彫像から血液を検出したっていうから、実際にカーテンごしに殴ったんだとすればカーテンにも血痕は残っていたと思うよ。それなら父親と韓教授が現場に来たときに気づいたはず」

「わかった、そういうことにしようか。それはなんの証明になるのかな？」

「これで、小説のなかで〝私〟を彫像で殴ったのが継母ではなくて、べつのだれかだって証明できるの。小説の登場人物は現実と一対一で対応していて、小説のなかの継母のモデルも夏籠の継母の鞠白雪《きくはくせつ》でしょう。たぶん、現実の鞠白雪が持っている特徴は、小説のなかの継母もきっと持っていると思うの。たとえば、まだ治っていない病気とか」

私は窓を閉めて、カーテンのほうも閉めた。

「私が懐風館にやってきて、夏籠が継母について紹介してくれたとき、体調を崩してからは叔母さんと部屋を交換して、それに昼間は寝ていて、夜起きる生活リズムになったと言っていたよね。普通に考えて、身体の悪い人は早寝早起きのリズムを保ったほうがいいはずで、たいがいの病気にとって夜ふかしは禁物でしょう。でも鞠白雪はまさにその反対で、病気にかかってから昼夜逆転が始まったし、もうひとつ、小説のなかでは〝雨が降ったからか、私の継母もめずらしいことに昼まえに起きて〟、昼食のあと外が晴れると、すぐに部屋に戻って休んだと書いてある。ここも、彼女がどんな病気にかかっていたのかを暗示しているの」

「つまり、あの人は病気のせいで強い光が苦手になったって？」采蘆が言う。「夏籠、そういうこと？」

夏籠はうなずいた。「眼に問題があって」

「やっぱり」私もうなずいて返した。これですべての条件が揃ってくれた。「さっき説明したように、犯行時の状況は二つしかありえない――犯人も被害者もカーテンのむこう側にいたか、カーテンがすでに開いていたか。どっちの状況だったとしても、犯人はかならず強い光にさらされることになる――犯行のときには外は晴れていて、午後の西日が射している時間だったたし、ここの窓は西を向いているからね。そんな状況で、目の調子が悪くて強い光を見られない継母が、彫像を振りあげて、空振りせずに〝私〟を殴り殺せたとは思えないでしょう?」

「すごく厳密な証明とも言えないよ。目を閉じていても人を殴り殺すことはできたかもしれない」采薫が言いかえしてきたけど、すぐに態度が変わった。「推理小説で使うならそれで充分だね」

「だから、継母以外にもうひとりの犯人がかならずいることになるの」

「それはだれ?」

「まず、足が不自由な祖母は外せる。逃げ出した〝私〟に反応することができないから。そのほかでは、客間を短時間でも離れたのは叔母と常夏だけだった。継母が〝私〟を刺す場面に出くわした可能性はどちらにもある――もちろん事前に計画していた可能性もある。そして〝私〟が窓から逃げだそうとした瞬間、大理石の彫像で〝私〟に致命的な一撃を加えた。それからは、客間の人たちに怪しまれないように〝もうひとりの犯人〟は現場を離れ、継母ひとりに後始末を任せた」

「じゃあ、それはいったいだれ？」

「私もわからない」そう答えを返す。「これは存在することの証明だから」

夏籠が書いたのがただの楽しみのための小説だったなら、推理はここまでで充分だという気にもなる。でも私は、こんなものが書かれた理由を多少なりとも察していた。顔を合わせて数時間しか経っていないのだから、これ以上夏籠の個人的な事情を探らないほうがいいかもしれない。

でも、この文章から読みとった状況は、黙ってはいられないものでもあった。

「これは采蘆に宛てた、助けを求めるメッセージだったんでしょう？」

夏籠に尋ねる。相手はうつむいたままで、なにも言わなかった。

「小説のなかで書いたのは、いま自分が置かれた状況なんでしょう？　あなたは継母から強い敵意を感じていて、だから彼女をいちばんの容疑者として、現場の状況を作りあげた人間として書いた。でもその一方で、この家にはほかにもだれか、継母に同調している人間がいることをうっすら感じていた。叔母かもしれないし、常夏かもしれない、でも結局だれなのかは自分には確信できない。あなたは自分の不安と疑いをこの小説のなかにこめて、采蘆に察してもらおうと考えた……」

静かに立ちあがった夏籠は、スリープ状態になっていたパソコンを閉じると、こちらを向いて私と向きあった。そして私には、夏籠の眼から涙が流れおちてくるのが見えた。

「どうやって話をすればいいかわからなくて……怖かったんです、采蘆お姉さんに考えすぎだって笑われたらと思って」

もう、軽い冗談をこめて〝韓先生〟と呼んではいなかった。きっと心のなかでは、夏籠はずっと采蘆をお姉さんのつもりで接していたんだろう。

「だからこの小説を書いたんだ？」そう尋ねたのは采蘆だった。

夏籠はすすり泣きながらうなずいて、采蘆の肩に抱きついた。「ちょっとまえ、部屋に戻ってきたら、私のものにだれかが手を触れていったのに気づいて……しかもパソコンのなかのファイルを一つずつ開いていったみたいで……あの人は、その日病院に診察に行ってたからべつの人のはずで……いったいそれがだれなのか……あの人が私を嫌いなのは知ってるけど、でもほかの人まで……」

「お父さんを頼ればよかったんじゃないかな」

「無駄です」激しく首を振る。采蘆の顔に自分の髪が当たることなんてまったく気にせずに。「父も私のことが嫌いなんです……だからあんな誕生日のプレゼントを送ってきて。あれは祝福じゃなくて、呪いです。私にここで死んでもらいたいんだ……大人になるまえに死んでほしいって……」

「あの彫像のこと？」私は気づく。「それだから、あれを自分を殺すための凶器にしたんだね？」

「ええ」

「でも、いったいあの彫像のなにが問題なの？」

夏籠からすぐに答えはなかった。さっと采薗から離れて、パソコンを開くと、検索サイトを表示させて、彫像の台座に書かれていた文字、"Alexander Helios"を打ちこんだ。パソコンを私のまえに差しだして、夏籠は椅子に座りこむと顔を手に埋めて、ひとり泣きじゃくっていた。

最初に表示された検索結果を開く。

合点がいった。アレクサンドロス・ヘリオスは、古代エジプトの女王クレオパトラと、アントニウスのもとに生まれた子供だった。彼がまだ十歳にならないとき、クレオパトラとアントニウスはオクタウィアヌス（のちのローマ皇帝アウグストゥスにあたる）との戦いに敗れ、ともに自殺した。アレクサンドロス・ヘリオスは弟や妹たちとともに捕虜にされ、オクタウィアヌスによって黄金の鎖につながれローマに送られて、戦利品として見世物にされた。それからはオクタウィアヌスの姉であり、かつてアントニウスの四人目の妻だったオクタウィアのもとに預けられた。

アレクサンドロス・ヘリオスについての記録はこれですべてだった。

その素性を考えれば、もし成長して成人していればきっと史書に記録が残っているはずだけど、そうなっていない。成人するまえに病死したか、殺されたのではないかと推測している歴史家もいる。

夏籠の父親がこの背景をすべて知っていながら、あの彫像を自分の娘に贈ったとしたら、それこそおぞけだつような悪意で……

しかもいまの夏籠の状況は、アレクサンドロス・ヘリオスとどこか似ていなくもなかった。

サイトに書かれた情報を読んでいると、采蘆が私のうしろにやってきた。振りかえって見たら、例の不吉な大理石像を持ちあげて、しげしげと眺めている。

こういう美術品については私も采蘆もいっさい知識がないから、どれだけ観察してもなんの収穫もないだろう。

それより夏籠をどう慰めるかを考えないと……

「夏籠のお父さんが、そんな不吉な誕生日プレゼントを贈るはずはないよ」采蘆は断固とした声で言った。「この台座は、ほかのだれかがつけ加えたのかもしれない」

「采蘆お姉さん、ありがとう。でも、そうじゃないと思います」夏籠は顔を上げてこちらを見る。顔には涙の跡があちこちに残っていた。「父はこれを送ってくるまえに、写真を撮って見せてきたんです。そのときはビニールに包まれてて文字は読めなかったけど、台座の作りも色も違いはありませんでした。像はこっちに着いた当日に私が受けとったから、だれかが入れかえたっていっても、大きさの合う台座を用意する時間なんてないですよね……」

だとしても、夏籠を救うための望みはこの彫像にしかない。

采蘆の手からアレクサンドロス・ヘリオスの彫像を受けとると、机の上に置いた。じっくり観察しようとする。内心では望みなんて持っていないのに……

台座のワインレッドは塗料を塗ってあるらしく、もともとの木の色ではなかった。それなら、文字を塗りつぶして新しく言葉を書きなおしたというのもありえなくはない。

でもそんな理屈を言ったところで、夏籠はきっと信じてくれないだろう。

「秋槎」采蘆はなにかに気づいた様子で、台座の文字が書かれている場所を指さした。「ここ、Alexander と Helios のあいだ、ちょっと離れすぎてると思わないかな」

「確かに離れすぎてる。しかもここだけちょっと色が濃くなってるよ。もともとは短い単語があったとしてもおかしくないな」

「短い単語…… of とか？」

「Helios は地名じゃないから、of が入ったとしても意味はないね」

「つづきの単語が Great だったら、ここに the が入れられるんだけど」アレキサンダー大王の英語での表記だ。「is もだめそうだな。アレキサンダーはヘリオスだ――意味がない判断文だね」

「as を入れてみるのはどう？」そう訊いてみた。

「Alexander as Helios……」采蘆がしばし考えこむ。「ヘリオスとしてのアレキサンダー……ヘリオスの姿をしたアレキサンダー……い、い、い」

「それだったらなんとなく記憶があるよ。まえに本で見た彫像で、ファラオの格好をしたアレキサンダー大王の像があったと思う。英語の説明はたしか、Alexander the Great as Pharaoh だった」

夏籠はぽかんとした顔で私たちの話し合いを眺めていた。でも、涙はもう止まっていた。

私はそのうしろに回りこんで、両手を夏籠の肩にのせ、話し合いの結論を伝える。

「あなたがお父さんからもらった誕生日プレゼントはたぶん、不幸にも夭折したアレクサンドロス・ヘリオスの頭部像ではなくて、太陽神ヘリオスに扮したアレキサンダー大王だったの。アレキサンダー大王はアフリカとユーラシア大陸に広がる帝国を建てたし、太陽神ヘリオスも、毎日馬車に乗って天空を翔けぬけている。これこそが、あなたに期待することだったんじゃない？」

「お父さんとゆっくり話してみるといいんじゃないかな」采蘆も近づいてくる。「いま向こうは午前中だから、電話をかけて確かめてみたら」

夏籠はうなずいた。

机に置いてあったショルダーバッグから携帯を取りだして、北アフリカへの国際電話をかける。

二人の会話はいつまでも続き、私と采蘆は静かに夏籠のうしろに立っていた。

グランディ級数

一つの詩のために、なぜこの二つの事実が選び出されたのか、その理由を見つけることは読者にまかされている。読者は、さまざまな理由を考え出し、心の中でそれらをまとめる。これこそ、言語の詩的な用い方に関する本質的な事実であるとわたしは思う。

——ウィリアム・エンプソン

『曖昧の七つの型』（岩崎宗治訳）

1

何思澄《かしちょう》は必死にドアを叩いていた。どれだけ経ったかわからないが、部屋のなかからはなんの反応もない。彼女はかすかに痛む右手を下ろし、耳をドアに付けたが、向こうからは雨風の音がうっすらと聞こえるだけだった。

らちがあかず、廊下を抜けて管理人の部屋のドアを叩くことになった。頼みこむと、ペンションの管理人の鄭公超《ていこうちょう》はスペアキーでその部屋のドアを開けるのを引きうけた。木製のドアは外開きで、金属の取っ手と鍵穴がある。何思澄が異変に気づいてから鄭公超がドアを開けるまでの時間はせいぜい三、四分だった。

何思澄にとっては、おそらく人生のなかでもっとも長い三、四分だった。

明かりの点いていない室内は暗く、庭に通じるドアが全開になって、風に吹かれてろうそくの火のようにふらふらと揺れていた。風の力で絶えず雨が部屋に吹きこんでくる。窓は閉まっていたが、カーテンは開いたままだった。

この時間には、空はすっかり暗くなっている。

部屋には廊下から明かりが射していて、何思澄は奥に倒れている影を見て駆けよった。鄭公超はクローゼットの横のスイッチに手を伸ばし、明かりを点ける。と思うと、こちらに背を向けていた何思澄が立ちあがり、首を振った。二人が来るのは遅すぎたのだ。死体の胸には登山ナイフが突き立っていた。血が大量に流れているのを見ると、心臓を一突きされたらしい。

鄭公超はあたふたとそちらへ近づいたが、なぐさめの言葉をまだかけもしないうちに、何思澄のほうはふたたびしゃがみこんで、さらに詳しく死体を調べはじめた――そうしたのは、医学部生としての専門知識ゆえだろうか。

ジーンズのポケットから、彼女はなにかを取りだした。

それは鍵だった。金属のプレートにつながっていて、プレートには部屋番号が書かれている。

そのとき、部屋の入口のほうから悲鳴が聞こえた。二人が急いで振りかえると、馮弦《ふうげん》が床に座りこみ、恐怖の表情を浮かべている。彼女は深呼吸すると、そばのクローゼットの取っ手につかまって立ちあがり、無意識に服のほこりを払っていた。
緊張がゆるんで一息ついた鄭公超は、窓の外に目をやる。
まばらに生えた木の影ごしに、向かいの部屋の明かりが点いているのが見える。
開いたドアのところに歩いていく。外は雨に降られてぬかるんだ地面が広がっている。
地面は平坦で、一つの足跡もなかった。
彼らが死者を最後に見るよりまえから、雨は降っていた。

2

U大学写真同好会のメンバー四人を乗せて鄭公超《ていこうちょう》の車が山眠荘《さんみんそう》――山奥にあるこのペンションに到着したのは、まだ数時間前のことだった。二年前の夏にも彼らは写真を撮るためここを訪れていて、そのときは鄭公超の娘、鄭羽《ていう》もメンバーの一人だった。

五年前、愛妻を亡くす不幸に襲われた鄭公超は教師の仕事を辞め、友人とのつながりで、八十年以上の歴史を持つこのペンションの管理に携わることになった。登山客や写真家の滞在先になるまえは、肺結核患者を収容するサナトリウムだった場所だ（この由緒を初めて聞いたとき、ドイツ語専攻の馮弦《ふうげん》は『魔の山』の筋を興奮して語っていた）。しかし、恨みを残して死んだ患者の幽霊が祟ってくるとかいう話を求める向きは、失望して帰ることになるだろう。無数の改築を経た建物に、かつての風情を残す部分はほぼ残っていないし、部屋の内装や家具のしつらえも都会のビジネスホテルと違いらしいものはなく、あるとすればすこし年季が入っているぐらいのものだ。ドアの錠はやや古めかしい型で、ドアを閉めても自動で施錠はされず、外から鍵を使って施錠するしかなかった。

広間に置かれた巨大な木のテーブルだけは、中華民国時代から伝わる品だと聞いている。

管理人の娘の鄭羽は、高校生のときは寄宿制の学校に通っていて、父親がこの人里離れた場所に移ってもとくに文句は言わず、休みのときには友達をここに招いていた。それは大学に入ってからも恒例として続いていた。記者をしていた母親の影響からか、鄭羽は小さいころから写真を撮るのが好きだったが、抑圧された寄宿制学校の暮らしではその趣味をいちど中断しなければならなかった。U大学に合格すると鄭羽はふたたびカメラを手にし、大学の写真同好会に参加した。

U大学の写真同好会は弱小サークルで、毎年のように解散の危機に瀕していた。鄭羽が入った年の新入会員は彼女一人だった。会長だった朱盛長《しゅせいちょう》はもう四年生だったが、彼は学部を卒業するとそのまま修士の課程に進み、サークルの活動には今後も参加することになっていた。医学科の何思澄《かしちょう》、ドイツ語科の馮弦、社会学科の李懐朴《りかいぼく》はみな鄭羽の一年上にあたる。サークルには三年生の男子がいるという話だったが、それからの二年、その先輩が鄭羽のまえに姿を見せることはなかった。

一年をともに過ごすと、鄭羽はほかのサークル員との仲もかなり深まり、ごく自然に、父親が管理しているペンションに彼らを招く流れになった。

サークル員たちが山眠荘で過ごした夏は実りの大きいものと言ってよかった。朱盛長が撮った夕陽は、全国大学生写真展で二等賞を獲得した。馮弦がなにげなく撮った数枚の鳥の写真は、ネットに上げるととても珍しい絶滅危惧種だと話題になり、その後いくつもの雑誌で使われることになった。

次の年の夏もまたここに集まった彼らは、まえの夏と同じように意義深い写真を撮るつもりでいた。しかしこの年の合宿は悲劇に終わった。

雨風の強いある夕方、鄭羽の行方がわからなくなったのだ。警察が崖の下で彼女の死体を発見したのは、三日経ってからのことだった。カメラや三脚、雨具はすべて死体の周りに散らばっていた。カメラは彼女の全身の骨と同じく無惨に砕けていたが、カメラを調べた警察は雷の写真を数枚見つけ、崖に上った目的はそれだったと考えられた。

そうして、鄭羽の死はなんの波乱もなく事故として処理された。

娘を喪った鄭公超はそれから一年以上ペンションを閉め、今年の春になってようやく一般営業を始めた。そしてこの夏、鄭羽の命日を目前にして、彼はU大学写真同好会のメンバーたちに連絡を取り、みなもこちらに来て、自分とともに鄭羽を追悼してもらいたいと伝えたのだった。

しごくもっともな頼みで、だれも断ることはなかった。こうして、一同は二年ぶりに山眠荘に集まった。欠けているのは鄭羽だけだった。

いま朱盛長は、化学科の博士課程にいる。八年制の臨床医学を専攻した何思澄にとって卒業はまだ遠い先の話だ。馮弦は卒業して一年経ってようやく、フンボルト大学で研究を続ける機会を手にし、九月からはドイツで暮らすことになっている。李懐朴は新聞社で働いていて、どうにか有給休暇を取って来ていた。

四人が電車を降りたときはまだ空は晴れていたが、車が山道に入っていくと、山全体が息苦しく垂れこめる黒雲に覆われているのが見えた。

山中の景色は二年前とそれほど変わらず、防火標識が新しくなっているぐらいだった。数百羽の鴉が険しい山間を旋回して、絶叫するような鳴き声を響かせている。彼らを歓迎しているのか、それとも招かれざる客を追いかえそうとしているのだろうか。

山眠荘に到着した彼らは、おのおの二年前に泊まった部屋に腰を落ちつけた。

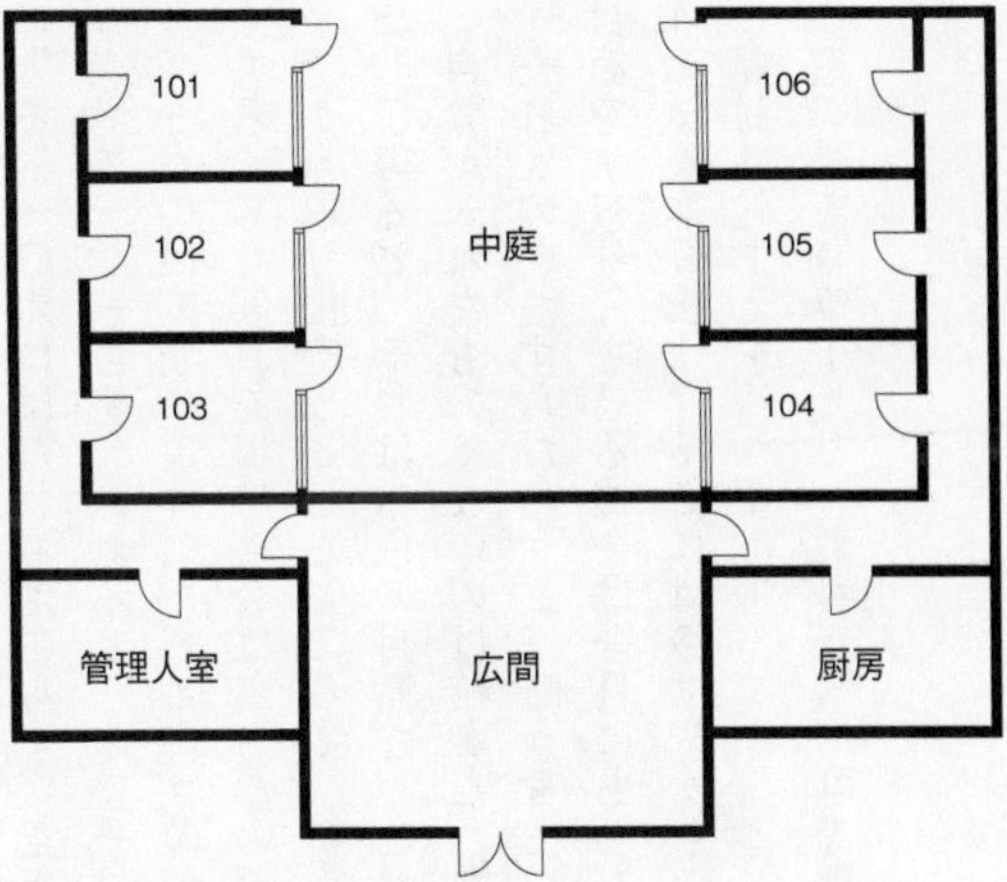

午前中、鄭公超が広間や廊下、それぞれの部屋の床を掃除したばかりだった。建物のなかを汚さないよう、やってきた一同には広間の入口できれいなスリッパに履きかえるように言っていた。

中央の広間には、屋外に出られる南向きの中央玄関のほかに、東西の壁にドアがあり、それぞれが南北に伸びる廊下につながっていた。二本の廊下は対称のつくりをしている。西側のドアを入って左を向くとすぐに鄭公超が暮らす部屋があり、右側、北方向に向かって順番に一〇三、一〇二、一〇一号室にそれぞれ馮弦、何思澄、朱盛長が入ることになった。広間の東のドアを入ると、右に進めば厨房があり、左側はやはり北に向かって一〇四、一〇五、一〇六号室がある。一〇四号室はかつて鄭羽が泊まった部屋で、それからは宿泊客に提供されていない。李懐朴は一〇五号室に入る。一〇六にはだれも泊まらず、空き部屋になった。

荷物を一〇一号室に入れると、朱盛長はデイパックからカメラを取り出した――今回やってきたのは鄭羽の追悼のためというのが当初の理由だが、せっかく山に来たのだから、もちろんみな写真を撮る機会は逃さない。カメラをテーブルに置き、交換レンズをデイパックから取り出そうとしたところで、新年に贈るカードほどの大きさの紙片に指が触れた。出してみると、それは赤色の封筒だった。

自分が入れたものでないのは確かだった。

だれかのいたずらだろうと、そう考えながら――電車に乗っていたとき、デイパックに封筒をすべりこませる機会は全員にあった――封筒を開け、なかから四つ折りにされたA4の紙を取り出す。そこには冷ややかなゴシック体でひとこと印刷してあった――

〝鄭羽はおまえを許さない〟

窓の外を稲妻が走り、数秒経って耳を聾する雷の音が響きわたった。

3

何思澄《かしちよう》はシャワーを浴びて、服を着がえると、馮弦《ふうげん》を訪ねていった。

鄭羽のことがあってまもなく、U大学の写真同好会は解散した。久しぶりに顔を合わせた彼女たちは、ベッドに座っておたがいの近況を話したが、そのうちいつの間にか話題は二年前の出来事に移っていった。

「時間が過ぎるのは早いね、あっという間にもう二年になって」何思澄は言う。「あのときも私たち三人は、こうやってベッドに座ってたんだ。いまは二人だけになったけど」

「そうか。鄭羽も生きてたらもう卒業だ」

「あの子は、卒業したらここに戻ってきて、お父さんのペンションを手伝いながら山で写真を撮るつもりだって言ってたの。たぶんプロの写真家を目指してたんだと思う」

「だからあんなに熱心だったんだ」馮弦はため息をついた。「雷を撮るのに、あんなところまで行って……」

「いまでもすこし信じられないわ。あの子、夜の風景はあんまり撮りたがらなくて、普通の風景写真だってめったに撮らなかったのに。マクロレンズで野生植物を撮るのが好きだったんだから。真っ暗ななかを出ていって、崖のうえまで行って稲妻を撮るなんて、なんだかあの子らしくない」

「どっちかというと会長がやりそう」

「たしかに」

何思澄は逡巡しながらうつむく。この二年間、ずっと胸に引っかかっていることがあった。あの夜自分が目に留めたことは、まだだれにも話したことがない。それが鄭羽の死とほんとうに関係があるのか、自信がなかったから。

「思澄、どうしたの？」相手が黙りこんだのを見て、馮弦は近づくと肩に手をのせた。

「この話はやめようか。こっちも、鄭羽のことを思いだすとつらくなるし……」

「あの日」何思澄は顔を上げた。なにもない壁を見つめながら、静かな声で言う。「あの子の事件が起きた夜だけど。会長が……服を着がえてたの」

「えっ？」馮弦は困惑するしかなかった。

何思澄は向きなおって、相手の目をまっすぐに見つめる。「覚えてるでしょう、あの日は夕飯の時間になってもあの子が来なくて、電話にも出ないし、部屋にもいなくて……」

馮弦はうなずいた。

「みんなが広間に集まったけど、会長がいちばん後だった。私は、あの人が服を着がえてるのに気づいたの」

「だからってなんとも言えないでしょ」馮弦は無理に微笑みを作った。「思澄、自分だっていま着がえてきたよね？」

「さっきはシャワーを浴びたの、今日は電車に乗ってきたから」

「その日の会長だって、シャワーを浴びたあとだったから服を着がえたのかもしれないし。まさか、あの人が鄭羽を殺したと疑ってるの？」

「そういうことじゃないけど」

「あの子の件は事故だったって、警察もそう言ってなかった？」そう口にして、馮弦は立ちあがった。「それじゃあタイミングを見て、いっしょに会長に訊いてみるのはどう？」

「やめときましょう。私の考えすぎだった」何思澄はベッドに座ったままだ。「二年前のことだし……」

なんとなく気まずい雰囲気になったのを察して、何思澄も立ちあがり、部屋でしばらく横になってくると言った。馮弦は相手を気遣う言葉を返して、部屋から送り出す。

自分の部屋に戻ってからも、何思澄の脳内には一つの想像が居座っていた。

もしかするとあの日、朱盛長は雷の撮りかたを教えると言って、鄭羽を連れ出したのではないか。

そのあと崖のうえで二人のあいだになにかが起こり、その結果、鄭羽は転落死し、朱盛長は大慌てでペンションに戻ってきた。服が雨に濡れていたので、とっさに着がえることにした……

その先を考える気にはなれず、立ちあがると、シャワーのまえに脱いでテーブルに積みあげていた服を片づけはじめた。脱ぎすててあったショートパンツのポケットから携帯を取り出すと、メッセージが一件入っていた。三十分前に朱盛長が送ってきたもので、時間があったら部屋に来てほしいということだった。朱盛長に電話をかけたが、いつまで経っても相手は出ない。

ならばと携帯はテーブルに放っておいて、明かりも消さずに部屋を出ると、となりの一〇一号室に向かった。

数分後、何思澄は朱盛長の死体を発見した。

4

一〇一号室で死体が見つかると、管理人の鄭公超《ていこうちょう》はすぐさま警察に通報した。警察からの返答では、近くで登山客が行方不明になったためほとんどの警察官が捜索に駆り出されていて、市街部から急遽応援を呼んでくる必要があるので、山眠荘に到着するのは早くとも二時間後になるという。

何思澄《かしちょう》は一〇五号室に向かい、朱盛長《しゅせいちょう》の死を、原稿の締めきりに追われていた李懐朴《りかいぼく》に伝えた。

例の由緒ある代物だという広間のテーブルに四人は所在なく座り、警察の到着を待った。

その沈黙を破ったのは、何思澄だった。「館内には監視カメラがあるんでしょう？」

「玄関と、この広間に設置してあるよ」

「だれか怪しい人が忍びこんだとしたら、姿が映ってるはずですね」

「会長の持ち物がなにか無くなっていたのかい？」

「現場を荒らしてはいけないと思って、持ち物には触れられませんでした」何思澄は言う。

「でも、いちばん値が張るはずのカメラはテーブルに置いてありました」

「山眠荘の周りには防犯用の電気柵があるから、外からだれかが侵入するとしたら玄関から入って、この広間を通って会長の部屋に行くしかないな」鄭公超が言う。「監視カメラを確認しようか？」

何思澄は馮弦《ふうげん》と李懐朴に視線を向けた。李懐朴は無表情のままうなだれ、こちらの視線にはまったく気づいていないし、鄭公超との会話が聞こえてすらいないかもしれなかった。

馮弦は涙をためた目でこちらをしばらく見つめ、うなずいてきた。

そうして、一同は連れだって、西廊下の南端にある鄭公超の部屋に向かった。

鄭公超はパソコンのところに歩いていくと、慣れた様子で操作し、一同がペンションに到着して以降の映像を表示させた。まずは玄関の外に設置されたカメラの映像をみなで見ていく——ほかの人間が出入りした形跡はなかった。その次は広間に設置されたほうのカメラだ。

広間の全体が画面に収められていた。みながそれぞれの部屋に向かってから、朱盛長の死体が発見されるまで広間に人影はなく、一人の出入りもなかった。

「どうやら、朱盛長を殺した犯人は君たち三人のなかにいるらしいな」

李懐朴が言う。その推測ももっともではあった。部外者の犯行という可能性が否定された以上、犯人はこの四人のなかにいる。李懐朴が廊下を通って一〇一号室で犯行に及ぶとすると、広間を通る必要がありカメラに姿が映る。しかし映像を見るかぎり、事件が起きたあと何思澄が呼びに行くまで、李懐朴が広間に姿を見せることはなかった。

何思澄と馮弦、管理人の鄭公超の部屋は、死体が見つかった一〇一号室とは同じ側にあり、この三人は広間を通らずに犯行に及ぶことができる。

「いいえ、李懐朴、あなたも疑うことはできるわ」何思澄は言う。

「僕には無理だよ。広間を通らずにどうやって一〇五号室から現場の一〇一号室に行くか、教えてくれないか？」

「中庭を通っていけばいいの。どの部屋にも庭に出るドアがあるから、庭を通っていけばそのまま一〇一号室で犯行に及べたの。だからあなたの容疑も否定はできない」

「そうか？」

李懐朴から反論はなかった。

彼はそっぽを向き、ジーンズのポケットから煙草を取りだしたが、どうしてもライターが点かないとわかって、しかたなく煙草とライターをポケットに押しこみ、顔を上げると窓の外の雨を黙って眺めていた。

そのとき、また空に稲妻が走った。

5

去年の夏休み、湖州《フージョウ》への滞在が終わってから、韓采蘆《かんさいろ》は私のまえから完全に姿を消した。

あれからまる一年、采蘆から私にはいちどの連絡もなかったし、授業が始まってからもまったく学校に来ることはなかった。以前、私と姝琳《しゅりん》が勇気を出して、采蘆はなにをしているのかと担任に訊いてみると、采蘆は外国に行っていると聞かされた。どうも大きなプロジェクトに参加して、どこかの名高い数学者がある難問に挑戦するのに協力しているらしい。

その担任は英語の先生で、具体的になにを研究しに行ったのか説明を聞かせてはくれなかった。ともかく、采蘆は一年間の休学を申請して、太平洋のかなたに消えてしまったということだ。

高校三年生の生活に忙殺されていても、采蘆を完全に忘れることはなかった。なぜなら数学が――長年背筋から離れない棘《とげ》、喉にひっかかった小骨が――たえず私を悩ませていたから。その時期は毎日放課後に試験があって、本番の受験と制限時間も問題量もレベルもきっかり同じ模擬試験だった。毎週月曜の放課後が数学の試験の時間で、成績は水曜日に発表だったから、毎週すくなくとも二日、私はあの突然姿を消した女のことを思い出すはめになる。江蘇《こうそ》省の名物になっている問題集『数学之友』（江蘇省教育庁が毎月発行している）はなおのこと私にとっての悪夢で、その悪夢の果てにいつも浮かんでくるのは、曖昧になりはじめた韓采蘆の顔だった。そういうとき私は、人に頼ることばっかり考えちゃだめ――と必死に自分に言いきかせて、課題との壮絶な死闘に自分を引きもどしたけど、結局あきらめて妹琳の答えを写させてもらいに行っていた。

高校三年生の生活は順風満帆ではなくて、いちどは家出の茶番劇も演じることになった。だけど私は幸運でもあって、二学期が始まってまもなく、学校推薦でF大学の個別募集の枠を手にしたのだった（中国の大学受験は、一般には統一試験（高考）の点数のみで合否が決まるが、一部で行われる個別募集（自主招生）では、大学独自の選抜の結果によって統一試験の点数が優遇される）。F大学に身売りの証文を書いてから知らされたのは、私にはかなり手厚い優遇措置が約束されていて（試験を受けそびれなければ不合格にはならなさそうだった）、ただし申し合わせを破って別の学校を志願した場合、この先F大学は私の高校に個別募集の枠を与えないということだった。つまり、自分の得と後輩たちの利益どちらを考えても、私にほかの選択肢はないということだ。

それからというもの、先生たちから成績を訊かれることはほとんどなくなり、山のような課題が終わらなくてもいいから、姝琳の邪魔はしないようにと暗に言われた。三年生になってから、消灯後に私と姝琳が受験の志願先について話しあうのは一度では済まなかったけれど、私が個別募集の枠を手にすると、その話題が出てくることはもうなかった。そのころ、クラスには何人か外国の大学に進学する予定の人たちがいて、毎日放課後の試験や八時半以降の夜自習に参加していなくても先生に黙認されていた。そのなかで私と付き合いのあった子から、自分たちと同じようにしないのかと訊かれたことがある。だけど、姝琳を置き去りにするのが忍びなかった私は、毎日いっしょに試験勉強を続けていた。

二回の模試での姝琳の成績は、F大学の合格点をぎりぎり超えていた。F大学が目標だと聞いたことはなかったし、私からも志願してと言うのはためらわれたけど、内心ではずっとそこはかとなく僥倖に感じ、もしかすると大学の四年間も姝琳と同じ学校に通えるのでは、と考えていた。専攻は違うかもしれないけど、同じ街の同じキャンパスにいちおういるわけだから、毎学期同じ講義を取って、毎週いっしょにご飯に行って……

私がそう望んでいただけかもしれないけど、姝琳も同じ光景を夢見ていたとしてもおかしくない――私たちはそれぞれ教科書を抱え、大学でのそれぞれのルームメイトと寮の部屋を出て、教室棟のまえでばったりと出会う。ほんのちょっと挨拶をして、私たちはそれぞれ目的の教室に向かう。ルームメイトから、さっきすれちがった人はだれなのと訊かれたなら、私のいちばんの友達だよと教えてあげよう。

あいにく、そうした夢は結局のところ夢どまりで、現実になることはなかった。

志願先は統一試験の成績が出てから提出することになっていた。成績がわかると、姝琳はまっさきに私に電話をしてきた。それまでに、過去の合格ラインは調べてある。姝琳の成績は去年のF大学の文系のラインよりもすこし上だった。今年の数学と英語はこれまでより難しかったのを考えれば、この点数ならたぶんF大学には受かるはずで……

でも結局は〝たぶん〟〝はず〟でしかない。ぜったい確実とは言えない。

電話のむこうの姝琳は何度も黙りこんで、私も幾度となく口を開くのをためらっていた。同じ大学を志願するように頼むべきかどうか。姝琳の性格なら危険はなるべく冒したくないはずで、より手堅いN大学を選ぶはずなのは私もよくわかっていた。

もしそれを口にしていたら……

でも、私にそれを口にすることはできなかった。私が言ったうえで姝琳がN大学に志願しても、もちろんこちらが責めることはできない。姝琳の人生なんだから、いちばん安全な選択をするのは当たり前だ。でも私はきっとひどいショックを受けるだろう。さらに無惨な状況は、実際に私の頼みどおりF大学を志願した姝琳が、不合格になった場合。私はどんな顔をして会えばいいだろう？　結局のところ、私に姝琳の人生の責任を取ることなんてできない。愛を燃えたたせる恋人たちだって、現実に対しては妥協しないといけないのに、まして私たちは友達でしかないんだから――小さな一部屋で三年をともに過ごした、友達でしかないんだから。

私が予想したとおり、姝琳は手堅いN大学のほうを選んだ。あとになって私たちは、姝琳の点数はF大学の合格ラインを十何点か上回っていたのを知った。

しばらくして、私たちはそれぞれ合格通知を受けとった。私が志願したのは中国語文学科だけで、そこはもともと合格ラインがとくに低い学科の一つだったから、問題なく受かっていた。姝琳はN大学の英文科に合格した。

入学前の夏休み、姝琳はずっと英語の勉強を続けていた。思いかえしてみれば、姝琳は一年のときに文通相手が英語で書いた小説を翻訳していたし、三年生になったときには英語では外国語学校の生徒に負けないレベルだったはずで、予備校になんか行かなくてもかまわないように思える。大学で四年間英文科に通う必要があるのかすら私はどこかで疑っていた。たぶんはたから見たら、もともと〝文学少女〟の私だって、中国語文学の学位なんて取りにいく必要はないように思えただろう。

一ついい知らせだったのは、ある先輩によると、F大学の中国語文学科では高等数学は必修でないという話だ。これからはあの、すぐにまちがいが生まれる数字たちと付きあわなくてもいい。

あの女さえ私のまえに現れなかったら、この世に数学なんてものがあることは永遠に忘れられる――

その夏休み、私は祖母の家に行くわけでもなく、ただ無為な日々を過ごしていた。新しく買ったPSPを手に毎日ベッドに転がって、『英雄伝説』ガガーブトリロジーを一気にクリアすると、今度は『ヴァルキリープロファイル』の攻略に取りかかった。ときどきは外に出て友達と会った。高校三年のいちばん忙しかったときには小説を書きたい衝動が消えなかったのに、実際に時間ができてみると書きはじめる気はまったく起きなかった。もしかすると私はそもそも、ものを書くのはそこまで好きじゃなくて、勉強に比べるとそこまで嫌じゃないってだけなのかもしれなかった。大手を振ってゲームができるときに、小説なんてものを書かなくてもいい。

それが八月初め、一人の先輩から電話が掛かってきて、短期間で犯人当てを用意する必要に迫られたのだった。

梁未遥《りょうみよう》というその先輩は私より一つ上で、いまはN大学の日本語学科に通っていて、私と同じように推理小説が大好きだった（まだ翻訳されていない作品を読むためにこの専攻を選んだという話だ）。まえに私が校内誌に犯人当てを載せるたび、先輩から解答が応募されてきて、だいたいの場合解答は当たっていたし、まちがっていたときも筋の通った推理で、経験豊富な推理小説ファンなのがわかった。

梁未遥先輩は、大学で何人かの推理小説好きの仲間と出会い、その人たちと学校に申請してサークルを立ちあげていた。私が校内誌に載せた犯人当てを先輩が持っていって考えさせてみたところ、意外なことに好評だったらしい。それから自分たちでも形式を真似して、三回犯人当ての集まりを開き、そのうち一回は問題を劇として演じたという。

まえに先輩とは、私がN大学に受かったらサークルに入ると約束をしていた。結局、ルームメイトの姝琳のほうがN大学外国語学部の後輩になったわけだけど。

あの夜の先輩からの電話も、その話題から始まった。

「ルームメイトの子、こっちの英文科に来るんだって？」

「どこから聞いたんですか、先輩」

「そっちの担任の先生が教えてくれたんだよね、かわいがってあげてって」先輩はいつものふわふわした声でそう言った。「その子は推理小説は好きなの？」

「えっ？　どうして好きだと思ったんですか？」

「秋槎《しゅうさ》と三年いっしょに暮らしてたんだから、ある程度影響を受けてるはずでしょ。それに、英文科に来る人はそれまでに最低でもクリスティーを何冊か読んでるって聞いたから」

「みんなが先輩みたいに、推理小説を読むために外国語を勉強してるんじゃないですよ」私は答える。「でもたしかに、姝琳は好きですよ。とくにハードボイルドが」

「そうなんだ」ハードボイルドの一言を聞いた先輩は一気に興味を失って、口ぶりも冷たくなっていた。ここで私が、ほんとうは姝琳が好きなのは新本格だと言いなおしたら、きっと興奮で声を上げていたと思う。「どの作家がいちばん好きなの？」

「いちばん好きな作家は……たぶん私ですね」私の作品はぜんぶ、校内誌に載せなかったのも含めて、姝琳に読んでもらっていた。

「秋槎の小説はハードボイルドだったんだ、いままで気づかなかったな」皮肉に満ちた笑いが電話ごしに聞こえてくる。「まあ、そのうち直接訊いてみよう。秋槎、その子をちょっと紹介してもらえない？」

「良いは良いですけど。向こうがその気かはわからないですよ」

「とにかく訊いておいて」ぞんざいに言う先輩は、とても人にものを頼んでいるような雰囲気ではなかった。うっすらと、電話を掛けてきたほんとうの目的はこれじゃないのを察しはじめる。

「じゃあ、どこかであの子を呼んで、いっしょにご飯でも行きますか？」

「今週の木曜は空いてる？」

そう言われても、毎日だらけた暮らしをしている私には今日が何曜日かもわからなかった。「木曜って、いつですか？」

「明後日」

「私は毎日なにもないですよ。姝琳は予備校に行ってて、終わるのは午後四時です」

「そうか」しばらく黙る。「サークルの人たちと木曜日に集まりがあって、秋槎たちにも来てほしいと思うんだよね。まえに連れていったあの店は覚えてる？」

「マスターがすごく太ってる、あの喫茶店ですか?」

「うん、あの店、〈小宇宙〉。あそこは木曜が休みなんだ。マスターに声を掛けてみたら、無料で使わせてもらえるんだって。午後二時に集合で、夜まで過ごしてあのへんで夕飯を食べる予定なんだ。ルームメイトの子は、予備校が終わってから来てもらってもかまわないよ」

「じゃあ、空いてるか訊いてみますね。もし夜になんの予定もないようだったら、夕方に二人で行きます」

「秋槎、あなたは早く来られないかな?」先輩の声がいきなり一オクターブ上がって、その口ぶりに親切めかした媚びが混じる。まるで熟練の販売員が孤独な老人を丸めこんで健康食品を売りつけているみたいだ。ようやく本題に入るらしい。「二時から〝犯人当て〟の出し物があるんだけど……」

「サークルのだれかが新しい犯人当てを書いたんですか? 私はたまに書いてみるだけで、考えるほうはぜんぜんだめなんです。ほかの人が書いた犯人当てはそこまで当てられなくて」

「だから秋槎に話をしてるの」どこか威張ったように言う。「出題者に立候補した人が突然倒れちゃって——もちろん仮病かもしれないけどね。今回の集まりは、遠くからわざわざ駆けつけてくれる仲間もいるし、場所だってもう確保してあるから、ここでキャンセルするのはものすごく残念なんだよね。いま手元に、新しい犯人当てなんかはない？」

「まえに校内誌に載せたやつはだめなんですか？」

「ぜんぶ見せちゃったからね」

「この一年はなにも書いてないんですよ」でも、そろそろなにか書きはじめる頃合いだ。「二日で私が新しいのを書くっていうのは？　ちょうどいくつか構想はあるけど、高三は忙しくてずっと書いてなかったんです」

「間にあうかな？」

「たぶん間にあいます。校内誌に載せた犯人当てだって、どれもまる一日で書きあげてましたから」

「そうなんだ、ほんとによかった。木曜日の午前中までに送信してくれればいいからね」

「先輩」いちど言葉を切る。「ひとつ確認したいんですけど」

「うん、どうしたの？」声があからさまに動揺しはじめる。

「その犯人当ての出題者に立候補して、突然倒れちゃった人って、先輩のことじゃないですよね？」

「そういえばね」きまり悪そうな笑い声のあと先輩は話題を逸らそうとしてきたけど、形は違えど質問に答えてしまったようなものだ。「最近、すごく読みたい日本語の短篇ってなにかある？　私が翻訳してあげるよ」

ひとしきり駆け引きがあって、私たちの邪悪な取引は先輩が吉屋信子の『花物語』の一篇を翻訳してくれるという条件で決着した。

電話を切って、姝琳に連絡しようと思ったところで突然気づいた。試験が終わってからいちど二人で学校に行ったとき以外、この夏休みに私たちは顔を合わせていなかった。授業がある時期は朝も夜もずっといっしょだったから、これまで休みの期間になってもべったりしていることはほぼなかった——どうせ授業がはじまったら、別行動したくてもなかなかできないんだから。

でも、つぎに学校が始まるとき、姝琳はそばにいない。この時間を大切にして、もっと思い出を作っておかないといけなかったのに。授業があるあいだ、私たちはいつだって片時も離れなかったけど、移動する範囲は結局あの閉ざされた校内に限られていた。姝琳といっしょに行きたい場所はいくらでもあったのに、それなのに……

私は逃避しているのかもしれない。私を置いてN大学を志願した姝琳を責める気持ちがあるかもしれない、だけどそれよりも、同じ大学を志願するように言い出す勇気がなかった自分を恨んでいるだけ、というほうがありえそうだった。それがこのうえなく正しい選択だったとしても――あの場面を何度繰りかえしたとしても、私はその言葉を口にしない。でも、理屈ではそうだとしても、心のなかでは姝琳と離ればなれになるという現実をなかなか受けいれる気になれなくて、結果ずっと逃げつづけてしまった。もしくは、私は姝琳のほうから外に誘ってくれるのをただ待っているところで、でもなかなかそのときは来なくて……

やめよう。深呼吸すると、姝琳の番号に電話をかけた。いきさつを説明したら、むこうはあっさりと了承してくれて、こう続けた。

「しばらくは誘ってくれないんだろうと思ってたんだけど」

「どうしてそう思ったの」

「秋槎のことはよくわかってるんだよ」その声に感情の揺れはなかったけど、一言ごとに私の痛いところを突いてきた。「秋槎はいつだって人のことを考えるの。私がしばらく忙しいだろうと思ったら、邪魔をしないかって不安になる。でも時によっては、相手は秋槎にそこまで考えてほしくなくて、ほんとうに考えてることを聞きたいと思ってるの」

「私がほんとうに考えてることって……なんだろう、自分でもわからない」

「そうでしょうね」ため息をつかれた。もとの話に戻る。「木曜日は、午後の授業をさぼっても大丈夫だよ。早くいっしょに行ったほうがいい？」

「今回はやめておこう。今度ふたりでどこかに遊びに行こうよ」私たち二人だけで。

「わかった。そのときは、まる一日授業をさぼってあげるから」

姝琳との通話を終えた私は、まずシャワーを浴びることにした。

部屋に戻って、抽斗から構想を記録したノートを出してきてぱらぱらとめくり、それなりに形になるところまで考えてあった構想を一つ選び出す。それを下書きの紙にいちどあらためて整理してみてから、執筆に取りかかった。書き出しにはあんまり満足できなかったけど、自分を急かして先に進ませる。三時過ぎまで書いてとうとう眠さに目が開かなくなるとそのままベッドに倒れこみ、水曜日の昼まで寝た。目を醒ますとふと、死体が発見される場面を小説の冒頭に持ってくるのを思いついて、やっとすこしだけ手ごたえをつかんだ気がした。

でも書きつづけるうち、ずっと私を悩ませている難題がまたしても目のまえに浮かびあがってきた――どうやって答えの唯一性を保証するのか。頭を絞っても、ほかの可能性を完全に排除する方法は思いうかばない。

いったん気晴らしをすれば新しい考えが浮かぶかもしれないと思って、もしくはそれをただの口実として、ベッドに飛びこんだ私はゲームを始めた。いつの間にか、両親が仕事から帰ってくる時間になっていた。

夕飯を食べて机に戻ってきたとき、ふいに上出来と思えるような考えが浮かんだ。すべての可能性を排除できないなら、むしろそのまま壊しつくして、この犯人当ての答えを唯一でなくせばいい。そうすれば……

鮮やかな景色が開けようとしたそのとき、突然携帯の着信音が耳に届いた。考えていたことはすべて宙ぶらりんになる。

すこしいらつきながら携帯を手に取ると、知らない番号が目に入って、電話に出るべきか迷う。ふと、まえに本で読んだあるエピソードが頭に浮かんだ。イギリスの詩人のコールリッジは、ある日阿片《あへん》を吸っていて何時間か意識を失い、夢の中でクビライ・ハンが建てた壮麗な都を目にした。目を醒ましてから夢に現れた詩を書きとめようとしたところ、ポーロックからの訪問者が来て邪魔をされてしまい、結局その詩を書きあげられなかったという。

いまこの電話に出たら、降ってきたばかりのインスピレーションを忘れてしまって、この犯人当てはもう完成させられなくなるのでは？

でも、私は電話に出た。

番号に見覚えはなかったけれど、電話を取って聞こえてきたのはよく知った声だった。

「もしもし、秋槎？　韓采蘆だけど、明日は空いてる？」

6

一年ぶりに会う韓采蘆《かんさいろ》は大して変わっていなかった。目のまえに現れた姿は、まえに私が選んであげた服をいまも着ていた。突然姿を消したことは多少不満に思っていて、待ちあわせに向かうあいだはなにか文句を言ってやろうとばかり考えていた。でも、ガラス窓の向こうから采蘆が手を振ってくるのを見た瞬間、そんなちょっとした怒りはたちまち再会の喜びによって薄れていった。

私たちはあるピッツェリアで昼食を食べることにして、ついでに梁未遥《りょうみよう》先輩にも連絡を入れて、あとで韓采蘆といっしょに行くと伝えておいた。姝琳《しゅりん》のほうには、なにも言わずに驚かせることにした。

「外国に行くとき、なんで一言も言ってくれなかったの？　私も姝琳もすごく心配して、なにかあったのかと思ったのに」野菜をフォークで突き刺しながら私は訊いた。

「あのときはちょっと慌ただしかったからね。ほんとうはむこうに着いたら連絡するつもりだったんだけど、忙しくて忘れちゃってさ」

「研究は順調？」

「まあまあだね。ただの手伝いの扱いで、一つ特殊な状況の解決を任されてるだけで、証明の方針もほかの人が考えたやつだから。肉体労働みたいなものかな」そう答える。「ある程度の成果は出て、数学雑誌の審査待ちなんだ」

「みんなとの仲はどうなの？」

「それもまあまあ。みんな自分の担当分に集中してて、毎週日曜日に集まってちょっと話をするぐらいだしね」

「新しい友達はできたの？」

「友達ってほどじゃないけど、私を理解してくれる人とは出会ったよ。まえに大会で対戦相手になって、私は彼に負けたんだ。ラングランズ・プログラムについて同じ考え方をしてるんだよ。そのうち協力して、その方面の研究ができるかもしれないんだ」

その意味では――「私に采蘆は理解できないね」

「そうだね、私たちの数学の理解は根本的に違うし。でも秋槎《しゅうさ》は私の友達だよ」コップのジュースを一口飲む。「九月末まで中国にいるけど、私の数学の補習、最近は必要になってる？」

「もう数学に触れることはないらしいの――私にとってはいい知らせだけど」

「そうか、私からしたら違うな」采蘆はどこかがっかりしたように見えた。「秋様、私と縁を切る?」

「もし次もああやってなにも言わずに消えたら、私も考えるよ」

「秋様に縁を切られたら、服を選んでくれる人がいなくなるんだ」

采蘆がかわいそうに思えて、その流れで私はまたべつの日に服を買いに行く約束をした。

食事が終わってもすこし時間があったから、席に座ったまま知人たちの近況を話しはじめた。

高瑞輿《こうずいよ》先輩は去年推薦で北京の大学に行って、二ヵ月通って退学しそれからはアメリカに行っていた。退学したのはルームメイトと気が合わなかったからだそうで、韓采蘆はすこしまえにある会議で先輩と出くわしたという。華裕可《かゆうか》もそれを追ってアメリカに行き、専攻はもっと応用重視の分野で、だけど同じ学校に入ることはできなかった。二人の大学は東海岸と西海岸に分かれていて、その状態で遠距離恋愛を続けている。

華裕可の従妹、田牧凜《でんぼくりん》はいまでは競技数学をあきらめて、高瑞輿先輩の提案で競技プログラミングに挑戦先を変えていた。これを聞いた采蘆は心から賛成するようにうなずき、〝あの子は組合わせ数学が得意だったから、競技プログラミングはけっこう合ってるよ〟と言った。

采蘆によると、黄夏籠《こうかろう》はあれからパリに行って、むこうで宝石のデザインに関する勉強をするつもりらしい。

最後に、私と姝琳の話になった。

「それじゃ、離ればなれになるんじゃない？」そう訊かれる。

「いつか離ればなれになるんだよ」苦笑いして答えた。「ほんとうに一生、いっしょにいられるわけでもないし」

一時半ごろ、私たちは〈小宇宙〉目指して出発した。

その店はマンションを並べた区画の奥まったところにあって、なんどか来たことはあるけど必ず見つけられる自信はなかった。もし迷ったら、そのときは梁先輩に電話をかけて迎えに来てもらおう。私たちがいた商業地区からその場所までは停留所一つぶんも離れていなくて、バスに乗っていったら遠回りになるので、直接歩くほうがよかった。

ふだん出かけるとき私は麦わら帽子をかぶっているけれど、今日は采蘆といっしょだからわざわざ日傘を持ってきている。

街には、連れだって昼食を食べて会社に戻っていくサラリーマンたちがあちこちにいた。スーツに革靴のあの人たちは、保険の営業マンだろうと予想する。半袖のTシャツに半ズボンのあの人たちはきっとプログラマだ——まったく社会経験のない私がそうやって推測する。私や采蘆のような学生の姿もあった。近くに予備校があるからか、レストランも路上も、制服や、それか制服よりも垢抜けない服を着た学生だらけだった。

商業地区の中心の噴水では、五、六歳の子供たちが水遊びをしていた。

熱波のむこうに見える景色は、どこもぼやけて現実味がない。私たちは視界の果てにある、

十字路を一つ越えると、采蘆を連れた私は、一面に木が影を落とす路地に折れた。梧桐《アオギリ》がうそ寂しい姿をしていないのはこの季節だけだ。

足元のでこぼこした歩道を、陽に炙られたタイルより好ましく感じるのもいまの時季だけだ。

日の光はさえぎられているのに、空気は灼けつくようだった。弱い風が、古い建物に左右を挟まれたこの小道を吹きぬけているような気もしたけれど、ほんのわずかな涼しさも感じられない。どころか、すこし先にあるごみ捨て場からすえたにおいが鼻に送りこまれてきた。

小道の終わりまで来ると、目的地はもうすぐだ。背の低い古い建物が並んでいるむこうに、シャンパン色の背の高い建物が並んでいるのが見え、太陽に照らされた姿はひどくまぶしかった。

例の喫茶店はあの建物の一棟、その一階にある。見つかるといいけれど。

私たちが入っていくのは、三、四年前に開発された高級な区画で、どの棟にも下の階にはお店が入っている。でも、建物のあいだを通りぬけるとき私は、そういうお店のかなりが閉まっていて、テナント募集の知らせが貼ってある場所もあるのに気づいた。開いているお店はまえに来たときより減って、スーパーと、煙草とお酒の店、ペットクリニックに理髪店しか残っていない。

采蘆を連れてそのまま奥を目指して歩いたら、突きあたりまで来ても例の喫茶店は見つからない。そこで、まえに先輩と来たときはべつの入口から入ったのを思い出して、方向を変えてまた突きあたりまで歩くと、〈小宇宙〉の看板が目に入った。采蘆はとくに文句を言ってこない。

歩きながら私は、采蘆に今後どうするつもりかを訊いた。いまのプロジェクトは一年続くらしく、そのあとは例の競技数学での対戦相手、采蘆のことを理解してくれるらしい人がいるドイツに行くかもしれないという。それを聞いて、そのドイツ人のことがなんとなくうらやましくなった。采蘆はその人のためにはるばる海を渡るのに、私のために南京を離れて三百キロ先の上海に来てくれる人はだれもいない……

喫茶店は、この区画の北西の隅にある建物、そこの角にあった。

小さい店だ。南向きの窓にはいまカーテンが引かれていて、店内の様子は見えない。窓のそばには小さい看板が置いてある。縦に〝小宇宙〟と書いてあって、そのつぎにアルファベットで〝Mikrokozmosz〟と一行あるのはハンガリー語らしい。

窓の東側には金属製のドアがあって住居フロアに入れるようになっている。もともとはカードを読みこませるか、内線で住民を呼びだしてここを開けてもらわないといけなかったけれど、住民たちはそれをめんどうだと言って、ドアを開けたすきまに三角形の木片を置いて、完全に閉まらないようにしていた。

喫茶店の入口は西側の壁にある。区画の外周の囲いとは三、四メートルしか離れていなくて、ドアは目立たなくなっていた。そばには銀杏の木がある。木の正面にすりガラスの小窓があるのは、この喫茶店のトイレの窓だ。その真上で、両開きの片方が開いているのはマスターの書斎の窓だった——マスターもここの住人で、自宅の下の店舗スペースを借りてこの店をやっている。

入口のドアにかかっている楕円の木の札には、繁体字で〝閉店中〟の三文字が書いてあった。時間を確認すると一時五十五分で、約束の時間まであと五分に迫っている。みんなもう着いているだろうと思ってすぐにドアを開け、采蘆とともにエアコンのきいた店内に入っていった。ドアに取りつけてあるベルが揺れに合わせて澄んだ音をたてる。なかに入ってみると、カウンターの椅子に座って雑誌を読んでいる店員一人しかいないのに気づく。

私たちが来たのを見ると、その女の人は雑誌をカウンターに置いて立ちあがった。

この人に会うのは初めてではない。まえに店に来たとき、背が低くて丸顔の、茶髪にしたお姉さんのことはしっかり記憶に残っていた。今日は休みの日なのに、灰色のエプロンを着けていて、胸元には名前を書いた札を付けている。

歩いていって、こっそり名札に目を走らせる。凌美愉《りょうびゅ》という名前だった。

「未遥《みよう》に呼ばれて来たんでしょう？」

私はうなずいた。「ほかの人はまだ来てないんですか？」

「未遥は来てるけど、さっき電話がかかってきて出ていったの。だれか迎えに行ったみたい」そう答えが返ってくる。「ごめんなさい、こんな隅っこにある店で。見つからなかったんじゃない？」

「さっきもこのあたりを一周りしてきましたよ」

「初めてじゃないでしょう？　なんだか見覚えがあるけど」

「梁《りょう》未遥先輩といっしょに、何回か来たことがあります」

「思い出した。未遥の高校の後輩でしょう？　クラシックに詳しいのかな、一回マスターとずっと話しこんでた」

「詳しくはないです。ちょっとだけ興味があるぐらいで」思いかえすと、あのときはずっとマスターが一人でしゃべっていた。

マスターは名前を邱《きゅう》といって、常連からは邱先生と呼ばれている、四十過ぎの太った男の人だ。本人の話では、もともとテレビ局で働いていたのが、自分で商売を始めてそれなりにお金を稼いで、いまは会社の経営はほかの人に任せて、自分はお金を受けとるだけの役目だと言っていた。この店を開いたのは毎日が退屈だったから。その話をしていたときは、凌美愉というこの店員さんも居合わせていた。数えきれないほど聞かされた話だったからか、ずっと横で忍び笑いをしていた。

邱先生はクラシック音楽のファンだった。店の壁には好みの演奏家のポスターが何枚か張ってある。カウンターの横の四角い柱には、天井から床近くまでレコードのジャケットが飾ってある。これまで店に来たときのBGMはいつも、どちらかといえば優しい雰囲気のクラシックだった。コーヒー豆を入れたガラス瓶が並ぶ棚の上には二、三十枚のクラシックのCDもあって、バルトークやコダーイ、リゲティの作品が多かったけど、店でその曲が流れることはほぼなかった。

それとマスターは、自分が考案したブレンドコーヒーにはいろいろクラシックにちなんだ名前を付けていて、曲を聴いたことがある人はすぐに味を推測できるかもしれないけど、普通の客はわけがわからないと思うだけだろう。クラシックを聴かない梁未遥先輩が油断して〝管弦楽のための協奏曲〟という名前のコーヒーを頼んだことがあるけれど、苦くて息が止まりそうになる代物だったらしい。

それから凌美愉は、初対面の采蘆のほうにも挨拶した。

私たちは窓の近くの席に案内された。この店ではいちばん大きなテーブルだ。椅子は周りに六脚置いてある。テーブルの一辺を壁に付けていなかったなら、さらに両端に一つずつ椅子を置いて八人で座れる。私は窓側の一番奥の椅子に座り、采蘆はその横に腰を下ろす。

二時十分くらいにふたたびドアに付いたベルが鳴って、まず入ってきたのは梁未遥先輩だった。その後ろから、黒い半袖のTシャツ（白い文字で"Trouble Follows Me"と書いてあった）と白黒のチェックのロングスカート姿の人が現れる。その女の人はピンク色のキャリーケースを引いていた。先輩は凌美愉に声をかけると、すぐに私がいるのに気づいてこっちにやってきた。

「秋槎、久しぶり」そう言う先輩はどこかけだるげで、目にも疲れが見えた。まるで私じゃなくて、先輩が徹夜で犯人当てを書きあげたように見える。もしかするとなにか面白い小説に出会って、夜通し読みつづけていたのかもしれない。「犯人当ては印刷してきたよ」

「もう読みましたか？」

「まだだよ」私の向かいの椅子に腰を下ろしながら言う。「私も謎解きに参加するから、公平を考えてあとでみんなといっしょに読むの」

印刷した「山眠荘事件」六部をバッグから出して、テーブルに置いた。いっしょに来た女の人も、キャリーケースを置いてくるとその横に座った。

おのおのの自己紹介が始まる。

梁未遥先輩の横に座った人は段舞依《だんぶい》といって、先輩とは大学での友達で、やっぱり日本語学科に通っているらしい。社会派の推理小説が好きだと彼女が言うと、先輩は反感をいっさい隠さずに、ぷっと吹き出して笑ったうえに、社会派のなにが面白いの、と続けた。段舞依は微笑みを浮かべてそれを無視していた。

采薴はうちの高校では有名で、先輩も噂を聞いたことがあった。でも文系の私たちは、そろって恐れをなして話題を数学から逸らした。

「あとでもう一人来る友達は機械電気工学科だから、数学がらみのことはあの子のほうがわかるかな」先輩は言う。

そこに、店員の凌美愉がメニューを持ってやってきて、飲み物はなにを頼むかと聞いてきた。私の席はいちばん出入りが面倒な場所だから、カフェインが入った飲み物は頼まないほうがいい——ということでオレンジジュースを頼んだ。采蘆は紅茶を。梁先輩は初来店の段舞依に例の苦くて息が止まるという〝管弦楽のための協奏曲〟を頼ませて、自分はそれより口当たりの優しい〝孔雀〟を頼んでいた。

凌美愉がカウンターに戻ったかと思うと、またドアのベルが鳴った。今度入ってきたのは背の高い女の人だった。青緑のノースリーブのワンピースを着ていて、涼しげないでたちだ。段舞依の横の席に腰を下ろす。梁先輩の紹介では、この人が例の機械電気工学科の友達で、名前は袁茉椰《えんばつや》というらしい。

ここに来るのは初めてではない様子で、メニューを見ずに凌美愉に〝マゼッパ〟を注文していた。

しばらくおしゃべりが続く。段舞依は、今日は無錫市から来ていて、今日の用事が終わったら学校の寮に戻る予定だと話した。来週から大学では軍事訓練（中国の大学では、入学時もしくは二年生になるまえに受けるのが通例）があるらしい。

凌美愉はあっという間に私たちの飲み物を用意してくれ、運んでくるときには袁茉椰も手伝った。そのなかには凌美愉本人のぶんの缶ビールもある。采蘆の横に座るとためらいなくプルタブを開け、ぐびりと飲んだ。私たちも静かに注文したものを飲む。

飲み物を置いて、梁先輩は印刷した「山眠荘事件」の原稿をみんなに配った。それぞれが要点をマークできるようにと、一人に一本ずつボールペンも配っていた。そして、やましそうな顔をしながら嘘を言った。

「ほんとうは私が書くはずだったんだけど、急に体調を崩して、秋槎に頼んで急遽書いてもらったんだ」

「正直に言うと、これは今日の朝五時に書きおわって、そのますぐに先輩に送信したんです。もしかしたら誤字があるかも」私は言う。「みなさん、読みはじめるまえに最後のところを開いて、〝読者への挑戦〟の部分を読んでもらえますか」

みんなは言われたとおりにする。

「そこに書いたとおり、この犯人当ての答えはただ一つじゃありません。数学の勉強をしているとこういう、解が一つではない方程式に出会ったことがきっとあると思います。この「山眠荘事件」も同じで、真相はいくつか推理できるし、それを裏づけるだけの手がかりもあります」私は説明する。「だからここでは、唯一の正しい答えを推理してほしいんじゃなくて、みなさんにはいくつか成り立つ答えのなかから、いちばん面白いものを探し出してほしいんです」

「〝いちばん面白い〟っていうのは主観的な言い方だね」采蘆が言う。「答えが面白いかどうかの判断は、だれがするんだろう？」

作者は私だから、私が判断するのがいいと言おうとした。でもよくよく考えるとそうは思えなくなった。〝面白い〟かどうかは、最終的には読者に任されている。

「あとで投票して決めるのがいいかな、どの答えが〝いちばん面白い〟のかは、みんなで決めよう」

7

みんなは集中して読んでいた。だいたいが三時には読みおわっていて、それから十五分ほど考えを巡らしていた。そのあいだ、私以外の人たちはみんな一度ずつトイレに立った。オレンジジュースを頼んだのは実際に賢い選択だったらしい。

「そろそろかな？」梁末遥《りょうみよう》先輩が顔を上げてみんなに訊く。「話しあいを始めてもいい？」

それに対しては凌美愉《りょうびゆ》一人だけが、なにひとつ思いついていないと答えた。でもほとんど推理小説は読んだことがなくて、今日は邱《きゅう》先生の代わりに店番をしていてついでに参加したのだとも言っていたから、気にする必要はなかった。

最初に発言したのは袁茉椰《えんばつや》だ。

「まず事件の状況を整理してみるよ。朱盛長《しゅせいちょう》という登場人物が一〇一号室で殺された。廊下につながるドアには鍵が掛かっていて、このペンションの鍵については文章内でしっかり説明してある——〝ドアを閉めても自動で施錠はされず、外から鍵を使って施錠するしかなかった〟。そして部屋の鍵は、死体のズボンのポケットから見つかっている。対して、庭に出るドアの外に足跡はなく、ただしほかの登場人物が〝死者を最後に見るよりまえから、雨は降っていた〟。つまり、犯行後の犯人は、部屋を出たあとドアに鍵を掛けることもできなかったし、足跡を残さずに庭を通ることもできなかった。これは密室殺人事件ね」

「なるほど」

それを聞いた凌美愉は、合点がいったような表情を浮かべてなんどもうなずいていた。推理小説を読みあさってきたほかの人たちは、袁茉椰の話にだれひとり反応を返さない。

袁茉椰の話は続く。「スペアキーを持っていたのは管理人の鄭公超《ていこうちょう》だけで、彼は朱盛長を殺したあとスペアキーで鍵を掛けることができたから、犯行は可能だった。それと、いくつかの状況を考えると、娘の鄭羽《ていう》は命を落とすまえ朱盛長といた可能性が高い。事件のあと朱盛長はそのことを隠している。おそらく彼が鄭羽を殺したのね。だから鄭公超には娘の復讐という動機もある――でも、これは自明解」

　袁茉椰はそう言って黙った。

「〝自明解〟って？」凌美愉が尋ねる。

「わかりきって面白みのない答えだけど、完全な議論のためには触れておかないといけないもの。たとえば密室殺人があったとして、〝死者の自殺だった〟というのは自明解だし、同じように〝犯人がスペアキーを持っていた〟というのもそうね」袁茉椰は説明する。「でも未遥によると、そういう自明解を答えにするのがなんだか好きそうな作家もいるらしいけど」

「そうだね、たとえば、麻……」

　梁先輩は言いかけたところで、横の段舞依《だんぶい》に口をふさがれていた。

　何秒か経って、先輩はやっと解放される。とりあえず深呼吸をすると、なにも起きなかったかのように〝続けましょう〟と言った。

　次に発言したのは段舞依だ。

　梁先輩の口を押さえた手を紙ナプキンで拭きながら話しはじめた。

「私は、何思澄《かしちょう》が犯人だと思うの。第三節で、朱盛長から会いに来てほしいってメッセージを受けとってるでしょう。それから起きたのは、こういうことだと思う――何思澄は朱盛長の部屋をノックし、なかに入ると鄭羽の死について尋ねたの。二人は言い争いになって、何思澄はうっかり朱盛長を殺してしまった。そのあとは鍵を持ったまま部屋を出てドアを施錠し、ノックするふりをして、管理人の鄭公超にドアを開けてもらうよう頼みにいった。そして、何思澄は死体を調べるふりをしながら、死体が鍵を身に付けていたと鄭公超に嘘をついて、偽の密室状況を作りあげた……」

「舞依が好きな社会派の推理小説にはよく出てきそうな展開だね」梁先輩が横から茶々を入れる。

「じゃあ言ってみてよ、未遥が好きな本格推理だったら、どんな答えが出てくるの？」

敵方からの挑発を受けては、もちろん引きさがるわけにいかない。先輩は口を開く。

「茉椰と舞依が言った可能性はどっちも存在するね。たしかに鄭公超は犯人でありうるし、何思澄も犯人でありうる、それは否定しないよ。でも二人とも、伏線を拾って、論理的な推理をもとにその結論を出したわけじゃないでしょう。それは推理じゃないの、せいぜい当てずっぽう。それにどっちの答えも解決できてない問題が一つある――犯人が密室を作った理由はなにかってこと。本格推理の基準で評価するなら、どっちの答えも完全に不合格だね」

「たしかに」袁茉椰は言う。「鄭公超はわざわざ鍵を掛けていく必要がなかった、そんなことをしたら自分の容疑が強まるだけだから。何思澄だったら、鄭公超に罪を着せることができると言えなくもないけれど」

「だとしても、〝何思澄が犯人である〟っていう結論を裏づける伏線は一つも見つかってないわけだよね。この解答は成立はしても、推理では導けないんだ」

「じゃあ未遥は、だれが犯人だって推理したの？」段舞依が訊く。

「一つ気づいたことがあるんだ。第二節にこういう文章がある――〝午前中、鄭公超が広間や廊下、それぞれの部屋の床を掃除したばかりだった。建物のなかを汚さないよう、やってきた一同には広間の入口できれいなスリッパに履きかえるように言っていた〟。つまりペンションのなかはある程度きれいだったってことね。そして第一節では、死体を発見したあと、馮弦《ふうげん》が部屋の入口に現れて、悲鳴を上げて座りこんだあと、立ちあがったとき〝無意識に服のほこりを払っていた〟って書いてある。部屋の床がきれいに掃除されてたなら、服に付いたほこりはどこから来たの？」

「そんな細かいことをほじくりかえす必要がある？」段舞依は同意しようとしない。

「〝無意識に服のほこりを払っていた〟なんて描写、作者がなんとなく書いただけかもしれないのに」

「推理小説の伏線はけっこうこういうところに隠れてるの。馮弦は〝そばのクローゼットの取っ手につかまって立ちあがり〟ともわざわざ書いてあるよ。つまり彼女が座りこんでいた場所はクローゼットのすぐそばだった。死体が発見されたとき、馮弦はそのクローゼットに隠れていたって可能性はない？　鄭公超は〝それぞれの部屋の床〟を掃除したって書いてあったけど、クローゼットのなかについては触れられてないわけだから……」

「じゃあ、服のほこりはクローゼットに隠れたときに付いたってこと？」

「そうだよ、ほこりっていう伏線からは、そのとき彼女がクローゼットに隠れていたって推理できるんだ」梁未遥は結論を出した。「犯人は馮弦だよ」

「でも」凌美愉の頭には疑念が残っているようだった。「〝無意識に服のほこりを払っていた〟って文章は、馮弦の動きを描写してるだけで、たしかに服にほこりが付いていたって意味じゃないでしょ？」

「推理小説はそういうものなの」梁先輩は言う。「細部をほじくれば、伏線になる描写はいくらでも出てくる――もちろん同じ描写でも、なんとなく書いただけとか、ミスとか、ことによっては作者がわざと読者を惑わせようとした〝赤ニシン《レッドヘリング》〟かもしれないよ。推理小説では、ある描写が伏線かどうかは、答えに利用されているかどうかだけで決まるの」

そこで、采蘆が口を開いた。

「それなら、私もそういう描写を見つけました――」そう話しはじめる。「第一節にこういう文章があるんです。〝まばらに生えた木の影ごしに、向かいの部屋の明かりが点いているのが見える〟。細部になんとしてもこだわるとしたら、これも重要な伏線になります。この〝向かい〟というのを、正面のことだと考えるとしたらですけど」

「……正面？」

「ペンションの構造を考えると、冒頭で死体が見つかった部屋が一〇一号室だとすると、その真向かいの部屋は一〇六号室になるはずなんです。でもそこにはだれも泊まってないから、明かりが点いてるはずがない。これは同時に、第一節で死体が発見された部屋は、たぶん一〇一号室じゃなくて別のどこかだってことになります」

「でも第四節で、死体は一〇一号室で発見されたってはっきり書いてあるじゃない」段舞依が言った。

「この犯人当てには、死体が二つ出てくるのかもしれませんよね？」

「そんなこと……登場人物はあわせても何人かしかいないのに」

「第一節で現れた死体は朱盛長じゃなくて、朱盛長を殺した犯人――李懐朴のだと思うんです」

「待って、話が飛びすぎてる」梁先輩が言った。「死体がいくつあるかの話は措《お》くとして、李懐朴は朱盛長を殺した犯人のはずがないの。その容疑だけは完全に否定できるんだから。殺人のため廊下を通ったら監視カメラに映ってしまうし、庭を通ったら足跡が残るからどっちも無理。だから犯人じゃないはずなの」

「なんで、庭を通っていったらぜったい足跡が残るんですか？」

「雨が降っていて、地面が濡れてたからでしょう」

「朱盛長が殺されたとき、まだ雨は降っていなかったかも」采蘆は語る。「朱盛長の死体が発見されるよりまえの第二、三節では雨についての描写は一つもなくて、雷のことしか書いてません。第四節には、〝顔を上げると窓の外の雨を黙って眺めていた〟って描写があるけど、これは死体が発見されたあとです」

「違うって」梁先輩は第一節の終わりを開いた。「ここに、〝彼らが死者を最後に見るよりまえから、雨は降っていた〟って書いてあるんだから」

「そう、彼らが最後に死者を見るよりまえに、雨は降りはじめたはずなんです。でも問題は、ここでいう〝死者〟が朱盛長とは限らないってことで。さっき言ったけど、この犯人当てには二つの死体が出てくるとも考えられます。第一節で死体が見つかった部屋は一〇一号室じゃなくて、ほかの部屋だと考えることもできる。第三節の終わりには、何思澄が部屋を出るときに〝明かりも消さずに〟って書いてある。彼女が泊まってた一〇二号室は、ちょうど李懐朴がいる一〇五号室の正面ですよね。それに、第一節では朱盛長と李懐朴以外の人物はみんな登場してます。この死体が朱盛長のでないとしたら、李懐朴しかありえないんです。雨が降りだしたのが、朱盛長が殺されたあとだとしたら、李懐朴には足跡を残さずに庭を通って殺しにいくことが可能だった」

采蘆の話に、その場の全員が言葉を失っていた。

「この小説を読んでいったら、節は時間順に2、3、1、4なんだと読者はふつうに思います。でも、2、3、4、1だっていうのもありえますよね？　朱盛長の死体が発見されたあと、この人たちは警察の到着を待ちながら監視カメラの映像を見にいった。そのあと李懐朴は一人で部屋に戻って、罪の意識から登山ナイフで自殺したんです。何思澄はこのときも第一発見者になった」推論は続く。「第一節で描写されてるのは、李懐朴の死体が発見された場面だった。第四節にはこういうことが書いてあります、李懐朴は〝ジーンズのポケットから煙草を取りだした〟、つまり彼はジーンズを穿いてました。第一節にある、何思澄が〝ジーンズのポケットからなにかを取りだした〟っていう描写、これはその死体がジーンズを穿いてたってことになります。ぜんぶつじつまが合うわけで……」

「でもその推理は、〝向かいの部屋〟が〝正面〟のことだっていう伏線になにもかも頼ってるでしょ」梁先輩が言う。「〝向かい〟がただの大まかな言い方で、一〇一号室の斜め向かいの一〇五号室のことだとしたら？」

「それでも、この答えは成立しますよ。裏付けになる伏線がなくなるだけです」そう言って采蘆はしばらく言葉を切り、もう一言続けた。「これは、数学の〝グランディ級数〟のことを思い出します」

そう言いながら、ボールペンで原稿の裏にずらずら数字を書いていき、テーブルの中央に差し出した。

S＝1-1＋1-1＋1-1＋1-1……

段舞依は袁茉椰を肘でつついて、学校で見たことはあるかと聞いた。

「あるにはあるけど」袁茉椰は言う。「でも、これに名前があるなんて知らなかった」

「秋槎、Sはどんな数字になると思う？」采蘆が私に訊いてくる。やっぱり、ぶざまな姿ばかりのワトソン役はいつだって私に回ってくる。今日も逃れられなかった。

まちがえるのはわかっていても、私は答えた。「0じゃないかな」

S＝(1-1)＋(1-1)＋(1-1)＋(1-1)……＝0

私が言うとすぐ、采蘆は手早く括弧を書きくわえていった。「たしかにSは0に等しいと考えていい。でも、括弧の位置を変えたとしたら……」

言いながら、もう一行数式を書いていく。

$$S = 1-(1-1)-(1-1)-(1-1)-\cdots\cdots = 1$$

采蘆が括弧の位置を動かしただけで、まったく違う結果が出たことになる。

「½にも計算できるんじゃなかった？」袁茉椰の口調にあまり自信はなさそうだ。

「½？　そんなはずないでしょ？」粱先輩が首をかしげて言った。「整数の並びを足したり引いたりして、なんで分数が答えになるわけ？」

「チェザロ和を取ったら、たしかに½です。この〝和〟はふつうの意味での〝和〟とすこし違うってだけで。リーマンゼータ関数の解析接続で起きることと比べたら、そこまで直観に反するわけでもないし」

〝リーマンゼータ関数の解析接続〟とはなにかだれも訊いてこないと見ると、采蘆はまた計算の手順を書いていった。

$$1-S = 1-(1-1+1-1\cdots\cdots) = 1-1+1-1\cdots\cdots = S$$

$$1-S = S$$

$$2S = 1$$

$$S = \frac{1}{2}$$

「グランディ級数の総和は、方法を変えることで0、1、½の三つの結果が計算できる。この〝山眠荘事件〟もそうで、ある伏線を回収すれば、その伏線が示す答えも真相に選ばれる。もしくは、ある結論を出したいと思ったなら、その結論を導ける伏線を探しにいけばいいんだよ」

「実は、最初は采薑が推理した結論を真相にしようと思ってたんです」私は説明する。「第一稿では、あの文章は〝真正面の部屋の明かりが点いているのが見える〟となってました。でもよく考えてみると、叙述トリックを使うのはあまりフェアでない気がしてきたし、ほかの誘導先の選択肢もなかなかうまく排除できなくて。だったらいまみたいな形に変えて、みんなにいくつ答えを出せるか試してもらおうと思いました。どの答えが〝いちばん面白い〟か、無記名投票をしたほうがいいですか？」

「いらないでしょう。結果はわかりきってるから」梁未遥先輩は椅子の背に身体をあずけて、右手の甲を額にのせ、熱を測っているみたいに見えた。「私たちは韓采蘆さんの敵じゃなかったの。負けを認めるしかない」

そうして、犯人当てゲームは滞りなく幕を下ろした。

采蘆は凌美愉が提供した賞品を受けとった——コーヒー豆の小さい缶だ。でも私には、采蘆がコーヒーを自分で挽くようになることは一生なさそうに思えた。もちろん私も同じだ。

私たちは二人とも不器用だから、しかもそれぞれの不器用さを抱えているからこそ、友達になれたんだろう——そんな気もする。

それからみんなは席に座ったままおしゃべりを続けた。壁の時計に目をやると、まだ四時前だった。姝琳が来るまでもうすこしある。

凌美愉はちょっと発注を確認したいと言って、カウンターのほうに行き固定電話でどこかに連絡しはじめた。

采蘆がこの一年、外国で数学者たちといっしょに働いていたと聞くと、みんな数学者の仕事や私生活のことが（とくに私生活が）知りたいと言いだした。

「ふだんはどうやって研究してる？　なにか特別な方法はある？」袁茉椰が訊く。「私ももしこのまま進学するとしたら、やっぱり研究をして論文を書くわけでしょう。すこし頭が痛くなる」

「とくに特別な方法はないです。毎日、ほかの人が書いた論文を読んで、まちがいがないか確認します。まちがいがなかったら、その問題をもっといい方法で解決できないか考えます」采蘆はこともなげに言う。「そういえば、秋槎、推理小説の構想はどうやって立てる？」

「似たようなものだよ。ほかの人の小説を読んで、同じ謎にもっといい答えを思いつかないか考える」

「数学と推理小説はほんとうによく似てるよ。とくに、秋槎が好きなエラリイ・クイーンの小説を何冊か読んだらますますそう思うようになった。でも、推理作家たちのことは心からうらやましく思うんだ。あの人たちが書くものはすごく複雑なときもあるけど、最低でも同業者には理解させられるんだから」

「数学では無理なの？」

「まったく無理だね」采蘆はため息をつく。「私の論文はわからないって文句を言われてばっかり」

そこに、電話を終えた凌美愉がやってきた。梁先輩に声を掛ける。

「未遥、マスターに発注のことを確認したいの。電話に出ないから、たぶん音楽を聴いてるんでしょう。私は上に行って、すぐに下りてくるから。もし電話が掛かってきても取らないで。戻ったあとで掛けなおす」

「わかった」先輩は手を振って返す。「安心して、飲み物を手当たりしだいに飲んだりしないから」

軽いベルの音とともに、凌美愉は店の玄関から出ていった。

「邱《きゅう》先生が音楽を聴いてて電話の音が聞こえないんだとしたら、美愉が上がっていってチャイムを押しても聞こえないんじゃ？」袁茉椰が梁先輩に訊く。

「美愉は鍵を持ってるから」先輩が答えた。

「あの二人、そういう関係なんだ？」

「そんなわけないよ、美愉はあの人の姪っ子で、だからまえからこの店を手伝ってるの」そう言ったところで先輩はちょっとためらい、でも話を続けた。「実は、邱先生がここを開いた第一の理由は、美愉になにかやることを作るためだったの。美愉はうちの外国語学部の先輩で、翻訳家になることだけを目指して、フランス人の詩集とか小説をいくつか訳してもいる。でも文学の翻訳ではとても生計を立てていけない。だから邱先生は、副業を用意してあげたの——いや、収入でいえば本業になるはず」

「私たちの未来を見てるみたい」段舞依が加わる。

「やめよう、私にはお金持ちの親戚なんていないし。卒業したらおとなしく普通の仕事を探さないと」

そのとき、またベルの音がして、店のドアが乱暴に開かれた。私たちがいっせいに視線を向けると、凌美愉が腰を屈め、息を切らせて立っているのが目に入る。片手をドアに突き、もう片方の手をドアの枠に当てて、ひとしきり喘いだあと顔を上げ、震える声で叫ぶ。

「叔父さんが……邱先生が……」

その様子を見た梁先輩が慌てて立ちあがり、駆け寄ると両手を取りながら〝邱先生がどうしたの〟と訊いた。私たちも立ちあがって近寄っていく。

凌美愉はその答えを口にできないかのように、なんども首を振っていた。目には涙がたまっている。

「救急車を呼ぼう」梁先輩の態度は冷静だった。「ひょっとすると、まだ助かるかも」

「もう遅いの……警察に知らせたほうがいいかもしれない」凌美愉は言う。とうとう涙がこぼれおちる。「確かじゃないけど……」

たぶん、これが殺人なのかどうかは確かじゃないということだ。

「私が付いてるから、もう一度行ってみよう」

凌美愉はつらそうにうなずいて、梁先輩といっしょに店を出ていった。

理由はわからないけれど、私もそのあとを追った。

8

死体が見つかった書斎には西向きの窓があり、いまは片方が開いている。外からそよ風が吹いてきて、窓の向こうの銀杏の葉もその風でかすかに揺れていた。この時間は一日でもいちばん西日がきつい。外から室内に射してきて、窓のそばのデスクを照らしている無慈悲な陽光は、燃えあがる無数の矢のようだった。その苛烈な光にさらされるデスクに向かい、邱《きゅう》先生は突っ伏していた。死んでからしばらく経っていると、確信を持って判断できた。

西日が襲来してから殺されたのだとしたら、そこの銀灰色のカーテンは閉まっているはずだから。

「さっき来たら、玄関のドアに鍵が掛かってないのに気づいて、なんだかおかしいと思って」私のうしろで凌美愉《りょうびゆ》が説明している。「ほかの部屋は閉まってたのに、書斎のドアだけ開いていて……」

デスクのうえには白いCDプレイヤーと、二つ対になった小さいスピーカーが置いてある。デスクの左右には、人の背の半分くらいのスピーカーも並んでいた。プレイヤーと四つのスピーカーはぜんぶコードでつながれている。ここの音響設備をすべて機能させたら、たぶん耳を聾するような音響が生まれるんだろう。プレイヤーの正面、左下の穴には青いイヤフォンのコードが挿してあった。どうやら、襲われたとき邱先生はイヤフォンで音楽を聴いていたらしい。

死体はうつぶせになって、顔と手のひらをデスクに付けている。頭はかすかに左に傾いていた。左側に回りこんで眺めると、イヤフォンを着けているのは右耳だけで、左耳に入っているはずのイヤフォンはデスクの上、左頰のすぐ横にあるのが見えた。背後からではわかりにくい状況だった。デスクには音楽関係の外国語の本が何冊か散らばっていて、あとはCDが一枚、開封してあるイヤフォンのパッケージが一つ、それと三十センチくらいの高さの小さい銅像があった。

本は《ハイドンの主題による変奏曲》の総譜《スコア》と、エルネ・レンドヴァイがバルトークの作曲技法を分析した本、あとはアドルノの理論書が二冊ある。CDは、邱先生が一生で最後に聴いた音楽なのかもしれない。ジャケットの枯山水の庭を見ただけで、クラシックファンならチェリビダッケが指揮したブルックナーだとわかる。しっかり見てみると、金管楽器を酷使するので有名な交響曲第四番だった。

なるほど、耳に押しこむカナル型のイヤフォンを着けてブルックナーの四番を聴いていたなら、背後にだれかが来てもまったく気づかないはずだ。

銅像にはごく小さな木の台座があるだけで、そこにはなにも書かれていなかったけど、これのもとになった像を記録映像で見たのがうっすら記憶にあった――ザルツブルクのモーツァルト広場にあるモーツァルトの像だ。旅行のお土産なのかもしれない。お土産にしては重すぎるような気もするけど。凶器にできるほどに重いわけだから。像の頭は《ハイドンの主題による変奏曲》の総譜に乗っていて、額のところに暗い赤の血痕が見えた。

小さい痕ではあったけど、肉眼でも気づくことができた。

「おかしいな」イヤフォンのパッケージを見て凌美愉が言った。「このイヤフォンは片方壊れてて使えないから、私に返品に行ってもらうつもりだって言ってたのに」

「片方が？　なるほどね」梁未遥《りようみよう》先輩が言う。「だから左耳にイヤフォンをしてないのか」

「違う。そうじゃないの」凌美愉は首を振る。「壊れてるのは、右側だった」

右側？

つまり、邱先生は襲われたとき、壊れていた右側のイヤフォンを着けて、ふつうに使える左側は着けていなかった……それじゃあなにも聴こえなかったはずで、なんのためにイヤフォンを着けたんだろう。それに邱先生みたいなクラシックのファンが、片方が壊れたイヤフォンで交響曲を聴くなんて耐えられるはずがない。

「ほかに使えるイヤフォンはあったんですか？」私は淩美愉に訊く。

「あるよ。そっちに」

南側の壁に並ぶ本棚を指さした。左から二つめまでの棚には本が詰まっていて、中国語の本はほとんどが前後二列に置かれて、棚板をたわませていた。すこし版型の大きい外国語の本は背をこちらに向けて棚に並んでいる。薄いのにもっと版型が大きい楽譜は、だいたいほかの本のうえに横に置いてある。左から三、四番めの棚はクラシックのCDで埋めつくされていて、平置きしてあるのも、立てているのもあったし、大型のボックスセットもいくつか目に入った。

いちばん右の棚には置物や、ヘッドフォンとイヤフォンが並ぶようになっていた。邱先生の習慣では、開封したパッケージを棚に置いておいて、使ったあとはパッケージに戻すようにしていたらしい。イヤフォンは十ほど、ヘッドフォンはやや少なくて、四つしかなかった。私が知っているメーカーは一つもない。

わざわざ片方壊れたイヤフォンを使う必要はなかったように見える。

「とりあえず警察を呼ぼう」梁先輩は携帯を開いて、凌美愉に言う。「でも、詳しい住所は美愉から言ってもらわないと」

通報が終わると、私たちは喫茶店に戻って警察を待ち、十五分後には警察の人たちが到着した。

現場を離れるとき、凌美愉は家の玄関の防犯扉に鍵を掛けていった。警察が来ると、何人かの刑事を連れて階上に向かった。ほかの私たちは、喫茶店に残って取り調べを受けることになった。

最初に私たちの身元を記録される。そうしていると鑑識員が入ってきて、取り調べを担当する刑事に一枚の紙を渡した。目の小さい、髪に白いものが交じった刑事は受けとった情報にちらっと眼を通すと、私たちに一時半から二時半のあいだの行動を訊いてきた。どうやらそれが、現時点で警察が判断している死亡推定時刻らしい。

凌美愉と梁先輩は十二時くらいに落ちあって、近くでファストフードを買ってきて、喫茶店に持ちかえって二人で昼食を済ませた。梁先輩が段舞依《だんぶい》を迎えに行くまで二人は離れていないし、店から出ることもなかった。段舞依から梁先輩に電話が掛かってきたのは一時四十五分ごろで、私たちが喫茶店に着いたのが一時五十五分。そのあいだの十分は、凌美愉が一人で店にいた。この十分間に犯行に及んだ可能性はある。

梁先輩と段舞依はこの区画の入口の一つで待ちあわせたけれど、段舞依が場所を間違えて、二人はこのあたりを十五分近くうろついてやっとお互いを見つけ、二時十分ごろに店に到着した。この二人にも完全なアリバイはない。

袁茉椰《えんばつや》は二時まえには近くに着いたけどしばらく道に迷って、喫茶店に到着したのは二時十五分ごろだった。

私と采蘆はずっと二人でいて、離れたことはない。でも警察から見れば、お互いの無実を証言しあってもなんの意味もない。推理小説の犯人はいつも単独で犯行に及ぶけど、現実ではそうとは限らないから。

結局、警察から見れば私たち全員が疑わしいのだった。

取り調べを受けているあいだ、べつの刑事が近くでこの区画の管理会社に電話をかけて、監視カメラの映像の担当者に連絡を取ろうとしていたけど、ずいぶん時間がかかっていた。塀で囲われたこの区画の入口いくつかには、監視カメラが設置されているらしい。でも、私たちが入ってくる場面がカメラに映っていたとしても、潔白の証明にはならないと思う。この店の場所はわかりにくすぎてほぼ全員が道に迷い、かなりの時間を浪費していて、その時間は犯行を済ませるのに充分だった。

店に戻ってきた凌美愉は、警察から重点的に話を訊かれていた。質問の内容は自身の行動だけでなく、邱先生に関する細々とした情報にも及んだ。凌美愉の口から私は、邱先生はいちど離婚していて、テレビ局のアナウンサーをしている元妻は、その後さらに成功した実業家と再婚したことを知った。二人には外国の大学に通っている娘がいて、離婚のときに親権は元妻に渡っていた。邱先生はずっと娘の学費を払っていたという。事業のうえでの協力相手や敵について姪の凌美愉はまともに知らず、その両親のほうがずっと弟を助け、会社の経営に協力していたらしい。

その後は、部屋の鍵を持っていたのはだれかと訊かれていた。邱先生と自分だけが持っているという答えだった。

現場の調査では成果があったようだけれど、私たちの取り調べでは大して役に立つ情報は出てこなかった。凶器がデスクにあったモーツァルトの像だというのはひとまず確定していた。邱先生の後頭部には鈍器で殴られた傷跡が二ヵ所見つかって、その片方が致命傷だった。事件現場の周りに壁をよじのぼったような痕跡はなかったし、玄関の防犯扉もこじ開けられてはいなかった。また凌美愉の話も確認されて、邱先生が着けていたイヤフォンはたしかに右側が壊れていてまったく音が出なくなっていた。

警察は喫茶店を封鎖せず、ただの臨時の取り調べ室として使っている。取り調べが終わると、私たちはばらばらに店内に座り、警察の人たちはカウンターの周りに腰を下ろした。まるで仕事をさぼってコーヒーを飲みにきただけみたいに見えた。

邱先生が死んだことで、この店の運命がどうなるかはわからない。凌美愉が経営を続けるのかも。でもこんなことが起こったからには、あの人にとってこの喫茶店はいやな記憶ばかりになるだろうし……

そのとき、ドアのベルが鳴った。

入ってきたのは警察の人ではなく、姝琳《しゅりん》だった。

クリーム色のノースリーブのブラウスを着て、下は藍色の巻きスカートといういでたちは、とても授業を受けに行ったようには見えず、パーティーに参加するというほうがうなずけた。あいにくと、集まりはもう終わってしまっている。入ってきた姝琳はまずカウンターの周りの警察に視線を向け、それからすこし困惑した様子で私を探していた。手招きをして、〝姝琳〟とひと声かける。姝琳はこっちに歩いてきて、微笑みが浮かびかけたそのとき、私の横に座っている采蘆に目を留める。

姝琳は一瞬足を止め、表情が硬くなる。目を閉じて深く息をつくと、私の向かいの空いていた席まで来て、腰を下ろした。

「いろいろあってね」私が言う。

「見ればわかるよ」采薀に顔を向けた。「帰ってきたなんて知らなかった」

「昨日帰ってきたからね」采薀が答える。

私も急いで口をはさむ。「昨日の夜に連絡をもらったの。私たち、采薀とは一年ぶりだからこの機に集まろうかなって思って。言わなかったのは、サプライズにして喜んでもらおうって」

「たしかに嬉しいよ」そう言ったけど、その目に嬉しそうな雰囲気はみじんもなかった。

「あそこの警察もサプライズ？」

「事件の捜査に来てる。ここのマスターが殺されたの、この階上で」私は言う。「私たちは全員疑いがかかってる」

「じゃあ、このタイミングで入ってきた私も容疑者リストに入れられる？」

そう言いおわるまぎわ、刑事がこっちにやってきて、なにをしにきたのかと尋ねた。姝琳も正直に答える。つぎに刑事は、ここのマスターを知っているかと訊いた。知らないし、この店にも来たことがないという答え――これもほんとうのことだ。

最後に、一時半から二時半のあいだになにをしていたかと訊いてくる。

「何キロも離れたところで英語の授業を受けてました」そう言って姝琳は、キャンバス地のバッグから聴講証と紙きれを取りだして相手に渡した。「もし信用できなかったら、聴講証に予備校の連絡先が書いてあるから、電話をかけて出席してたか確認するといいですよ。小規模クラスの授業で、さぼってたらわかるはずです。それと、これがタクシーの領収書です」

こうして姝琳は数言で自分の容疑を晴らし、相手も察した様子で去っていった。

そのあと、私からことの次第を説明した。集中した様子で、いちども話をさえぎらずに耳を傾けている。自分ではわかりやすく話せたとは思えなかったけど。説明が終わると、姝琳は事件に関していくつか質問をしてきた。

「ここのマスターとは知りあいだったの？」

「まえに梁先輩と来たときに顔を合わせて、クラシックの話をしたけど」

「采蘆は、ここに来たことはある？」

「私は初めて」そう答えがある。

「秋槎、さっき、現場の家の鍵は被害者と店員の凌美愉だけが持ってたって言ったよね」

「そう。警察にそう話してた」

「じゃあ、だれがそれを知ってた？」姝琳は尋ねる。「つまり、ここにいる人たちのなかで、凌美愉が鍵を持ってるのを知ってたのは？」

「たぶん梁先輩だけかな。あの人は凌美愉と仲がいいから」

「ほかはだれも知らない？」

「だれも知らない」

「わかった」すこし黙りこむ。眉をかすかにひそめて、なにか考えごとをしている様子だった。「死体が見つかった書斎には西向きの窓があって、秋槎たちが行ったときには片方が開いてたって言ったよね。その窓の下にはなにがある？」

「この喫茶店のトイレだね」

「死体が見つかるまえ、みんなはトイレに行った？」

「私は行ってない。ほかの人たちはみんな行ってたはず」

「プレイヤーに入ってたCDだけど、なにか特徴はある？」

「ブルックナーの四番の話？」あの作品の特徴をどうやってできるだけわかりやすく姝琳に説明しようかと考えていたら思いついた。「特徴っていったらかなり音が大きいことかな、それにすごく長い」

「そうか」そう言いながら姝琳は立ちあがった。警察の人たちの注意を引くかのようにわざと声を十何デシベルか大きくしながら、私と采蘆の二人に聞かせるようにごく自然な口ぶりで話した。「どういうことなのかわかった。例の壊れたイヤフォンは、犯人がアリバイを作るために用意した仕掛けで、でも予想外の事態でうまく作動しなかったんだ」

9

「私は事件現場は見てない。でもたまたま、私の親戚にもオーディオマニアがいるの。その人の家のCDプレイヤーも、スピーカーがいくつもつながっていて、そのままCDを入れるとスピーカーから音楽が流れ出す。プレイヤーの正面にはイヤフォンを接続する穴もあって、イヤフォンのコードを挿しこむと、スピーカーから音は出なくなるの。たぶん、犯人はこのしくみを利用して、自分のアリバイを作ろうとしたんだと思う」

姝琳《しゅりん》はうまく何人かの刑事の注意を引いていた。

「方法は簡単。殺人のあと、イヤフォンをCDプレイヤーに接続して、CDを入れて再生させる。そのCDは二つの条件を満たしてないといけない。あまり静かな曲だとだめで、できればある程度音が大きい曲がいい。そして短すぎる曲もだめ。あと、犯人はイヤフォンにちょっとした仕掛けをしていった。イヤフォンの片方に結びつけた糸をデスクのそばの窓から外に垂らして、そしてプレイヤーの再生ボタンを押して現場を離れたの」

「犯人がなんでそんなことをするの？」姝琳の推理に耳を傾けている刑事たちに代わって、

私はそう尋ねた。

「さっき言ったように、これは犯人がアリバイを作るためだった」姝琳は語る。「犯人は現場を離れたあと、書斎のすぐ下に向かったの。喫茶店のトイレには窓があって、書斎の窓のすぐ下に位置している。イヤフォンに結びつけて書斎の窓から下に垂らしてあった糸を手に取って、トイレの窓からなかに入れた。これで仕掛けの準備はすべて終了。それからみんなが揃って犯人当ての会が始まったあと、用を足しに行ったふりをして、機を見てトイレの窓から糸を引っぱり、イヤフォンをCDプレイヤーから抜く。それまではイヤフォンから流れていたオーケストラの音が、スピーカーから流れるようになるでしょう。選んであったかなり音の大きい曲が、いくつものスピーカーから流れだしたら、階下のこの喫茶店にいた人の耳にも届いて、被害者はその時間まだ生きていたと誤認される。そうやって、犯人にはアリバイができるの」

「でも、私たちは音楽なんて……」

「予想外の事態が起きて、計画は失敗したの。犯人が糸を引っぱると、イヤフォンのところの結び目がゆるんでしまって、糸はそのまま外れて、プレイヤーからイヤフォンを外してスピーカーから音楽を流すことはできなくなった」

それを聞いて、さっき私たちの取り調べをした刑事は黙っていられなくなった。

姝琳のところに歩いてくる。「そういうことが起きたと考えてるのか？」

「刑事さんはどういうことだと考えてるんですか？」姝琳は落ちついた様子でそちらを向き、尋ねた。

「わからない」刑事は素直に答える。「しかし、君の説明は筋が通っていた。たしかに、被害者がなぜ壊れたイヤフォンで音楽を聴いていたかに説明がつく」

「あのイヤフォンは壊れていて、被害者は返品に行かせようと思っていたから、デスクの上に置いてあったんです。犯人からしたら、イヤフォンが壊れていても問題はありません。結局トリックが成功したら処理するものだから、深く考えずにデスクに置いてあったイヤフォンを手に取って、ＣＤプレイヤーに挿したんです」

「しかし、犯人の計画は失敗したんだ。君の推理はまったく捜査の役には立たなさそうだな」

「いいえ」姝琳は首を振った。「私の推理が成りたつなら、すくなくとも一つのことが確かになります――死体が発見されるまでに喫茶店のトイレに行っていない人は、犯人ではないはずです」

「あてはまる人間はいるのか？」刑事は、私たち全員に向けて訊いているようだった。

その流れで、私は手を挙げた。

すると、凌美愉《りょうびゆ》の横に座っていた梁《りょう》先輩も口を開いた。「秋槎《しゅうさ》はトイレに行かなかったって証言できます。あのときはいちばん奥に座って、出るのは面倒だったから」

「それじゃあ」私に背を向けていた姝琳が急にこちらを向いて、近づいてくると、下ろそうとしていた私の左手をつかんで、刑事のまえに引っぱっていった。「この子を解放してくれませんか？　もう怪しくはないでしょう。このあと、私たちは用事があって」

「かまわないが、身分証番号と連絡先は書いていってもらうよ。あとで話を聞きにいくかもしれない」

「秋槎、警察の仕事には協力するでしょう？」

その場で私は、うなずく以外になにができただろう。

そうして私は解放された。警察から渡された書類に記入すると、姝琳はまた私の腕を取って、まるでもう一秒でもここにいるのが気に食わないみたいに私を引っぱって喫茶店を出ていった。

ドアのベルが揺れて鳴ったとき、采薗《さいろ》のほうに目を向けると、むこうもどこか心細そうに私を見ていた。

こうして、私は采薗を初対面の人たちのなかに残していった。

マンションが並ぶ区画を抜けるまで、姝琳は私をつかんだ手を放さなかった。ずいぶん早足で、話をする余裕すらない。表の車道に出ると、姝琳はすぐさま道端でタクシーを捕まえた。私を後部座席に座らせ、自分もその横に座って、運転手には姝琳の家の近くにある繁華街の住所を伝えた。

車が走りだすと、姝琳はようやく緊張が解けた様子で、柔らかい座席に身体を埋め、頭も背もたれにあずけて、長く息をついた。

「あの刑事さん、信じてくれるとはね」

あの推理を口にしたとき姝琳はものすごく緊張していて、いまもまだそわそわしているようだった。あのとき姝琳の胸に手を当てたら、きっと心臓が暴れまわっているのが感じられたと思う。あれだけ照明が暗くなかったら、顔に血が上っているのが見えたかもしれない。ここまで早足で来たせいで、私の脈拍も速くなっていて、気づけばぜいぜいと息を切らしていた。

「そんなこと言わないの、運転手さんに誤解されるから」私は言う。

「ほかの人ならそうかもしれないね。こんな女子高生二人に極悪非道なことなんてできる？」

「もう私たちは女子高生じゃないよ」

「そうか。休みが終わったら大学に行くんだ」また長く息を吐いたけれど、今度はどこかにため息の響きらしいものがあった。「秋槎は上海に行くんだよね」

「南京と上海なんて近いんだから、しょっちゅう会えるよ」

「うん、国慶節（十月上旬の大型連休）にはそっちに遊びに行こうかな」

「わかった」

「秋槎」姝琳が突然背筋を伸ばして、私のほうに顔を向け、静かな声で言う。「今日呼んでくれたこと、ほんとうに嬉しく思ってる。私に怒ってるんだと思ってたから」

「違うよ。なんで姝琳に怒るの？」

「違うならいいんだ」苦い笑みが浮かんだかと思うと、次の瞬間には消えてしまう。

「あの刑事が姝琳の言うことを信じたの、私も意外だった」姝琳に話しかける。「あの推理は、これ以上ないぐらいはっきり問題があるのに、それに気づかなかったんだから」

「えっ？　やっぱり気づいたんだ」

「気づかないほうがおかしいよ。もし犯人がイヤフォンをCDプレイヤーにつないだのが仕掛けのためで、自分のアリバイを作ろうとしていたなら、どうしてわざわざ片方のイヤフォンを被害者の耳に入れていったの？　必要のない行動だし、イヤフォンを抜くのが難しくなるでしょう。犯人がそんなことをする理由なんてひとつも思いつかない」

「じゃあ、あのイヤフォンはいったいどういうことだと思う？」

「こういうことじゃないかな――」私は推測してみる。「犯人は、だれか特定の相手に罪を着せるために、被害者にイヤフォンを着けさせたの。犯人があの部屋に入ったとき、被害者は音楽を聴いていなかった、だから犯人がノックすると、中からドアを開けてあげた。犯行後、犯人は死体にイヤフォンを着けさせて、殺されたときには音楽を聴いていたように見せかけたんでしょう。こうすれば警察は、犯人が訪ねてきたとき被害者は音楽を聴いていて、犯人のためにドアを開けることはなかった、だから犯人は鍵でドアを開けたと誤解する……」

「つまり犯人の行動は、鍵を持っている凌美愉に罪を着せるためだった?」

「うん」私はうなずく。「なんで右耳だけイヤフォンを着けていたのかは、こういうことだと思う――警察の調査では、死体の後頭部には鈍器で殴られた痕が二ヵ所あったんでしょう。たぶん犯人はイヤフォンを着けさせたあと、まだ相手に息があるのに気づいて、また銅像を振りあげて殴ったの。二度目の打撃の勢いで、左耳に着けてあったイヤフォンが落ちてしまった。でも犯人はそれに気づかなかった」

「じゃあ、犯人はだれだと思う?」

「私たちのなかに犯人がいるんだとしたら、名前が挙がるのは一人だけ、梁未遥《りょうみよう》先輩だね。凌美愉が鍵を持ってるって知ってたのはあの人だけだし、自分が喫茶店を出てからしばらく湊美愉にアリバイがなくなることもわかっていた。だから、あの場にいたなかではあの人しか犯人ではありえない」

「でも、これは推理小説じゃないからね。容疑者は登場している人物に限らない」

「そう。たぶん私がぜんぜん知らないだれかのしわざだろうから、警察に調べてもらおう」私はそう答える。「姝琳は、あのときこの可能性には気づいてたの？」

「いいや、思いつかなかった。秋槎のほうが賢いからね。私が思いついたのはイヤフォンに糸を結ぶなんていう、二流の作家だって小説に書く気が起きない答えだけ」

そういうことにしておこう……

二つの答えから、姝琳がわざと間違ったほうを選んだなんてことはないと。

私が言った推理を考えると、邱《きゅう》先生は犯人のためにドアを開けて書斎に招きいれたわけだから、犯人はその知りあいにちがいない。だとすると、あの店に行ったことがなくて邱先生とも面識がない采蘆と段舞依の容疑が晴れる。警察がその推理に納得した場合解放されるのもその二人だ。そして私は、まだ留めおかれる可能性がある。

でもそれは、姝琳が目にしたかった結果とは違うように思える。

姝琳が私を連れだすためだけに、わざわざまちがった答えを口にしたとは思いたくなかった。ほんとうにあの答えしか思いつかなかったのかもしれない、もしくは、もう一つの答えも思いついてはいたけど、あれを警察に話せば梁未遥先輩にいわれのない疑いがかかると思ったのかもしれない。そういうことにしておこう……

深追いしないほうがいいこというのはある。

「秋槎、夜はなにが食べたい？」

「このへんはよく知らないから、店は姝琳が選んでよ」

「今晩、うちに泊まっていかない？」姝琳はそう言ってむこうを向き、窓の外を通りすぎていく梧桐《アオギリ》と街灯を眺めた。「休みが終わったら上海に行くんでしょ」

「ご飯のあとに決めようかな」

「うん」まだ窓の外を見ている。「韓采蘆のことが心配？」

「すこしね。ほかの人たちとは会ったばっかりだから」

「そこまで心配する必要はないよ。警察はじきにみんなを解放するから」姝琳は落ちついた声で言った。「あの店に行ったときに気づいたけど、書斎の窓に向いてる監視カメラがあったんだ」

原著初出

単行本：
『文学少女対数学少女』新星出版社、二〇一九年四月

各篇：
「連続体仮説」（连续统仮说）……歳月文学雑誌社〈歳月・推理〉二〇一四年一〇月号金版
「フェルマー最後の事件」（费马的最后一案）……〈歳月・推理〉二〇一五年五月号
「不動点定理」（不动点定理）……華斯比編『2018年中国懸疑小説精選』長江文芸出版社、二〇一九年一月
「グランディ級数」（格兰迪级数）……単行本書き下ろし

あとがき

このシリーズを書きはじめたのは二〇一四年五月のことだった。当時私は中国のミステリ専門誌『歳月・推理』（銀版）に処女作の短篇「前奏曲」を発表したばかりで、完成していた中篇「末灯鈔」は分量などが理由で掲載されなかった。だから、「連続体仮説」を執筆したときには字数を二万五千字以内に抑えた。このシリーズ第一作は、最終的に十月号の『歳月・推理』（金版）に掲載されることになる。

「連続体仮説」の発想のもとになったのは法月綸太郎の評論「初期クイーン論」で、構想を立てるにあたっては氷川透の長篇『最後から二番めの真実』と麻耶雄嵩の短篇集『メルカトルかく語りき』の影響も受けている。〈文学少女対数学少女〉というシリーズ名は、麻耶雄嵩の『貴族探偵対女探偵』へのオマージュだ。名前が同じ〝陸秋槎〟を記述者兼主人公にし、創作ながら自伝的な性質のある作品になったのは、三津田信三の〈作家三部作〉に触発されている。

法月綸太郎は「初期クイーン論」において、柄谷行人の〝形式化〟や〝ゲーデル問題〟などの理論を引いて、これを出発点としてエラリイ・クイーンの〈国名シリーズ〉について分析している。この文章に触発された私は、作中作の形式を通して、数学における証明論とのアナロジーで推理小説の厳密性の問題を議論できないかと考えはじめ、そのために数学の解説書をいくらか読み、また当時アメリカで数学の博士号を目指していたネット上の友人の助けも得て、最後には「末灯鈔」が没になった刺激を受けて超特急でこの作品を書きあげたのだった。

「連続体仮説」を発表した三ヵ月後、井上真偽が『恋と禁忌の述語論理』でメフィスト賞を受賞した。この作品の第一篇も同じく〝公理的方法〟が関係している。比較すると井上真偽の試みはより大胆で、技術的な細部への言及もより充実している。分量などの理由で、作品内では〝対角線論法〟について詳細な説明はしていない。興味のある読者はケン・リュウの短篇「数えられるもの」（短篇集『生まれ変わり』に収録）を参照してほしい。この作品も同じくカントールの理論を下敷きに書かれていて、証明の手順がより詳細に書かれている。

加えて説明しておきたい点としては、『読楽』二〇一四年十二月号に掲載された青崎有吾の短篇「髪の短くなった死体」（のちに短篇集『ノッキンオン・ロックドドア』に収録）は、拙作と同様の謎に挑んでいる。完全な偶然だった。私たちはどちらも綾辻行人の『鳴風荘事件　殺人方程式II』の影響を受けたのかもしれない。

「フェルマー最後の事件」は同年の十一月に完成した。サイモン・シンの有名な数学ノンフィクション『フェルマーの最終定理』を読んでいるときに急にアイデアが浮かび、執筆の過程でもこの本をおもに参考にしている。犯人当ての形式で数学史上のエピソードを再現することを目指した作品だ。

本作は最終的に、『歳月・推理』二〇一五年五月号に発表された。発表を待っている期間にアレクサンドル・グロタンディークの死の報を知り、フランス語の献辞を加えることにした。雑誌に発表したバージョンと中国語版の単行本どちらにも、推理のある点に重要なミスがあり、訳者の指摘で日本語版では修正されている。ここで感謝したい。

「フェルマー最後の事件」を完成させたあと、シリーズの第三作「不動点定理」を書きはじめたが、なかなか自分の期待する水準に達しなかった。いま読んでみると、このシリーズのなかでいちばん目立たない作品にちがいない。この小説の発想元は数学の分野における〝存在の証明〟で、ダフィット・ヒルベルトの伝記を読んでいるときにはじめの構想が浮かんだのだと思う。結末で〈日常の謎〉に似た書きかたをしているのは、米澤穂信の

『追想五断章』の影響を受けている。なんども先延ばしを経て、最終的に完成したのは四年後の二〇一八年十月で、華斯比（中国で活動する評論家、編集者）編の『二〇一八年中国懸疑小説精選』にはじめて発表された。ミステリ雑誌がつぎつぎと停刊して生まれた空白を埋めるためか、この年の〝年間傑作選〟には未発表作品が四篇収録されており、「不動点定理」はその一つである。

最後の一篇「グランディ級数」の発想は『メルカトルかく語りき』に収録された短篇「収束」から来ている。日本語において〝収束〟はダブルミーニングになっていて、〝おしまい〟という意味もあれば、中国語では〝収斂〟と表す、無限級数の〝収束〟を意味する言葉でもある。「収束」における麻耶雄嵩も、〝収束〟する〝級数解〟を仕立てていた。対して、数学におけるグランディ級数は発散することから、私はこれを推理小説の〝恣意性〟のアナロジーに用いた——つまりフェアプレイをうたう作品でも、推理の方向を変え、違った手がかりを採用すればまったく違う真相を推理できるということで、「連続体仮説」の結末の言葉と一部で呼応していると言っていい。

もともとの計画ではこれらにくわえて「平方剰余の相互法則」という題名の短篇も存在していて、べつの角度から推理小説における〝多重解決〟を検討するつもりだった。しかし残念ながら、構想がいつまでたっても完成に至っていない。もしかするともう数年経ってからつけ加えるかもしれない。

この四篇の小説には、創作の苦悩からの気散じも含まれれば、数学史とのアナロジーも含まれ、さらに個人的な趣味が大量に混ざりこんでいる。もしここから一つ一貫したテーマを探し出すとしたら、こうまとめられるかもしれない——推理小説の本質はその自由に《Das Wesen die Detektivgeschichte liegt gerade in ihrer》ある《Freiheit》、と。この信念をよりどころにしたからこそ、私は一度ならず道を外れた作品を書き、読者に受けいれられるとは限らない試みを続けられた。

過去の十数年間で、日本の推理小説界には〝ポスト・トゥルース〟の性格を強く漂わせる作品が続々と現れるようになった。その代表格には前述の麻耶雄嵩や井上真偽の作品のほかに、円居挽の〈ルヴォワール〉シリーズ、城平京の『虚構推理』、深水黎一郎の『ミステリー・アリーナ』などがあった。これらの作品は〈後期クィーン的問題〉の延長線上にあると同時に、時代の反映と考えることも可能だ。私による本作『文学少女対数学少女』と去年日本で翻訳された『雪が白いとき、かつそのときに限り』も、この系譜の一員かもしれない。

本書で利用した数学の知識は、ほんとうの数学愛好者からすると〝俗諦〟（仏教の通俗的な道理）でしかないのは否定できない。とはいえ、数学が関わる推理小説を対象に統計を取ったら、作者たちは多くの場合そういった〝俗諦〟のなかを行ったり来たりするだけだし、それ以上深遠な部分に触れる場合などなきに等しいというのはすぐにわかるだろう。これは数学の分野において、直観的にわかりやすく、かつある種の〝思想〟をひねりだせるような理論は結局のところ限られているからかもしれない。

あらためて考えるとSF界においても、数学の理論と結びついたSF作品、たとえばテッド・チャンの「ゼロで割る」、グレッグ・イーガンの「ルミナス」やその続篇「暗黒整数」といった作品に用いられた知識でさえそこまでマイナーではなく、それでも彼らはその知識についてきわめて深い理解を持っているから、想像力もより意義深いものになっているのだ。執筆の資料を集めていたとき、副産物としていくつかのSFの構想も立てることになり、百合SFアンソロジー『アステリズムに花束を』に収録されている「色のない緑」という短篇もそこに含まれる。その後発表した「ハインリヒ・バナールの文学的肖像」でも、ゲーデルのある理論に言及している。おそらく『文学少女対数学少女』を執筆した経験がなければ、SFの分野に一歩目を踏みだすこともなかっただろう。

本書の中国語版が出版されたときは、母校である復旦大学の推理協会が設立されて十周年にあたっていた。私はこの十年の前半をみずから目の当たりにし、いまも後輩たちとはつながりを持ちつづけている。本書にいくつも現れる犯人当て《フーダニット》は、大学の推理小説研究会に流行している文体であり、正式に推理小説を書きはじめるまえの一種の練習だと言える。

日本の先人たちも、デビュー前に推理小説研究会で犯人当てを書いた経験者は多い。私も例外ではない。学校を離れて何年も経ち、かつてしていたことを再現して「グランディ級数」のなかの「山眠荘事件」を書いたときには、自分の起点に戻ったような気分になった。

近年、復旦大学推理協会の後輩二人、豆包と凌小霊がたてつづけに中国国内の短篇賞を受賞し、すっかり次世代のエース候補になる勢いを見せている。凌小霊は、サークル内では犯人当ての創作で有名で、その一作「星の悲劇」は稲村文吾の日本語訳で同人誌『Oriental Mystery Tour　華日大学ミス研競演』（風狂奇談倶楽部、二〇一九）に掲載されている。この同人誌では題名どおり、早稲田と復旦の二つの大学の推理小説研究会が一つの舞台で競いあう。元会長二人の対談も収録されていて、中国のミステリサークルについて知りたい読者はお見逃しなく。『文学少女対数学少女』の原書に解説を書いた葉新章は北京大学推理協会の出身だ。この解説では数学と関わりのある推理小説を整理し、〈後期クイーン的問題〉についても詳細に紹介していて、中国の推理小説評論の最高レベルを代表するに足る。推理小説雑誌が退潮にある現在、新たな作家や評論家を育てる重任は、大学、もしくは高校の推理小説研究会が担うのかもしれない。

最後に、翻訳者の稲村文吾氏と早川書房の溝口力丸氏に感謝を申しあげます。また、爽々氏の描く美しい表紙にも感謝します。たくさんの読者が表紙に惹かれてこの本を手に取ってくれるでしょう。さらに、私の創作に決定的な影響を与えてくれた大先輩、麻耶雄嵩先輩に感謝します。この本は題名から内容まで麻耶先生の著作へのオマージュに満ちていて、日本語に翻訳されて先生に読んでいただけると思うだけで、緊張で過呼吸になってしまいそうです。今回、麻耶雄嵩先生に解説を書いていただくのはこのうえない幸いです。

解説——複雑ではない殺人芸術

葉新章《よう・しんしょう／イエ・シンジャン》

編註・原書から翻訳、収録しました。収録作の結末にふれる部分があります

ここまでに描かれたことは恐らくほとんど全てが架空のできごとである。しかしここから先に書くことについてそのような断り書きは必要でない。それらは実際に起こった。全てが事実である。その内容に関しては僕が責任を取る。

——法月綸太郎『ノーカット版　密閉教室』

『文学少女対数学少女』は、推理作家の陸秋槎《りくしゅうさ》が新星出版社の〈午夜文庫〉から発表する

四冊目の本であり、「連続体仮説」「フェルマー最後の事件」「不動点定理」「グランディ級数」という題名の、数学と深く関係した〝作中作〟ものの短篇四篇からなっている。小説の主人公は、作者のデビュー作「前奏曲」以来読者にはおなじみの文学少女、陸秋槎で、数学少女、韓采蘆《かんさいろ》の闖入《ちんにゅう》によって彼女の生活に波乱が訪れる、典型的な〝ガール・ミーツ・ガール〟の物語といえる。しかしそれを除くと、本作の特質を要約するのは難しいようにも思える――一見すると〈日常の謎〉のような展開のなかで、突然殺人事件が出現する。本格推理の論理的な枠組みを採用しているのに、探偵にとって〝いちばん重要なのはつねに直感〟とうそぶく。小説の体裁をとっておきながら、語られる中身は推理小説評論としての興趣や構造を有している――唯一確かに言えるのは、本作はジャンル小説の境界線上にあり、きわめて高度な実験性を持っているということだ。この解説では数学を手がかりに、作品の深意の探求を試みることにする。

注記が必要な点としては、作者の陸秋槎と少女陸秋槎を区別するため、この文章内では後者をかっこ付きの〝陸秋槎〟で表す。また、最終的な真相に触れることはないがこれからの議論の一部はエラリイ・クイーン『ギリシャ棺の秘密』の読書体験を損なうおそれがあるため、読者の方々は注意をお願いしたい。

数学、もしくは数学的能力は、はじめ推理作家たちからは重視されていなかったように見える。一八四一年、エドガー・アラン・ポーはのちに推理小説の嚆矢《こうし》と呼ばれる「モルグ街の殺人事件」を、相当な長さにわたって推理の方法論を語ることで始めたが、文中では数学的な能力を〝計算〟(calculate) と称し、なかば軽蔑した調子で、探偵に必須となる〝分析〟(analysis) の能力と厳密に区別している。前者はすべての条件が揃った状況で答えをもたらすだけで、せいぜい〝単に複雑だというだけ〟だが、探偵にとって、後者は手がかりが限られた状況での助けとなり、〝想像〟(imagine) をふさわしく利用することで犯人と知恵や意志の勝負を演じ、事件の真実を見破ることになる。ポーにとっては、数学に精通していることは探偵が備えているべき素質ではなかったのだ。

十九世紀末、短篇推理小説の全盛期が訪れてからも、この現象が根本から変化することはなかった。サー・アーサー・コナン・ドイルが創造したシャーロック・ホームズの人物像においては、その知識体系は全体に実用に偏っていて、化学、解剖学、法学、地質学、植物学にはかなりの程度通じているとされるものの、『緋色の研究』でワトソンはホームズの学識の範囲を列挙したときに、文学や哲学の知識を持っていないと偏見をのぞかせる態度で述べている。ホームズはおそらく実用的な数学の能力を持っているだけで、数学者もしくは数学愛好家ではないというのは容易に想像できる。『四つの署名』からはその傍証が読みとれる。作中でホームズがワトソンの小説について不満をぶつけるとき、〝ユークリッドの第五定理に恋物語か駆け落ち事件をまぜ合わせたのと同じような〟とたとえているのだ――ホームズにとってはこれが数学知識の限界だった。当時はすでに非ユークリッド幾何学の時代が来ていたとしても。同時代のジャック・フットレルが描く〝思考機械〟ヴァン・ドゥーゼン教授は大小あわせて二十数個の肩書を持ち、哲学博士、法学博士、医学博士、歯科修士などが挙げられるが、ここでも数学は無視される位置づけだった。探偵たちは探偵術を精密な科学と見なすようになったとはいえ、やはり数学の裏づけは必要とされない。一方で、ドイル作品におけるホームズの好敵手、モリアーティは正真正銘の数学の教授だったことがあり、若いころに二項定理に関する論文と著書『小惑星の力学』を発表して学会を震撼させている人間で、数学的な思考の背後にひそんでいるかもしれない邪悪なエネルギーをさらけだす。彼は、数学者犯人の先鞭を付けたと言えるだろう。

推理小説の黄金時代に入ると、数学と推理小説のつながりはぐっと密接になる。ジョン・ロードが創作した探偵ランスロット・プリーストリー博士は、権力を恐れないがゆえに辞職に追いこまれた高等数学の教授だった。プリーストリー博士は事件捜査において数学の知識を直接役立てることはあまりないが、論理的思考を重んじ、科学精神を備えた存在で、こうしたすべてに元数学教授という設定がさらなる説得力を与えている。ヴァン・ダインはその小説において、ファイロ・ヴァンスの口を借りて一章を費やし、いわば心証のかたちで数学的思考と殺人との関連を分析してみせ、後世の推理作家が数学者犯人の人物像を作りあげるにあたっての模範となった。同じくヴァン・ダインは、一九二七年末に本名のウィラード・ハンティントン・ライト名義で『探偵小説傑作集』(The Great Detective Stories)を編み、序文において謎解きゲームとしての推理小説の本質を強調しているし、彼は推理小説の〝二十則〟を提示した。その理念からは、ヒルベルトが手がけた公理系を確立する試みを思いださずにはいられず、これ以降、推理小説というもの自体も数学の視点から扱われはじめるようになる。後継者であるエラリイ・クイーンはこうした考えを大きく盛りたてた。同じく黄金時代の三大家の一人――アガサ・クリスティーもポアロを通じて、事件捜査の過程を数学の計算に似て精密なものとたとえ、どのような偶然の事態が起きたとしても、最終的には数学的な確率に従うのだと述べさせている。こうして、数学は完全に推理小説の言説系に組みこまれることになった。

東瀛《とうえい》の日本においてもしばらく、推理小説が数学に触れる例は限られていた。方法は二つに分けることができる。一つは横溝正史が代表であり、『悪魔が来りて笛を吹く』において金田一耕助が等号の推移律をもとに論理的な分析を進めていくように、簡単な数学的知識が仮説の科学性に裏づけを与えるもので、探偵は数学者や数学愛好者という設定を持っていなくてもいい。もう一つは高木彬光が代表で、彼が創作した名探偵、神津恭介は高校時代にドイツの学術雑誌に数学の論文を発表し、それがのちに〝神津の定理〟と名付けられたとされているように、数学を作中人物の天才性を強めるものとして扱う。新本格ムーブメント以後では、前者は麻耶雄嵩によって再三発展させられた。推理小説の〝解〟を数学の方程式の〝解〟と重ね、数学の概念を借りて推理や最終的な解答の多様性を見せつけて、作品ははっきりと型破りな印象を帯びる。こうした成果を筆頭に、古野まほろ、井上真偽などの作家も公理系や数理論理学といった手法をもちいて推理の手続きを再現している。後者は森博嗣をはじめとして多くの例があり、数学的知識に真相とつながりを持たせることで伏線として作用させる手法がみられる。青柳碧人の〈浜村渚の計算ノート〉シリーズ、周木律の〈堂〉シリーズなどもここに入り、なかでも東野圭吾の『容疑者Xの献身』における〝P≠NP問題〟の引用は卓抜なものに位置づけられるだろう。これらの作品の多くは表層的な数学の常識を用いるにとどまり、程度の差はあれど小説の真実味は減じてしまう。華文推理作家が数学に言及するときも多くは後者を選び、黒猫Cの『欧幾里得空間的殺人魔』、時晨の〈数学者陳爝〉シリーズが挙げられる。

『文学少女対数学少女』における陸秋槎が野心に満ちていることは疑うべくもない――本作は、前述した二つの道を融合させる試みであり、天才性を備えた〝数学少女〟の人物像を描きだす一方で、メタ数学の思考によって推理小説における謎解きを再構築しようとする。これはだれも歩んだことのないつらく苦しい道であり、一歩でも踏みはずせば果てのない深淵が待っている。本作を読みおえた読者はまちがいなく、韓采蘆のことを推理小説史上でもとくに説得力のある数学愛好者の造形の一つだと認めることだろう。作中で彼女はさまざまな数学の知識に関して長広舌をふるうことをいとわず、そこで言及される内容も常識的な科学読み物の範囲をはるかに超え、どこかの師範学校の修士を修了した数学教師を上回る能力を持っている。しかしそれは、数学の研究者としては初歩の段階というべき知識水準にとどまっていて、大学教授の研究に協力するときも証明の方針を与えられた状況で〝一つ特殊な状況の解決を任され〟ただけ、現在の学術界ではめったに見られない、特定の定理を独力で発見するような展開はない。韓采蘆が持っている適度な天才性は小説内の登場人物としての現実感を強め、一話ずつ完結する〈日常の謎〉の枠を維持しながら、彼女が紹介するさまざまな定理や仮説に最終的な答えを暗示させることに成功している。

この観点では、作者はみごとに自らの務めを果たしている。ではメタ数学の観点では？隣国日本の推理小説評論をわずかにでも知る読者であれば、文中で直接言及されることはないものの、作中の〝陸秋槎〟と韓采蘆が議論する問題と、いわゆる〈後期クイーン的問題〉に切っても切れない関係があることにはすぐに気づくだろう。関係する議論は煩雑でわかりにくいので、紙幅に限りがあるここではかいつまんで紹介する。

この問題の幕開けは一九九三年のことだった。この年の初め、推理小説評論家としての活動を始めたばかりの作家、法月綸太郎は『創元推理』誌に力作「大量死と密室——笠井潔論」を発表して新たな姿を見せ、好評を得た。ここで法月は柄谷行人の〝形式化〟の理論を借り、クイーンの『チャイナ・オレンジの秘密』(一九三四)を例に、謎解きゲームとしての本格推理小説に対するクイーンの批評的思考と再構築の試みを分析した。つぎの年、日本でもっとも有名なクイーン研究家である飯城勇三はその論考において、『ギリシャ棺の秘密』(一九三二)の時点でクイーンは〝偽の手がかり〟を通し、推理という本格推理小説においてもっとも重要な要素に批評的な目を向けはじめていたと指摘した。

そうして、議論の中心は『ギリシャ棺の秘密』に移った。一九九五年、法月は人文学術雑誌『現代思想』に「初期クイーン論」を発表した。この論考は、ヴァン・ダインが提示した〝フェアプレイの原則〟〝性格描写・文学的文体・情緒的ムードの排除〟〝科学的合理性の担保〟〝探偵の必要性〟などの規則を推理小説の〝形式化〟と定義している。クイーンはヴァン・ダインの理念を全面的に受けつぎ、またアガサ・クリスティーなどの作品に現れる、作者による描写の恣意性という問題を避けるため、一つの創意として〝読者への挑戦〟を導入し、これによりフェアな競争としての謎解きゲームの規則を完全なものにし、本格推理小説に形式化された体系を確立してみせた。一九二九年の『ローマ帽子の秘密』以降、すべては順調に見えたが、その後の『ギリシャ棺の秘密』では、〝偽の手がかり〟は論理によって完全に排除することができず理論上は無限に存在しうるものであり、そのせいで探偵は唯一の真相に到達することが不可能になる。やはり作者による描写の恣意性が出現するのは避けられない結果となり、よって本格推理小説という存在もフェアとは言いがたいものになる。この問題は『シャム双生児の秘密』（一九三三）でさらに鎮めるのが困難になり、クイーンはしかたなく〝読者への挑戦〟を削る結果になる。法月はこの論考中でも柄谷行人の理論を引用し、比喩として、数学史においてゲーデルの不完全性定理がヒルベルトの計画を否定した件を前述の過程と比較し〝形式化〟の不可能性を暗示しており、このせいで全体の論述はより入りくんだものになっている。注記しておくが、「初期クイーン論」はまさに題名が示すように、クイーンの中後期作品にはいっさい触れていない。一九九八年、評論家の笠井潔が自著『探偵小説論Ⅱ』の第八章で法月の考えを受けつぎ、クイーンは『十日間の不思議』（一九四八）の時期に方法論の自覚が生じ、〝「後期クイーン的問題」が（…）不可避的に生じる〟のを意識した、とみなした。ここで笠井がはじめて提示した〈後期クイーン的問題〉という概念は、クイーンの創作歴に現れる、推理小説の形式化が頂点に達し、みずから崩壊していく過程を指している。

〈後期クイーン的問題〉に関する議論は大きく二つのグループに分けられる。一つめの議論は『ギリシャ棺の秘密』に集中し、どちらかといえば微視的であり、〝ギリシャ棺の秘密論争〟と呼ぶことも可能だ。一九九六年から二〇〇一年にかけて起き、中心となって論争を交わしたのは笠井潔と飯城勇三だった。飯城の一連の文章は〝平成教育クイーン会〟と題され、講師が生徒の〝法月君〟〝笠井君〟に講義するという形式で書かれていて、挑発的なおもむきが強い。飯城が説明しようとするのは、理論的には偽の手がかりを排除しがたい状況があったとしても、実際の作品においてはさまざまな制限があるため、罠が重なりつづける状況は生まれるはずがなく、たとえ探偵の推理が完璧に至らなかったとしても、読者の側も、欠けている論理の鎖をみずからおぎなって完全なものとするだけの能力が充分ある、ということだった。さらに飯城は、推理小説の本質は一種の〝対人ゲーム〟であり、そもそも理論上の必勝法は存在しないと指摘して、読者が推測すべきは真相ではなく探偵による推理の過程で、その意味では推理小説のフェアネスは影響を被らないとした。しかし笠井潔の考えでは、飯城は結局のところ根本的な問題をとらえておらず、作者による描写の恣意性は、探偵による推理にこそ存在しているとする。双方の論点は食いちがい、ほどなく物別れに終わった。

対して二つめの議論は巨視的かつ拡散的だ。〈後期クイーン的問題〉という概念を出発点として、新本格ムーブメント以降の推理小説の新たな実践、新たな発展と結びつき、形式化された体系が崩壊してからの対応戦略を議論するもので、現在まで続く議論のおもな論者には笠井潔、諸岡卓真、小森健太朗、東浩紀などが挙げられる。笠井潔『探偵小説論II』は〝後期クイーン的問題〟を一般的な状況にまで拡張し、これは〝あらゆる本格作家に不可避の難問〟であり、応答のための手段は綾辻行人の叙述トリックや、北村薫の〈日常の謎〉といった新本格作家たちの試みに潜んでいるとする。小森健太朗『探偵小説の論理学』(二〇〇七)は、本格推理小説における論理は論理学における論理とはちがい、倫理観や社会規範などさまざまな制限を受けるとし、ラッセルの〝還元公理〟を導入することで〈後期クイーン的問題〉は自然に解決すると考える。諸岡卓真『現代本格ミステリの研究』(二〇一〇)では、レトリックを充分に生かすことで〝後期クイーン的問題〟は回避できると指摘しており、メルカトル鮎のように推理を経ずとも真相を悟る〝銘探偵〟も同じく問題の解決に寄与するとする。東浩紀『セカイからもっと近くに』(二〇一三)ではさらに、〈後期クイーン的問題〉と〈セカイ系〉の概念を結びつけ、この二つは探偵の恋愛によって解決されていくとした。なおこうした〈後期クイーン的問題〉の応用範囲を汎化させる理解には、法月を含め、すべての作家や評論家が賛同しているわけではないことは指摘しておくべきだろう。

日本では〝後期クイーン的問題〟を概括する論考がかなりの数存在するが、中国語世界におけるこの話題の理解はおもに、新雨出版社版『隻眼の少女』巻末にペットを名乗る作家が寄せた推薦文〔訳者註：台湾の新雨出版社から刊行された麻耶雄嵩『隻眼の少女』（二〇一〇、翻訳二〇一三）の巻末には、第一回島田荘司推理小説賞の受賞者である台湾の作家、寵物先生（ミスター・ペッツ）が推薦文を寄せている〕と、Wikipedia日本語版の記事の中国語訳がもとになっている。はからずも、この二つはどちらも〈後期クイーン的問題〉を〝探偵には推理の正確性を証明できない〟と〝探偵が事件に介入することに正当性はあるか〟の二重の問題として表現している。こうした理解は明らかに偏ったもので、後続の議論も多くがこれを出発点にしているため、議論の質に直接的な影響が及んでいる。幸い、出版プロジェクト〈謎斗篷《マーダー・ペン》〉は二〇一八年末に、有名な翻訳者、張舟の手で全訳された権田萬治の評論集『謎と恐怖の楽園で』（二〇一五）を出版しており、本書に収録された権田の「現代犯罪と本格ミステリー――『ギリシャ棺の謎』論争について」は〝ギリシャ棺の秘密論争〟の多数の要点をかなり詳細に振りかえっている。書き手が自身の立場を強く打ちだしているとはいえ、現在の中国語世界において、微視的な〈後期クイーン的問題〉に関する議論を理解するための最良の文章であることは揺るがない。

議論の過程を総覧すると、〈後期クイーン的問題〉は宙から涌いて出てきたのではなく、江戸川乱歩「類別トリック集成」（一九五三）、都筑道夫『黄色い部屋はいかに改装されたか？』（初出一九七〇―一九七一）、島田荘司『本格ミステリー宣言』（一九八九）、天城一『密室犯罪学教程』（初出一九九一）など、本格推理小説に対しておこなわれてきた形式化の努力の延長線上に位置する議論であり、一方で、法月が「初期クイーン論」を発表した一九九五年は彼が自己懐疑から長編推理小説の執筆を放棄したのと同じ年にあたり、正式なカムバックは二〇〇四年の『生首に聞いてみろ』でのことだった。よって、まず一方において法月の論述は本格推理小説の論理体系に潜むフェアネスの問題をきわめて的確に言いあて、新本格ムーブメントの実践を批評的にとらえるという面を持ち、一定の同意を得ることになった。しかしもう一方では、法月は柄谷行人の著作から文章を長々と引用し、〝ゲーデル問題〟〝論理主義〟〝無限階梯化〟といった読者の理解を拒む単語を頻繁に用い、文章に書き手個人の癖を強く漂わせており、広範に受けいれられるものとは言えなかった。本格推理小説作家は、法月綸太郎の〈後期クイーン的問題〉に関する論述に同意しないことが許されているし、評論家たちがそこからどのような舌戦を繰りひろげるかに無関心でもいいが、クイーンの作風の変化とその背後にある原因を考えずにすませることは難しい――そのうえ、法月の論述は多くの解釈のなかでもとくに体系的であり、とくに説得力を持つ一つなのだ。

実際、作家たちもあちこちで個々の努力によって答えを返しつづけている。基本的には、大きく三種類に分けられるだろう——一つめは無視することで、古典的な規範に浸ることを選び、ストレートな論理的推理で勝負するものだが、残念ながら〝平成のエラリー・クイーン〟青崎有吾を別にするとこれを実現できる作家は少なくなっている。二つめは現実世界を離れた要素を導入することで、〝銘探偵〟や超能力などのいわゆる特殊設定がそうだし、テキストの上位に位置する叙述トリックも同様で、これらはどれも現在、頻繁に見られる創作手法となっている。三つめは〈日常の謎〉の方法を採用することで、本格推理小説を謎解きゲームから解放して日常性や現実感を取りもどし、現実生活における論理の枠組みのなかで問題解決を目指すことになり、北村薫以来、この方向での傑作は生まれつづけている。

『文学少女対数学少女』に戻ると、陸秋槎が選んだ解答は推理小説史上まれに見るものだった——作中作の手法を徹底して利用し、短篇集を全体にわたって二つのテキスト空間に分割して、二層からなる論理構造を構築したのだ。第一層は〈日常の謎〉に相当する現実空間、第二層は創作者の意志に操作される虚構空間にあたる。

第一層では、〝陸秋槎〟と韓采蘆は頻繁に事件に遭うわけではない。「連続体仮説」での二人は校内誌に載せる犯人当てをめぐって討論しているにすぎず、秘密もなければ隠されている事情もない。二人は「グランディ級数」では殺人事件に遭遇するものの、犯人、手口、動機のどれ一つとして明らかにできず、どうすればできるだけ早く殺人現場を離れられるかだけを考えて、真相を発見する役目は監視カメラにゆだねてしまう。こうした意味では、第一層空間での物語は明らかに〝リアル〟であり、古典的な本格らしいクローズド・サークルの舞台設定も、常人離れした捜査活動も、驚天動地の犯罪も存在せず、本格読者たちが慣れ親しんだ謎解きゲームからは縁を切っている。しかし物語における〝リアル〟は〝リアリズム〟とイコールではない。同じ流れを汲む先人たちにならうように、陸秋槎は古典的な規範を〝リアル〟という名のふるいに軽くかけ、本格推理の各種のコードを再構成しただけで、推理合戦や探偵の演説といった要素は残し、作品の構造に関しては人工性を強く残している。その結果、新たな謎解き空間を舞台に、論理的な推理の多様性は大いに解放される。韓采蘆は「フェルマー最後の事件」で不完全な、それどころか間違っている推理で犯人をあぶりだすことが許されたし、「不動点定理」では手口（how）の議論を放棄して直接犯人の正体（who）に迫っている——古典的な本格における減点要素が、にわかに説得力を持ちはじめるのだ。ことによっては、読者の視点と一致するこうした推理こそが真の〝フェアネス〟のようにも思える。

第二層に存在する四つの物語は、形式上はどれも整った、古典的な本格であり、殺人事件、容疑者たち、トリックといった要素がはっきりと存在する。韓采蘆は「グランディ級数」の「山眠荘事件」ではじめてはっきりと叙述トリックの可能性を提示し、ほかの三つでは明確には触れていない。しかし作中作の物語は虚構空間であり、上位層の叙述者に操作され、物語の正常な進行をねじ曲げられうることを考えれば、その変種とみなせる叙述トリックもとても不似合いとは言えない。「フェルマー最後の事件」における韓采蘆の犯人当ては、上位層の叙述者の知識が物語内で欠けていた論理の鎖を補うことになる。「不動点定理」の黄夏籠《こうかろう》の小説は、上位層の叙述者によるメッセージの伝達という目的のため、真相の根幹の記述が省かれていた。「連続体仮説」ではそれよりもやや間接的で、〝陸秋槎〟の書いた犯人当てははじめ完璧なように思われたが、繭を解いていくような韓采蘆の分析によって、最終的な真相の唯一性は〝作者がそう言ったとき、かつそのときに限り〟というように、上位層の叙述者の意志によって保証されることになる。四篇の作中作は、形式化された体系が外部の要素によって崩壊をまぬがれるまでの四つの道筋を暗示している。その状況で、作中の探偵にとっての頼りは直感以外のなにがあるというのだろう？

この二層構造は〈後期クイーン的問題〉に答える二つの方法に対応している。陸秋槎が提示した答えは賞賛されるべきものにちがいない。このために物語も随所で二つの声部がない交ぜになり、すぐに正確な旋律を見失ってしまわないためには注意深い聴きわけが必要になる。この解説ではもちろん、短篇集の意図をただ一つの問題への解答に矮小化するつもりはない。とはいえ作者は〈後期クイーン的問題〉という現代本格推理におけるもっとも困難な問題に触発されて、本格推理はこうであるべきだ、というさまざまな幻想をうち払い、本格推理小説の論理的な謎解きが秘める豊かな可能性を読者に示してみせた――わが国の推理小説の隆盛は、これが端緒になるかもしれない。

解説

作家 麻耶雄嵩

数年前に『タイムトラベル少女』というテレビアニメが放映されていた。早瀬真理と水城和花の二人の女子中学生がとある理由でタイムスリップして、過去の偉大な科学者たちと巡り逢い成長するという内容だった。今風の味付けはしてあるが、昭和の子供向け教育アニメに近いテイストで面白かった。

「マリ・ワカと8人の科学者たち」という副題の通り、アニメには八人の科学者が登場する。電気工学の父・ギルバートから始まりフランクリンやボルタ、そしてベルやエジソンなど、科学者の中でも主に電気畑の偉人が選ばれていた。

フランクリンの雷中の凧あげなどの有名なエピソードなどを経て、ファラデーが中学でも習う電磁誘導の実験をして、ようやく電磁気学の基礎というか入口にやってきた感がした。番組はその後、難解な理論よりもベルやエジソンなどの発明家主体になっていく。

ところでそのファラデーが電磁誘導を発見したのが一八三一年のこと。また最終話に出てくるエジソンが電球の実用化に成功したのが一八七九年。前々世紀のことなので、そんなものかと思われる人も多いだろう。

アニメには出てこないが、他の科学分野、たとえばワットが蒸気機関を製作し産業革命の口火を切ったのが一七六九年。ダーウィンが『種の起源』を発表したのが一八五九年になる。ちなみにポーが『モルグ街の殺人』を発表したのが一八四一年で、ドイルが『緋色の研究』を発表したのが一八八八年。

長々と書いてしまったが、翻って数学の話。$e^{i\pi}+1=0$というオイラーの等式がある。自然対数の底と虚数と円周率が指数によって一堂に会した、なんだか狐につままれたような等式である。数学史上で最も美しい公式と称讃されているが、それをオイラーが導いたのが一七四八年のこと。

つまりオイラーは電球（どころかガス灯すら）も蒸気機関も進化論も、電磁誘導すら知らない世界で$e^{i\pi}+1=0$をはじめとする有名な公式や定理を生み出したのだ。ちなみに芸術では、絵画はロココ、音楽ではバッハの晩年にあたる。マリー・アントワネットはまだ生まれてもいない。

またオイラーの等式の元になったネイピア数を定義したネイピアや、本書に登場するフェルマーの定理で有名なフェルマーは、オイラーの百年以上前に活躍している。中学で習う電磁誘導より難解なオイラーの等式のほうが、遥かに昔に発見されたわけである。物理や他の科学の分野と比べても、いかに数学が早熟だったことか。

原因はある意味単純で、数学は頭の中で考えられ、出力は紙とペンだけあればいい。証明するために実験装置などが要らなかったからだろう。つまり思考さえできれば、人はいくらでも先鋭化するのだ。

これは文学とも相似する。プロットを頭の中で考え、紙に出力するだけ。特に社会性よりもパズル要素に重きを置く本格ミステリではなおさらだ。頭の中でいかに立派な密室や巧みなアリバイトリックを作りあげるか。「できそう」であればあえて実験する必要もない。多少浮世離れしていても問題ない。

もちろんその前提となる指紋や血液型、DNAといった基礎的な科学が必要で、数学ほど先鋭化はできないだろう。しかし数学のラディカルさを見習うことはできる。『文学少女対数学少女』はまさにその思考のために書かれた本だ。

作者の陸秋槎はデビュー作の『元年春之祭《がんねんはるのまつり》』では新本格風の歴史ミステリ。次の『雪が白いとき、かつその時に限り』では一転、新本格風の学園百合ミステリと舞台を変えた。

謎解きの手つきの綺麗さは、前の二作を読んだ方には周知のことだろう。

本作は短篇集で、ミステリ好きで犯人当て小説を書く女子高生・陸秋槎《りくしゅうさ》と同級生で数学の天才少女・韓采蘆《かんさいろ》が主軸となっている。これに秋槎のルームメイトの陳姝琳《ちんしゅりん》が絡み、陸秋槎作品おなじみの百合の三角関係も匂わされたりもするが、短篇集ということもあり、次々と現れる事件に追われて百合成分は控えめ。

文学（本格ミステリ）と数学。これらは文系と理系の正反対の対比に見えて、どちらも頭の中だけで先鋭化できる相似性を持つ。それゆえ本書の内容が、理想の暴走ともいうべき後期クイーン的問題になるのは必然だった。もっとも後期クイーン的問題を扱うために、二人の少女たちは駆り出されたんだろうけど。

後期クイーン的問題の一つの大きなテーマに偽の手がかり問題がある。探偵は残された手がかりを拾って推理を組み立て犯人を指摘するが、もし真犯人が偽の手がかりを細工して探偵に別の人物を犯人と名指しさせようと誘導したとき、果たして探偵は手がかりの真偽、ひいては真犯人を見破れるかというもの。

一見Xが犯人に見えるこの手がかりは、実は真犯人YがXに罪を着せようとしたものだが、もしかすると真の真犯人Zが、そう推理させてXに罪をなすりつけようとしているのではないか？

それとも真の真の真犯人Wが探偵にそう推理させて、Zに罪をなすりつけようとしているのではないか？

いやいや、本当はYが真の真の真の真犯人で、一見Y自身が疑われる手がかりによって、Xに罪を着せようとしたZを陥れようとしたWを真犯人と思わせようとしたのではないか？

ようはキリがなくなってしまう。

もちろん小説である以上、現実に基づいた落としどころというものはある。だがいままで頭の中で組み上げてきたパズルを、現実というジョーカーで打ち切っていいものか？

理想と現実のせめぎあいだ。

本格ミステリはヴァン・ダインが二十則で提唱したモラルの上に、クイーンが持ち込んだフェアプレイの理念によって、作者対読者という形を明確にアピールするようになった。くわえて初期の国名シリーズで顕著だが、推理レースを競っているのは実は読者と探偵という構図になっている。

最初こそマックと名乗る謎のおっさんが挑戦状を書いていたが、やがてクイーン本人が直々に挑戦するようになった。はたしてこのクイーンは作者のほうなのか探偵のほうなのか？

いずれにせよページを開いた読者はスタートラインに立たされ、トラックを探偵と競走することになる。

この手がかりを拾って探偵は見事犯人を指摘できました。ところであなたはどうでしたか？　作者は挑発してくる。それゆえ作者が探偵と読者のどちらかにだけヒントを与えることは、フェアプレイ精神に反してしまう。ヒントはどちらも平等に示さないといけない。

手がかりの無限の反転を避けるために、作者が現実的な落としどころを恣意的に作ったとする。対決である以上、読者もレースがフェアに行われたか、不服を申し立てることができる。この手がかりも罠ではないのか、罠でないとは証明されていないぞ、と理想を突き詰めようとする厄介な読者（だいたいは自分自身だ）に反駁されたとき、クレームを退けられるだろうか。

やがて記述者トリックや叙述トリックなどで作者対読者の構図が前面に出てきたが、作者の恣意性の問題は残されたままだった。リアルを強調すれば問題をいくらでも矮小化できる。しかし同時に対決も後退することになる。

＊

思うに、後期クイーン的問題の中でも、偽の手がかり問題というのはただの結論にすぎない。証明された命題なので、否定することも解決することもできない。論理学を包括した数学でも不可能が証明されているのに、遥かに緩いロジックしか用いないミステリで覆せるわけがない。

理屈で云えばこうなる。しかし緩いからこそできることもある。白旗をあげずに誤魔化す方法が。何事もないようにとりつくろったり、逆にこれみよがしに戯れたり。『文学少女対数学少女』一話の「連続体仮説」では、一見きちんとしている犯人当てに作者の恣意がたくさん隠されていたことが韓采蘆によって暴かれる。

しかし采蘆は最後に恣意性こそミステリの醍醐味であり、前作のタイトルを流用した「君がそう言ったとき、かつそのときに限り」に続き「君が作者なんだから、君が真相だと言ったものが、君が犯人だと言った人間が犯人であり、つまり真相である」と力強く宣言する。

作者は作品の創造主である。しかし創造主といえど恣意は排除できない。ならばいかにしてつき合うか？　多くの作品がそうなように自然にみせかけるのが本流だが、あえて宣言した以上は積極的な道を選ぶしかない。恣意を隠すのではなく、利用し戯れる方向に。

問題提起とエンターテインメントの両立。

現実的な作者の恣意は、理想的である厄介な読者と対峙する。本書ではこの二者を併置することで対比を鮮明にしている。そのため二話以降は作中作だけでなく、外側の秋槎や采蘆も事件に遭遇することになった。作中作で理想を求め、外側で現実を語る。

作中作は一話同様普通の犯人当てだが、厄介な読者である采蘆を通して、様々なイレギュラーな推理を並べていく。それは姑息な抜け道というより、理想空間での興味深くも厄介な可能性と呼ぶべきものだろう。本来なら一つの真実に絞るべきだが、原理的に排除できない綻びたち。その中でもピックアップする価値があるものが選ばれ提示されている。

そして外側の事件。作者はこれみよがしに恣意的に幕を下ろす。外側の事件は犯罪の種類が様々で、罪の重さに呼応した恣意的な処理が行われる。最終話の「グランディ級数」でとうとう殺人事件が起こるのだが、ぜひ作者が用意した現実を体感してほしい。偽の手がかり問題というのは、内と外の両側からの挟撃によって、そもそもが幻想であるかのように思わされるだろう。

創作の最中は、厄介な読者も現実で対処する作者もすべて自らの分身だ。理想と現実のはざまでエンドマークの模索をするしかないが、あまたの可能性のはざまでたゆたっているときが、作者にとって最も幸福なのかもしれない。秋槎と采蘆が作中作についてあれこれ討論しているときが一番楽しそうなように。

おそらく偽の手がかり問題にいち早く自覚的だったのはヴァン・ダインだろう。『ベンスン殺人事件』で、物理的な手がかりはいくらでも偽装できるからと、個性に直結する心理的手がかりをよりどころとする天才探偵を生み出した。後の作品では犯人が出した偽の手がかりに気づきすらしないというパロディめいたこともやっている。

評論家肌のヴァン・ダインは偽の手がかり問題に先はないと直感的に回避したわけだが、だからといってヴァンスが用いる心理的手がかりが面白いかはまた別だ。

クイーンは逆にそこにこそミステリの醍醐味が潜んでいると、あえて火中の栗を拾ったわけである。クイーンの目論見は間違ってなかった。〝平成のヴァン・ダイン〟はついぞ耳にしなかったが、クイーンは今なお多くのフォロワーを産み出している。

ただ同時にヴァン・ダインが危惧した問題にも突き当たってしまったわけだが、時代はそれすらもエンターテインメントとして楽しもうとしている。

手間ばかりかかる二部構成で、数学のアナロジーまで絡めて後期クイーン的問題と戯れた陸秋槎も、もちろんその遺伝子を確実に継承している。

こういう面倒くさい事をやりたがる人が大好きで、応援したくなる。

訳者略歴　早稲田大学政治経済学部卒，中国語文学翻訳家　訳書『元年春之祭』『雪が白いとき、かつそのときに限り』陸秋槎，『ディオゲネス変奏曲』陳浩基，『死亡通知書 暗黒者』周浩暉（以上早川書房刊）他多数

HM=Hayakawa Mystery
SF=Science Fiction
JA=Japanese Author
NV=Novel
NF=Nonfiction
FT=Fantasy

文学少女対数学少女《ぶんがくしょうじょたいすうがくしょうじょ》

〈HM483-1〉

二〇二〇年十二月十五日　発行
二〇二四年 四 月十五日　四刷

（定価はカバーに表示してあります）

著者　陸《りく》秋《しゅう》槎《さ》
訳者　稲《いな》村《むら》文《ぶん》吾《ご》
発行者　早川浩
発行所　株式会社　早川書房
郵便番号　一〇一‐〇〇四六
東京都千代田区神田多町二ノ二
電話　〇三‐三二五二‐三一一一
振替　〇〇一六〇‐三‐四七七九九
https://www.hayakawa-online.co.jp

乱丁・落丁本は小社制作部宛お送り下さい。
送料小社負担にてお取りかえいたします。

印刷・信毎書籍印刷株式会社　製本・株式会社フォーネット社
Printed and bound in Japan
ISBN978-4-15-184351-8 C0197

本書は活字が大きく読みやすい〈トールサイズ〉です。